希澄 著

與妳的寂寞花火

The Lonely Firework

妳在十七歲時，喜歡過某個人嗎？
那個人……也是女生嗎？

第一章

大雨過後，校園一片清亮。

一身全新純白制服的方朝雨站在公布欄前，在轉學生名單尋找自己的名字，最後視線落在名字後的二年七班。

看了看校園位置圖後，方朝雨便邁往辦公室找班導報到。走進教學大樓，她一階一階地往上走，內心感到忐忑。

「報告。」

聽見聲音，張老師抬起頭，見一名陌生的女學生朝她走來，面上帶著些許不安，她瞭然於心，放下手上資料，站起身朝那名學生一笑，「方朝雨嗎？」

女學生點點頭。

「那好，妳在這等我一下，我待會帶妳去班上。」

方朝雨站在原地，等待期間她左顧右盼，無意間看到張老師桌上的資料。

那疊散亂資料上，其中有張寫著她的名字，方朝雨忍不住好奇地看了看，便見到自己名字上方二字：程南。

「我好了，我們走吧。」張老師的聲音從旁而來，順著方朝雨的視線看去，隨即失笑，「妳很好奇還有誰嗎？」

聞言，方朝雨趕緊斂起視線，略尷尬地一笑，搖搖頭，趕緊跟著張老師離開辦公室。

走廊上，張老師閒聊道：「這學期班上的轉學生只有妳，不過……還有一個復學生。」

方朝雨輕輕地嗯了聲。

師生二人走到二年七班門口，在進入教室前，張老師側頭對方朝雨說道：「等會進教室後，要先麻煩妳在黑板上寫下自己的名字。不用太緊張，我不會讓妳做自我介紹，等妳在班裡待了一陣子，自然就會跟班上同學熟了。」

方朝雨點點頭，不用自我介紹讓她鬆了口氣。

走進教室後，方朝雨走到講臺上，背對躁動的同學，拿起粉筆在黑板上寫下自己的名字。一筆一畫寫得端正清楚，張老師滿意地點點頭。當方朝雨放下粉筆後，張老師對著全班說道：「朝雨是這學期的轉學生，大家要多幫忙。」隨即指向靠窗邊的位子，讓方朝雨先入座。

對於方朝雨的加入，同學們竊竊私語、議論紛紛，最後是張老師出聲喝止才讓班上恢復秩序並開始上課。

國文課結束後，本要直接離開的張老師被幾個學生圍住，她無奈一笑，「怎麼了？」

「老師，聽說我們班還有復學生喔？」八卦在學生之間總是流傳得迅速，張老師頓了下，道：「這又是從哪裡聽到的？」

「就聽隔壁班老師說的啊！」另位學生繼續問道：「是不是之前休學的學姊？」

面對學生你一言、我一語的追問，張老師感到有些頭疼，擺擺手，「好了好了，總之之後就知道了。」

張老師欲蓋彌彰的回答反而激起大家好奇心，在她走後，討論更甚，也給坐在附近的方朝雨全聽見了。

「嗨。」

在方朝雨的座位前方忽地多了兩個人，方朝雨一抬頭，便見到兩個笑容滿面的女學生站在她面前，「不好意思啊，妳有想參加什麼社團嗎？因為我是學藝，要將大家的社團名單交到學務處。」她一邊說一邊將社團列表放到方朝雨桌上，「妳慢慢看，中午再跟我說，或是直接去學務處跟訓育組長說也可以。」

「好，謝謝。」

接過學藝遞來的紙張，方朝雨瀏覽了一遍，一時之間也還不出自己想參加的社團，於是她決定中午到學務處詢問各社團情況。

上課鐘聲響起，同學回到各自座位上。方朝雨前面坐著方才那群纏著老師的學生。趁著老師還未進教室的空檔，你一言我一語地聊著關於復學生的事。

其中，一個綁著馬尾的女生煞有其事地說道：「我聽我姊的朋友說，那個程南這學期應該升上高三，但因為她休學一年，所以才會在我們班上。」

「知道程南為什麼要休學嗎？」另個短髮的女生好奇地問。

「原因不清楚，不過我姊朋友說，程南滿渣的，只要女生跟她告白她就會答應，完全沒在挑，誰都可以。」

「真的假的……」

幾人的竊竊私語在下堂課老師走進教室後便中止。方朝雨看似寫著講義，實則一字不漏地聽了。

一個早上過去，只有幾個人與方朝雨搭話，這讓方朝雨不禁鬆口氣。本就不擅交際的她，在進班之前是有些擔憂，生怕大家會繞著她問各式各樣的問題。不過，因為有這位神祕的復學生分散了大家注意力，這才讓方朝雨不至於成為焦點。

中午用完餐後，方朝雨便離開教室到學務處。一踏進學務處，方朝雨便看到訓育組長正在位子上與另名女學生聊天，很快地，他注意到有些手足無措的方朝雨，便問：「同學，怎麼了？」

方朝雨將自己情況說了遍，語畢，那名女學生搶在組長前，興沖沖地說：「可以加入春暉社啊！」

「喂，妳讓她自己選好嗎？」訓育組長無奈地瞪她一眼，後者摸摸自己的後髮，不滿地咕噥：「給個建議而已嘛……」

瞧她一臉委屈，方朝雨失笑。

「目前的話，就這幾個社團還沒滿人。」訓育組長指著自己電腦螢幕繼續說：「春暉、愛心、校刊還有游泳社。」

那名留著及胸長髮的女學生湊到方朝雨旁邊，眼睛眨啊眨的，不放棄地繼續遊說：「妳來春暉社有我罩妳！」

「喂喂喂……」

方朝雨輕笑幾聲，直直地看著眼前活潑的女孩，想了想，道：「好，那就春暉。」

「呦呼！」

「真的？」

一句話引來兩種截然不同的反應。訓育組長不可思議地看著隨興的方朝雨，再問一次：「真的？妳不用因為這小孩決定社團，妳的意願比較重要。」

「什麼小孩！」女學生抗議著，「是姚媛！有名有姓的好嗎？」

姚媛……方朝雨看了眼她，再看向訓育組長，點點頭，「嗯，就春暉沒關係。」

「太好啦！」姚媛開心地低聲歡呼，「這樣以後社課我有人陪啦！妳是轉學生對吧？七班？我五班，我跟妳說我們學校……」

方朝雨被姚媛拉著走，聽著她喋喋不休地介紹校園，嘴角弧度微微上揚。

這所新學校似乎……沒有方朝雨想得難熬。

❄

週三朝會，方朝雨站在班級隊伍最後方，同其他人一起聆聽，偶爾低頭看著鞋子發呆。冗長且無趣的各處主任致詞完後，輪到主任教官走到臺前，對著底下學生說道：「學期開始，教官室依照往年慣例要來徵選司儀、旗手等等，有興趣的同學歡迎到教官室詢問。這週開始受理報名，請各位同學留意。那麼，今天的朝會就到這，解散。」

聽到這，本來低著頭的方朝雨抬起頭看向司令臺，視線掠過教官，停在身後的司儀身上。

司儀嗎……

在前一所學校，方朝雨也曾留意過司儀的徵選，可上間學校只能由高二、高三的學長姊擔任，連爭取的機會都沒有。現在，方朝雨高二了，面對的卻是全新的環境，這裡的所有一切都令她感到陌生。

這種情況下，她該主動參加徵選嗎……

「朝雨？」

方朝雨回過神，是姚媛朝她走來，「妳怎麼在發呆？」方朝雨尷尬地笑了笑，搖搖頭。

兩人並肩而走，姚媛問道：「下午就是春暉社第一次社課，妳要不要跟我一起去社課教室？」

方朝雨點頭，頓了下，問：「春暉社實際上是在做什麼的？」

說到這姚媛就來勁了，她亮晶晶的大眼含著笑意，滔滔不絕地說道：「春暉社其實就是服務性的社團啦！我記得高一的時候，因為跟學長姊比較熟，所以時常跟他們一起去幫學校協辦各種活動；對外的話像是去淨灘、育幼院參訪之類的，我也幫忙募捐過發票，是很好玩的社團。」

方朝雨點點頭，這麼聽著竟也感到些許期待。

「我想想喔……除了這些以外，大概就是會常跑教官室吧。」姚媛一邊回想高一的情況一邊說道：「像之前教官他們在選司儀的時候，我也有去幫忙。」

聽見「司儀」二字，方朝雨定眼看了看姚媛，有些遲疑是否要問，在她準備打退堂鼓時，姚媛先一步問：「妳是不是對司儀有興趣啊？」

方朝雨一愣，那被看穿的窘迫讓姚媛大笑，「妳好好懂啊！妳好奇什麼儘管問！司儀的話……這樣吧，下午社課結束後我們一起去教官室拿報名表？」

方朝雨淺哂道：「好。」

「不過，妳怎麼會想當司儀？」姚媛疑惑問道。

方朝雨默了會，沉吟半晌，答道：「因為當司儀的話，就不用曬太陽了。」

姚媛哈哈大笑，直嚷道：「我喜歡這個原因！那下午見啦！」

有了下午的期待，方朝雨覺得早上的課程似乎也沒有那麼無趣了。

中午午休結束後，姚媛準時出現在七班。幾個認得姚媛的都一一跟她打招呼，見狀，方朝雨不禁道：「妳人緣很好。」

姚媛有些赧然，食指刮了刮自己的鼻梁，「也沒有啦……走走！我們快點去！」

午休過後，校園彷彿甦醒起來，四處都是社團活動的歡笑聲與吆喝聲。在校風自由的校園中，一學期的六次社課無疑是一項全校性的重要活動。

兩人下樓走到了教學大樓的後方庭院，姚媛介紹道：「春暉社隸屬於教官室，連指導老師都是教官。」她一邊說一邊指著一身軍綠色制服、綁馬尾的女教官道：「大家都很怕繡繡，因為她罵人很凶。」

「繡繡？」方朝雨對這可愛的暱稱有些疑惑。

「對啊，因為教官叫連繡琪，所以大家都叫她繡繡。」

兩人窩在階梯上正聊天到一半，姚媛的肩膀被拍了下，她一回頭便看到其餘幾個身穿社服的社幹，每一個都瞪著她。

「姚、媛！妳還不趕快換上社服！妳不是副社長嗎！」

姚媛吐吐舌，在方朝雨錯愕的目光下，脫下自己上身的體育服，裡面正是春暉社的社服。

「妳……」方朝雨一時有些反應不過來。

敵不過其餘社幹的目光壓力，姚媛只好很快地說道：「晚點再跟妳解釋。」

縱然有再多疑惑，方朝雨也只能吞回肚裡，愣愣地點頭，看著姚媛跟著其他社幹一同走到前方，站到所有社員前。

一身軍綠教官服的連繡琪掃了眼底下學生，用著低沉而不斷啞的嗓音徐緩道：「大家好，我是連繡琪。今天是春暉社的第一次社課，我沒什麼要說的，接下來的時間，我想就交給社長，要是你們有問題就找他。」

簡短介紹完後，連繡琪便回教官室，而另名褐髮男同學站了出來，「各位好，我是春暉社社長。春暉社以團康、童子軍相關活動為主，除非剛好碰到學校活動，那麼社課時我們就會改去支援。順便說一下，第三次社課我們會與游泳社一起烤肉，那麼，現在我先將大家簡單分組……」

一次社課有兩節課，總共兩小時。在社課結束後，姚媛蹭到方朝雨旁邊問道：「怎麼樣？不會很無聊吧？」

方朝雨看著明亮的她，輕抬眉梢，「這就是妳拐我進春暉社的原因？」

姚媛大笑幾聲，「對，推薦自己的社團很正常吧？」

「但妳怎麼不跟我說？」

姚媛笑意收起幾分，脣角掛著淺淺的弧度，「我覺得，我並不適合當副社長……當然我還是很喜歡春暉社的。」

方朝雨點點頭，不再問下去，鐘聲也在此刻迴盪校園，兩人並肩離開大樓後方空地。

經過教官室時，姚媛將方朝雨拉進去一邊道：「妳不是對司儀有興趣嗎？走，我們去問問看！」

「欸……」方朝雨敵不過姚媛的行動力，直接被拉進教官室，根本沒有時間猶豫。

而當姚媛踏進教官室，方要出聲，便對上一張熟悉的面孔，她不由一怔。

這個人……

方朝雨隨後跟進教官室裡，順著姚媛的視線望去，有個身穿便服、綁著小馬尾的高䠷女生正站在教官位子前，似乎與教官們正歡談到一半。

很快地，那女生的視線從姚媛身上移開，又與另名男教官聊起天來。一名女教官注意到兩人，出聲問道：「姚媛，有什麼事？」

姚媛回過神，神色自若地道：「我想問司儀的事！」

「妳當司儀還不吵死全校？」不知道是哪位教官出言犀利，教官室內頓時哄堂大笑。姚媛氣得跳腳，狠狠瞪了每一個教官。

方才姚媛臉上的震驚，彷彿像是錯覺一般。

連繡琪不忍再捉弄她，忍笑道：「好好，開玩笑的，是妳旁邊的同學想報名吧？」

被點名的方朝雨抬起頭，目光不經意迎上紮著小馬尾的女孩，短短幾秒便移開了，可對方的樣子，卻印在腦海中。

看著連繡琪，方朝雨應道：「是我。」

連繡琪將報名表遞給方朝雨，「這週報名截止，下週會進行面試，記得來參加。」

「好懷念啊。」一旁的女孩突然出聲插話，引起在場幾人注意。連繡琪看向她，「是誰要休學的？」

方朝雨一愣，那女孩倒是不甚在意地聳聳肩，「沒辦法啊……過陣子會回來上課啦！」

無意聽別人聊天的姚媛拉著方朝雨離開教官室，卻見她若有所思，姚媛便問道：「怎麼了？」

「剛剛聽教官說那個女生休學，我就想到一個人……」方朝雨沉吟半晌，開口問：「姚媛，妳認識程南嗎？」

姚媛愣了下，「妳……怎麼會知道程南？」

見姚媛訝異的表情，方朝雨小心翼翼地說道：「就，聽說她是我們班的復學生。」

話落，方朝雨看向姚媛，見到她神情複雜，抿了下唇，沉默不語。

默了會，姚媛才開口道：「關於她的事情……我只能說，我不太喜歡她。」姚媛像是想起什麼，臉色微變，聲音低了幾分，「可以的話，妳最好也離她遠些，她不是什麼好人。」

方朝雨忽然想起前幾天聽到關於程南的傳言，此刻又見姚媛對程南的厭惡，微微蹙起眉，卻又不禁感到疑惑。

程南……真的是那麼糟糕的一個人嗎？

期初的司儀徵選辦在星期五中午。

陽光煦暖，令人昏昏欲睡。剛用完餐的方朝雨走出教室，並未直接走向教官室，而是趴在欄杆上發呆。

她真的去爭取了。

在溫暖的陽光下，方朝雨瞇起眼，像隻貓兒般慵懶，恍恍惚惚地想起家裡曾養過的橘貓——

「這隻小貓跟妳的眼睛一樣，圓滾滾的。」在領養家裡那隻小貓時，父親曾看著小貓，再對著母親這麼說：「很美。」

父親的滿目溫柔，如乘載星海，方朝雨至今仍舊記得，記得所有的一切，包括母親的笑容……

「朝雨？」

方朝雨回過神，見到不知從哪冒出的姚媛，愣了下，隨即一笑。

「嘿，妳睡著了嗎？」

對上姚媛帶笑的眼睛，方朝雨嗔她一眼，說道：「我才沒有。」午休的鐘聲響起，兩人互看一眼，姚媛主動挽起她的手，「走吧！我陪妳去。」

方朝雨微愣，隨後笑了笑，點點頭。

兩人一邊小聲交談一邊走向教官室。一下樓，便見到已有一群人在教官室外聚集。

見狀，姚媛說道：「報名的人意外的多啊……記得去年沒這麼多人的。」方朝雨才剛感到忐忑，姚媛便鄭重地說道：「妳一定沒問題的。」

方朝雨一愣，迎上姚媛毫無遲疑的目光，不禁笑了。

十二點四十分，連繡琪與幾位教官一同走出教官室，連繡琪看了看本次參加司儀徵選的學生，開口道：「各位同學好，很高興看到大家踴躍參與這次徵選，現在請跟我到隔壁的彈性教室。」

方朝雨隨著人群走到隔壁教室前，姚媛給了她一個大大的微笑，方朝雨覺得，一切似乎都會很順利。

走進教室各自入座後，連繡琪拿出一個籤筒，站在講臺上道：「講稿分為兩部分，第一，是每週週會與重要典禮上的講稿，第二是隨機講稿，兩段總長三分鐘。唱名到的同學請來前面抽題，同時開始準備內容，準備時間只有三十秒，結束後我會按鈴。以上，有問題嗎？」

連繡琪環視底下學生，見無人提問後她繼續說道：「再來介紹一下今天評審，有我以及另外兩位教官與音樂班老師，最後還有一位學姊。學姊在司儀這方面有相當豐富的經驗，我們特別請她過來一起評分。」

聽著連繡琪的話，方朝雨往評審席望去，確實有一位女生戴著鴨舌帽，朝大家微微一笑後又低下頭。

「那麼，三分鐘後開始。」

方朝雨暗暗深呼吸，有些緊張，不知道自己會抽到怎樣的講稿，也令她忐忑不已。剛萌生些許悔意，她不經意抬頭，剛好迎上評審席上女孩的視線。

兩人四目相迎，女孩率先微微一笑，不知怎麼地，方朝雨看著竟覺得有些心安，不那麼緊張了。

「時間到，現在開始。第一位，一年八班，吳詩恩同學。」

要做司儀並非易事，需要一定的穩定性，看到臺下的人不緊張而能正常發揮是最基本的條件，再來聲音須具一定的品質，不能太輕細也不能太粗啞，這些都列為評分之一。

方朝雨知道，自己能做的就是盡力而為。

「下一位，二年七班，方朝雨。」

被唱名到的方朝雨站起身，目光掠過評審席，看見女孩給她一個鼓勵笑容，彷彿也給了她勇氣。

方朝雨輕吁口氣，從籤筒中抽出籤，打開一看，有些愣住。

這個課文……她在之前學校沒有讀過。快速瀏覽了一下上下部分的講稿，方朝雨知道，要拿分只能靠第一部分的講稿了。

「程南。」

戴著鴨舌帽的她聞聲，轉頭看向連繡琪，「怎麼了？」

「這女生就是妳之後班上的轉學生。」連繡琪壓低聲音說道。程南愣了下，定眼看著方朝雨的側臉，微微點頭。

三十秒一到，鈴聲響起，方朝雨手拿麥克風，朝底下微微點頭後，開口念稿。

聽見方朝雨的嗓音，本低著頭的程南抬起頭，放下支著下頷的手看著方朝雨，專心聆聽每一個咬字，在第一部分結束後，她微微一笑。

聲音很好，咬字也清晰，挺好的，程南想。

朗誦第二部分的課文時，方朝雨聲音微顫，嗓音裡有著遲疑，但仍佯裝鎮定地高聲朗誦，兩旁教官皆微微蹙眉，低頭評分，惟程南面色不改，靜靜看著方朝雨。

臺上的方朝雨感覺到了一旁視線，朗誦途中往旁一看，迎上程南平靜的目光，在溫和的視線下，方朝雨念完了她的講稿。

走下臺前，她深深一鞠躬，眼眶有些酸。再抬起頭時，她收起情緒回到座位，仍聽得見自己怦通怦通的心跳聲。

下課鐘聲響起，心急如焚的姚媛一見到方朝雨走出教室，立刻湊上前關心，「還好嗎？」

方朝雨有些難過地擠出笑容，「我好像搞砸了。」

聞言，姚媛一愣，眼神黯下，拍拍方朝雨的肩膀。

兩人離開前，姚媛往教室裡頭一瞧，看著評審老師們，內心祈禱方朝雨可以順利當上司儀。而方朝雨仰頭看向晴朗無雲的天空，內心感到有些惆悵與歉疚。

她很想跟母親道歉，因為自己搞砸了這次徵選，沒能成為跟母親一樣優秀的司儀。

那望著天空的側臉，恰巧落進程南眼底。

程南剛走出教室，便見到不遠處的方朝雨與姚媛，她注意到了方朝雨，也見到了她有些悲傷的側臉。

不知為什麼，程南忽然有種想上前的衝動，想告訴她，一切沒那麼糟的。

但是最終，程南並沒有這麼做，只是壓低帽子，轉身離開。

隔週的週一早晨，司儀名單貼在教官室外。

不抱任何希望的方朝雨瞥了眼教官室，欲直接上樓的她，卻被喊住。

「方朝雨。」

方朝雨愣住，往聲源一瞧，一張陌生又熟悉的面容正朝著自己微微一笑。方朝雨遲疑地看著她，「妳……」

「不認得我了？」

眼前身穿制服的女孩比自己高半顆頭，隨興將上衣紮在長褲裡，手放在書包揹帶上，笑彎雙眼。

見方朝雨一臉茫然，她想了想，將一隻手放在自己額前裝作帽沿，方朝雨立刻睜大眼，「妳是那天的人！」

眼前的這個人，就是評審團中的學姊！

「嗯哼。」程南咧開笑，指了指名單，「妳不看看嗎？」

方朝雨因為程南的話而被勾起好奇心，慢慢走近教官室，遲疑地看著名單，後睜大眼。

她……入選了。

「恭喜。」程南落下恭賀，便走過方朝雨直接上樓。

方朝雨跟上後，踩了幾階灑落地面的細碎晨光，出聲叫住她：「等等。」

程南停下，側過身望著方朝雨。站在暗處的她，神情有些模糊不清。

方朝雨略急促問道：「為什麼？」

程南笑而不語，轉身就往樓上走，留下一臉茫然的方朝雨站在那。

那個笑容……不知怎麼地，讓方朝雨覺得有些溫暖。

❄

週一，振奮學生精神的不是老師們的教誨，是八卦。

方朝雨一踏進教室便感覺到陣陣騷動，在班上沒有熟識同學的她，只能坐在座位上聽別人談論。

忽地，她聽到後方同學說道：「聽說，今天程南會進班上課。」

「真的？終於啊，開學都多久了……」另個女同學如此說。

原來是復學生的事。方朝雨才正想到姚媛的話，班導張老師便自前門走進教室，全班靜下，不一會，另一位學生跟著走進教室。

方朝雨望向門口，雙眼睜大。

「程南，妳坐那後面好了。」張老師說道。

本來趴在桌上的方朝雨立刻坐起身挺直背脊，不敢置信地看著程南——已有數面之緣的評審學姊，就是程南！

那個被傳戲弄他人感情、誰都可以的學姊……

程南環視班上，迎上方朝雨錯愕的目光，輕輕一笑，後邁開長腿走向最後面的位子。

她一坐下，便感覺到四周的竊竊私語，與不甚友好的視線。離開學校已經一年了，這種情況是她復學前便猜想得到的。

程南視若無睹，感到無趣萬分，惟有那麼一個人的反應，卻讓她覺得有趣——那便是方朝雨。心事都寫在臉上的方朝雨滿臉驚愕，讓程南不禁失笑。

下課，曾問過方朝雨社團一事的學藝股長照樣走到程南座位前，只是在她開口前，程南便道：「如果妳要問我社團的話，我是游泳社的，也已經跟學務處報備了。」

目的達成後，學藝股長一溜煙地跑走了，各處視線也隨即避開，不與程南對到眼。

一早上過去，程南的討論度稍微降低，可方朝雨心中仍充滿疑惑，而這疑惑，現在只有一個人可以替她解答。

「朝雨。」

聞聲，方朝雨往窗旁一看，是姚媛跑過來找她。方朝雨站起身走往門口，見姚媛東張西望的，她問：「妳是在看程南嗎？」

被說中的姚媛摸摸自己後髮，略尷尬地一笑，「是啊……我聽說程南今天來上課了？」

方朝雨點頭，指著教室後方道：「她就坐最後面，不過現在人不在教室。」

「無所謂啦，我只是有點好奇。不管了！我們去吃午餐。」

話落，兩人便一起走到教室後方走廊的閒置課桌椅上用餐，吃到一半，姚媛班上的女生急忙來找她，「姚媛！」

姚媛一邊收拾餐盒一邊應：「怎麼了？」

「有學妹跑到高二這邊來找程南告白！妳要不要去看？」

話落，姚媛和方朝雨皆是一愣，互看一眼，雙雙拿著餐盒起身走向二年七班。遠遠地便看到一群人站在七班外，三人勉強站到前面，便看到程南與學妹正站在那。

「程南學姊。」

視線匯聚之處，是一個有著一頭甜美微捲髮的學妹。方朝雨正想問她是誰時，便聽到姚媛驚呼道：「那不是杜歆妍嗎？她怎麼……不會吧？」

「怎麼回事？」見姚媛面露訝異，方朝雨問：「她很有名嗎？」

「她是今年剛升高一的學妹，因為長得很可愛，一入學就被討論，我們班也有不少男生想認識她。」姚媛回道。

一雙雙眼睛正盯著程南與杜歆妍，四周盡是嘰嘰喳喳的討論聲，程南置若罔聞，可眼前的陌生學妹卻不是這麼一回事了。

「學姊好，我是一年級的，我叫——」

「歆妍學妹。」程南打斷了她，掛著坦蕩的笑容。

聽到程南叫出自己的名字，杜歆妍一面欣喜一面訝異，又聽到程南解釋道：「剛才聽到別人說的。我想直接問妳，是不是想跟我告白？」

杜歆妍一愣，遲疑地點點頭。

程南仍掛著微笑，目光幽深。她靜靜地望著杜歆妍，對方似乎說了些什麼，她有些恍然。

令她回過神的，是熟悉得聽過數十次的那一句話——

「我想跟妳交往。」

程南神情平靜，眼裡毫無波瀾，平聲道：「可以喔。」

沒料到程南真如傳言中的隨意，一時之間，杜歆妍竟語塞。程南又說：「妳喜歡我的話，就可以。」

午休鐘聲也在這一刻伴著兩人的一字一句，傳入了方朝雨耳裡。

「都聚在這做什麼？全部回教室午休了！」不知從何處出現的教官聲音宏亮地驅趕看熱鬧的人群。方朝雨回教室前，往後門一望，迎上程南的目光。

短短幾秒，程南便移開視線了。方朝雨也收回目光，低著頭回教室。

這所有的一切，都超乎了方朝雨所想。不知怎麼地，她總覺得此刻的程南並非那天徵選時的程南。當時給她溫暖微笑的人，與剛剛隨意答應別人告白的人，真的是同一人嗎……

方朝雨想不明白。

喜歡一個人，是什麼樣子？雙方交往，又是如何？

從未對別人產生「喜歡」這種情愫的方朝雨，一下午都在反覆想這些問題。那些關於感情的事情，對她而言，實在太陌生了。

可是，她知道，絕對不該是這樣的。

「方朝雨？」

聞聲，方朝雨停下，往後一看，竟是程南。她有些訝異，但一看到程南掛在臉上的笑容，便覺得似乎是自己小題大作了。

正值放學，學生零星，方朝雨等程南走到自己旁邊後才邁開腳步。程南在旁看著有趣，開口道：「我以為妳看到我會直接走掉。」

聞言，方朝雨疑惑地看著程南，「為什麼？」

沒料到方朝雨會如此反問，程南有些愣住，定眼看了看方朝雨，遲疑地說：「一般人……都會這樣子的吧？」

這話讓方朝雨眉頭微皺，「所以，為什麼？我的意思是，一般人會怎麼樣？」

看進程南的雙眼，方朝雨想起午間的事，愣愣地問：「妳不會是說中午的事吧？」

程南回過神，點頭。但這讓方朝雨更感疑惑，只能試著去推測，「妳覺得妳中午的行為應該會讓我討厭妳？」

薄暮時分，橘橙色的暖光灑在兩人身上，在地上拉出長長的倒影。迎著光，慢慢走向門口。她的聲音，如此刻的光一般輕薄。

「妳不討厭……才是一件奇怪的事吧。」程南說。

風來雲散，光更加耀眼。

「比起討厭，我更感到不理解。」方朝雨思索著，一邊道：「難道兩人在一起不是為了喜歡嗎？」

程南笑了。

在往後的日子裡，偶爾午夜夢迴間，方朝雨總會恍恍惚惚地想起程南的笑容。

不知道為什麼……讓人看得很難過。

「如果今天，不是杜歆妍告白，而是妳的話……」程南停下腳步，望向眼前的方朝雨，笑了笑，「我也可以的，不管是誰我都可以。」

方朝雨一愣，那樣的神情似乎輕視著她，這讓方朝雨感到不快。她板起臉道：「我不會喜歡妳的。」

「那麼，妳喜歡過誰嗎？」

方朝雨皺眉，「沒有，我沒有喜歡過任何人。」

程南似笑非笑地看著她，漫不經心的態度讓方朝雨莫名來氣，咬著牙又說：「我雖然沒有喜歡過誰，但絕不會喜歡像妳這樣輕視感情的人。」

程南凝視著她，彎彎唇角，輕道：「那就好。」

方朝雨還來不及細想此話為何，程南便邁開腳步走往校門口，留下方朝雨在後怔然。

❄

引起譁然的程南與杜歆妍，討論度隨著日子一天天過去逐漸降低。那日過後，方朝雨與程南私下再無交談。

學期初的體育課，全班到了游泳池上課。根據規定，學校會進行游泳檢測，想要畢業，會游泳是必須的。

而這對不諳水性的方朝雨來說，無疑是種折磨。

換好泳衣的方朝雨略感不安地站在隊伍之中，隨著體育股長一同做熱身操，心裡感到忐忑。

在新的環境、班上沒有好友的情況，方朝雨知道，她只能靠自己了。一下水，她便數次深呼吸緩解緊張。一旦頭頂進入水裡，她的身體便忍不住顫抖，沒法好好地悠游其中。

這些，程南全看在眼裡。

程南正在一旁隨意游著，對她來說，泡在水裡似乎比在地上更來得自在。她享受浮力帶來的輕盈感，舉凡蛙式、自由式、仰式她都能掌握得很好。這與方朝雨截然不同。

是溺水過嗎？看著方朝雨懊惱的模樣，程南不禁猜想。

游泳課後，方朝雨拖著疲憊的身體走出活動中心。換好衣服的程南追了上去，「喂。」

方朝雨沒停下，繼續往前走，後面又喊：「方朝雨！」她這才停下，一轉頭便看到程南，不禁皺眉。

程南掛著坦蕩的笑容走到方朝雨身邊，笑道：「沒想到妳是旱鴨子。」

方朝雨怒視她一眼，快步往前走。

程南大笑幾聲，「不不，我不是來嘲笑妳——」

「妳分明就是。」方朝雨打斷她，不悅地瞇著眼，「妳以為自己游得好就很了不起嗎？」

「原來妳也有注意到我的泳技啊，謝謝讚美。」

「……」這人的臉皮到底有多厚啊？

見方朝雨真不開心了，程南收起幾分笑臉，認真道：「我真的不是來笑妳，我是想問妳，妳這樣能通過游泳檢測嗎？」

一語說中了方朝雨心中的擔憂，她不語，程南便當她默認，繼續道：「我可以課後陪妳練習。」

方朝雨微愣，隨即皺眉，「妳在開什麼玩笑？」

「認真的。我認識游泳隊的人，只要跟他們說一聲，課後我就可以自由進出泳池，這樣我就可以教妳了。」

見程南說得煞有其事，但方朝雨仍有顧慮，「妳女友不會介意嗎？」

「妳說歆妍啊？她——」

「程南——」

聽到聲音，兩人往聲源一瞧，真是說曹操，曹操到。來人便是下堂要上體育課的杜歆妍。

對上杜歆妍充滿敵意的視線，方朝雨摸摸鼻子往旁躲避以自保。一看就占有欲很強的小學妹，方朝雨可不想自討沒趣，況且……她瞅了眼程南側臉，她也不想跟程南扯出朋友以外的關係。

「歆妍。」程南回道，任杜歆妍挽住手臂。她朝著先回教室的方朝雨喊道：「妳考慮一下！」

方朝雨看她一眼，別過頭往前走。

「考慮什麼？」杜歆妍眨著大眼睛好奇問道。

程南隨意道：「她是我同班同學，不太會游泳，所以我問她要不要放學後我教她游泳。」

「什麼？」杜歆妍一陣錯愕，語調拔高，「妳怎麼可以跟她單獨游泳？」

「是同班同學。」程南聲音低了幾分，「教游泳而已。」

「妳……」

上課鐘聲在此刻迴盪校園，杜歆妍深深看了程南一眼，放開手，霧氣盈滿眼眶，扭頭往操場走。

程南站在原地搔搔後腦杓，嘆口氣，邁開腳步往教室走，因此錯過了杜歆妍回頭的那一眼，滿是眷戀。

方朝雨甫到四樓，便看到姚媛從眼前走過，開口叫住：「姚媛。」

姚媛停下，發現是方朝雨即展開笑顏，「朝雨，妳剛上完游泳課嗎？」

「對啊，好累。」方朝雨走到姚媛身旁，想到方才的插曲便道：「我剛剛碰到杜歆妍。」

「欸？她來找程南嗎？」

「好像是。而且程南剛好在跟我說放學後想教我游泳。」

「啊？」姚媛面露訝異，隨即一臉複雜地問：「那……妳答應了嗎？」

「還來不及拒絕就看到杜歆妍，所以我就走了。畢竟程南有女友，她不在意可我在意。」

姚媛認同地點點頭，確實女友為重，雖然程南本人……可能真的不在意吧。

「不過，妳不會游泳嗎？」姚媛好奇地問。

方朝雨苦笑，「不太會，不過我會想辦法去練習的。」

「這個簡單！我跟游泳隊教練很熟，我幫妳跟他說一聲！」

瞧姚媛興致勃勃的樣子，方朝雨失笑，「妳人緣真的很好。」兩人又聊了一會才各自回教室。

放學，方朝雨便收到姚媛訊息，表示下週就可以去練習了。方朝雨看著訊息微微一笑。

當時的方朝雨並不知道，這將改變自己往後的高中生活。

❄

「成為別人女友」這事，程南自認駕輕就熟。

有許多時候，她更是別人口中的「男友」，或許是個性使然，又或者是給人的感覺，無論是「男友」還是「女友」，於程南來說，都是一樣的。

所以，面對眼前激動的杜歆妍，她是一點也不慌張，靜靜坐在對面，雙手交疊於大腿，似笑非笑地看著她。

「即使我這麼介意，妳也還是想去教學姊嗎？」面對杜歆妍的咄咄逼人，並且將自己做為籌碼的行為，程南只覺得可笑。

程南輕嘆口氣道：「妳既然知道我的答案，為什麼要一問再問呢？」

因為沒有聽到自己想聽到的答案。生來被人捧著疼的杜歆妍又怎能吞下如此委屈？一向要風得風、要雨得雨的她，在程南面前卻不自覺放低姿態，如此卑微。

思及此，杜歆妍是又難過又生氣。揣著這樣的心情，她脫口而道：「那我們分手好了。」

程南不假思索地說：「好啊。」

杜歆妍愣住。

在典雅的咖啡廳中，四處可見甜蜜的情侶與要好的朋友相聚，可沒有一桌如此尷尬，甚至是低氣壓。

杜歆妍所有的掙扎與不安在程南面前似乎不值一提，兩人關係脆弱得一捻即碎。

對此，她真的很想問……

「你到底有沒有喜歡我？」

此話一出，豆大的眼淚溢出眼眶，清澈的大眼滿是悲傷與委屈。程南面色不改，語氣低了幾分，「誰說，在一起需要喜歡？」

杜歆妍不敢置信地睜大眼。

「妳不也是抱著這樣的想法嗎——『反正這個人只要告白就會答應，那不然試試看好了。』不是嗎？」

程南一語中的，杜歆妍頓時語塞，說不出話。

「既然是的話，」程南拿起咖啡淺嚐一口，「我們又有什麼差別呢？」

那便是程南對杜歆妍說的，最後一句話。

整間咖啡店裡的人都往疾步離開店內的杜歆妍望去，瞧她梨花帶雨，不少譴責的目光落到程南身上。早已習慣被這樣注視的她，不以為意地喝著咖啡望向窗外。

看著杜歆妍的背影，程南只覺得似曾相識。

那些主動接近她的人，最後也都主動離去。

杜歆妍與程南分手一事，很快地在校園裡傳遍。本來熱度降低的程南一下又躍升成為焦點，是師生之間茶餘飯後的話題。

這事，自然也傳到了方朝雨耳裡。

方朝雨先是震驚，而後想想程南那散漫的樣子不禁來氣，可又無法說出譴責的話，最後便拋之腦後不再在意。

天氣晴朗的午後，姚媛來找方朝雨一同到合作社買飲料。途中，姚媛問道：「妳有記得帶泳衣嗎？」

「有。」方朝雨淺笑，「妳昨天還提醒我的。」姚媛好像是自己的事一般反覆叮嚀，這讓方朝雨有些感動。

跟姚媛討論過後，方朝雨決定先自己熟悉水性，至少不要害怕水，而這需要她自己想辦法克服，於是姚媛替她找練習的地方，其餘的，只能靠方朝雨自己了。

放學，方朝雨獨自到學校泳池。她先是跟教練打招呼，再進更衣間換衣與淋浴。一走到泳池邊便看到許多校外人士與校內泳隊在練習。方朝雨數次深呼吸後，才慢慢下水，讓身體泡在水裡。

方朝雨做足心理準備後戴上蛙鏡便潛到水裡，怕得緊閉著眼，憋氣一段時間後才迅速挺出水面，並大口大口地深呼吸。

忽地，岸上一片陰影落下，她原不以為意，可當聽到那人的聲音時，她便摘下蛙鏡，愣愣地看著對方。

「妳真的是方朝雨啊？」換上一身泳衣的程南一見到方朝雨笑逐顏開，立刻下了水。

「妳怎麼……」

「我來玩啊。」程南輕鬆地浮在水面上道：「看到很像妳的人就來看看，沒想到真的是妳。」

看到程南，便想到杜歆妍，一時之間方朝雨不知道要露出什麼表情才好。程南倒是不甚在意地道：「我剛剛看到妳下潛，讓我猜，妳是不是有點怕水？」

方朝雨別開頭，「不關妳的事。」欲走到一旁，然而程南輕易地游到她面前擋住她，忽然指著自己的腳說道：「如果妳對水的恐懼來自於無法在水底下呼吸，或是腳踩不到地上的話，那麼，妳就睜開眼吧。試著在水裡睜開眼，盡量往下看，妳會看到自己的腳其實穩穩地踩在地上。」

程南頓了下，看進方朝雨眼裡，道：「我會在旁邊看著，妳不會有事的。」

方朝雨微愣。

程南吸了口氣，壓低身子潛進水裡。看著她頭頂上的泳帽，方朝雨猶豫了下，也吸了口氣往下潛，下意識地閉起眼。

忽地，她的手被人輕輕碰了下，方朝雨睜開眼，在水裡迎上一雙溫和的眼睛，含著笑意望著她。

程南指著底下，方朝雨順著往下看，看見了地板上的波紋，是上面的燈光灑下，隨著水波盪漾著。

這麼看著，她竟然不怕了。

以往只要待在水面下，她就會閉著眼非常不安，可這次不一樣，她是看著自己的腳與地面，因此心安了下來。

心態調整過後，方朝雨這次能好好待在水裡面，過了一會才挺出水面。

「看，這不是挺好的？」程南笑道。

方朝雨欲說些什麼，卻見到程南往岸上一看，朝著岸邊揮手，「芷瑩學姊！」

順著她揮手方向望去，在岸邊的，是肩上披著毛巾的學姊。她的身材高眺，或許是時常游泳，體態勻稱優美，是方朝雨來到這所高中後，第一次覺得稱得上「漂亮」的學生。

「程南。」潘芷瑩朝程南走去，坐到了岸邊。程南游了過去與潘芷瑩笑談幾句。

方朝雨看了她們一眼，便游到一旁繼續練習，將方才那一瞬出現在腦海中的想法拋之腦後——

或許，程南是個好人。

第二章

方朝雨沒想過會再見到杜歆妍。

一日午休，她獨自到圖書館還書。在館內四處閱覽新書時，在角落的課桌椅上，看到眼熟的人趴在那發著呆，眼眶有些紅。

定眼一看，竟是杜歆妍。

上次看到杜歆妍本人，是在游泳課下課後回教室路上。那時的她還是程南的女朋友，是方朝雨認為需要避開的人，但現在兩人已經分手——還鬧到全校皆知，方朝雨便認為自己不必再躲著她。

但是，也沒有必要親近。

她不知道杜歆妍在想些什麼、為了什麼而哭泣，但是她猜，大概是跟程南有關……雖然程南一副什麼事都沒有發生似的，可方朝雨認為，終究是開口告白的那個人比較勇敢。

思及此，方朝雨便轉身走出圖書館，沒發現背後有道目光緊隨著自己。

下午游泳課結束後，程南湊到方朝雨身邊直言誇讚，「妳進步很多嘛，今天比上次好太多了。」

方朝雨看她一眼，想到杜歆妍以及潘芷瑩，忍不住皺眉，「程南。」

「嘿？」

「妳……」或許是同情心氾濫，又或者是杜歆妍的眼淚太讓人感到難受，方朝雨雖然猶豫，但還是開口說道：「下次不喜歡一個人，就不要在一起了。」

程南臉上的笑容，消失了。

「我並不認為這是錯的，因為彼此心甘情願，可是……」方朝雨望進程南眼裡，想起司儀徵選那天的溫暖眼神，「這終究是一件，很傷人的事情啊。」

秋末冬初的風已摻些涼意，方結束游泳課的身體有些冰涼，風拂過，激起一身哆嗦。

那陣涼風，也颳進了心裡。

「喜歡，就得在一起嗎？」

方朝雨一愣。

「在一起，就一定要有喜歡嗎？」程南說得徐緩，卻無半分遲疑，「妳不覺得，『喜歡』是一個膚淺暴力的詞嗎？」

語末，程南別開眼，手隨意插在口袋中往前邁步走向教室。而方朝雨，不斷回想她所說的話。

喜歡一個人，不該是溫柔的嗎？為什麼程南會覺得，這是暴力又膚淺的事呢……

方朝雨想不明白。

回教室前，程南繞去合作社，想買一罐熱奶茶。這是她煩躁時習慣做的事。

走進合作社，程南隨意望著四處，忽然迎上一雙熟悉的大眼。

是杜歆妍。

分手後到底要不要做朋友？還是要老死不相往來？這對程南來說從來都不是一個棘手的問題，她一向很隨興，對方要是願意，大可做朋友，若對方不願意，那麼互不理會也是常有的事。

那麼，既然對到眼了，程南便打個招呼，「嗨。」

不料，一段時間不見的杜歆妍拋下身邊幾個小跟班，朝程南走來，咬著牙說道：「妳是不是因為方朝雨才跟我分手?」

「……什麼?」一時之間,程南有些反應不過來。

又聽她繼續說道:「一定是吧?所以才會跟我分手,甚至不挽留我——一定是因為方朝雨,妳們根本私底下搞起來了吧?」

「妳到底在講什麼……」程南皺眉,出言反駁:「這是我們之間的問題,跟方朝雨——喂!喂!」

任憑程南在後如何喊叫,杜歆妍仍頭也不回地往前走,一邊聽身旁朋友說道:「妳看吧?到現在程南都還在護著方朝雨,放學看到她們一起游泳我就覺得很奇怪……」

每個人心中都有一把忌妒之火,一旦點燃,一點風吹草動皆可燃成熊熊烈火,將彼此燒得體無完膚,無人倖免。

火勢又猛又烈,無力撲滅的方朝雨,一夕之間承著各種眼光,連她自己也不明白為什麼之際,是姚媛匆匆忙忙地告訴她:「妳知不知道發生什麼事?」

方朝雨愣答:「什麼?」

「妳被人家傳是程南的小三,是妳害程南跟杜歆妍分手的,還在她們分手後一起去游泳曬恩愛……」

這樣荒謬的謠傳也傳到程南耳裡。而程南正泡在游泳池裡,仰躺看著天花板上映著水波光圈,晃亂視線。

她想到了方朝雨。

「下次不喜歡一個人,就不要在一起了。」

「我並不認為這是錯的，因為彼此心甘情願，可是……」

「這終究是一件，很傷人的事情啊。」

「呦，我們大紅人程南在這倒是很悠哉。」視線上方多了一張豔麗的面容，著便裝的潘芷瑩笑吟吟地低頭看著程南，「聽說妳捲入了一場三角戀？」

程南潛進水裡，想到曾在水裡見到的那一雙，明亮的眼睛。後雙腳蹬到地上，上身挺出水面，抬眸直視潘芷瑩。

潘芷瑩蹲在岸邊，上半身是一件低領毛衣，胸口若隱若現，朝程南彎彎唇角，「有話對我說？」

「妳對我有意思吧？」

面對程南的直言，潘芷瑩先是一愣，隨即瞇起那雙彷彿會勾人的桃花眼，不假思索地說：「確實很有興趣。怎麼？這麼問是想跟我試試？」

程南似笑非笑地看著她，「妳想的話。」

潘芷瑩朝她勾勾手指，程南接近時，伸出右手勾住程南的脖子，擦著口紅的豔紅雙唇貼上程南冰涼的薄唇。

程南定眼看了看閉眼的潘芷瑩，也慢慢閉上眼。

如果能喜歡上誰，那就好了。

❄

潘芷瑩，校內頗有知名度的高三學生。豔麗、突出的外貌廣為人知，且社群網站粉絲破萬追蹤，是不少人心中的校花。

這樣的校花在社群上放了一張與程南親暱的臉貼臉合照，立刻將話題炒熱，而當初的導火線——方朝雨，立刻被人遺忘。

「欸……結果最後程南去泳池是為了芷瑩學姊，我就知道。」姚媛不意外地說道：「感覺那種火辣的學姊才是她的菜。」

方朝雨只得苦笑，盡量忽視心中的異樣感覺。短時間內連交兩個女朋友，難道程南真的一點也不在意嗎？

「不過這次也幸好有芷瑩學姊，不然妳現在肯定還在被討論。那個程南也真是的，剛復學就一堆事……」

下課時間，兩人趴在欄杆上閒聊。方朝雨垂眸，看著操場上三兩學生，低道：「是啊……」一切時機都太剛好了。

恰巧得不尋常。

「妳知道……程南為什麼休學嗎？」

面對方朝雨的疑惑，姚媛搖搖頭，「這我就不清楚了。有人說她出國一年，也有人以為她是轉學，還有人猜她生病，都是一些不靠譜的猜測。」

方朝雨點點頭。

姚媛擔憂問道：「那妳還要去泳池練習嗎？」

「風頭過了，應該可以去了。畢竟如果程南真的在那，大家只會覺得她是去找芷瑩學姊，那就跟我沒關係了。」

「是也沒錯啦……就快要游泳檢測了，是該練習一下。」

況且，方朝雨覺得自己沒理由躲著程南，畢竟這只是杜歆妍單方面的臆測，問心無愧的她，無須為此負責。

放學，方朝雨到了泳池報到。她已經可以自在地泡在水裡，接下來就是練習最基本的自由式。她扶著岸邊，回想游泳課時老師的教學，自己試著依樣畫葫蘆。

深吸口氣，浮在水面上，她開始用雙腳打水。

「妳的腿沒有伸直。」

方朝雨停下，往上一看，竟是程南。程南咧嘴一笑，「又在這碰面了。」

「妳敢來找我？」不似程南那樣無所謂，方朝雨淡淡道：「又想再來一次嗎？」

聽出她話裡的怨懟，程南搔搔自己的後腦杓，坐到岸邊，「這個，我得跟妳道歉，畢竟妳是無辜的，很抱歉波及到妳。」

方朝雨輕嘆口氣，理智上知道謠傳的根源是杜歆妍，但還是難以不遷怒程南。

「這樣吧！作為補償，我肯定把妳教到會。」程南自以為的好主意，立刻被方朝雨打槍：「不要，到時又被亂傳。」

「哎，不會。」程南下了水，學著方朝雨扶著牆邊，勾唇一笑，「芷瑩跟歆妍不一樣。」

方朝雨別開視線，深吸口氣，低頭開始練習打水。這是自由式最基本的動作，對現在的方朝雨來說不是問題。

接下來難的，是換氣。

程南在旁彷彿看出方朝雨的困難點，認真說道：「我認為自由式有兩點要注意，第一個是滑手入水的動作，幅度要大、要深，才可以確實前進；第二，是換氣。換氣時其實就是往自己斜後方看，不需要把頭抬很高，能吸到氣就好了……」

眼前的程南，讓方朝雨想到司儀徵選那天的她。或許是後來看了太多她散漫的樣子，幾乎快忘了對這人的第一印象，是溫暖的。

「懂了嗎？」

凝視著程南深邃的雙眼，方朝雨忍不住將心中的疑問一股腦兒說出來：「那天司儀徵選，為什麼妳是評審之一？」

面對方朝雨突如其來的疑問，程南有些愣住，隨後失笑道：「我從小學就開始參加朗讀比賽，國中時常參加演講比賽，高中時當了一年司儀，我想，我的經驗是挺豐富的。」

「那妳應該知道，我第二部分表現很差。」

沒想到方朝雨會如此直言，程南往後仰躺，看著天花板道：「是啊，妳第二部分確實表現不好，但我認為這對妳不公平──我的意思是，妳一個轉學生不可能熟悉我們的國文課本，除非版本一樣，但看妳反應就知道，妳很陌生。那麼再回到第一部分，也是最重要的一個部分，不只我，其他教官也覺得妳表現得很好，所以……」

程南側過頭，看向方朝雨，露出了那天的笑容，「妳能當上司儀，與其說是因為我的加分，不如說是妳自己爭取來的。」

原來是這樣。本來，方朝雨就覺得自己不可能入選，所以，簡單來說，如果當初沒有程南，那麼現在她就不會是司儀了吧……

「喂，妳要去哪？」

程南朝著一語不發就打算這麼離開泳池的方朝雨喊道：「妳幹麼啊？」然而方朝雨仍頭也不回地往前走，程南趕緊追了上去。一進休息室，便看到方朝雨彎腰從販賣機拿出兩瓶飲料。

「給妳。」

程南愣愣地看著方朝雨，而後手上被塞了一瓶飲料。

方朝雨道：「暫時先請妳喝飲料。妳能教會我游泳的話，下次就請吃飯。」

程南笑了。

「行！成交！」

這次，方朝雨也沒有察覺到，自己的唇角不自覺上揚幾分。

程南或許不是好人，但肯定不是壞人。

❄

一見到程南走進教官室，連繡琪瞥她一眼，揚眉道：「瞧妳春風滿面的，是剛跟女朋友約會完？」

程南摸摸自己後髮，走到連繡琪座位旁，雙手攀在隔板上，笑吟吟地看著她，「哎唷，教官，不要糗我了。我開心是因為看到妳啊！」

「少來。」雖然知道程南只是耍嘴皮子，連繡琪仍被逗得樂不可支，「買飲料怎麼沒我的份？」

「嘿嘿。」程南得意地搖了搖手中飲料，「這別人請我的，我也是有朋友的好嗎？」

瞧那尾巴翹得高，連繡琪毫不留情地說：「我看是妳下一個女友候選人吧？」

「喂喂……」程南垮下臉，可憐兮兮的模樣讓連繡琪輕笑幾聲。笑語中，連繡琪不禁想起兩年前的事。

程南於連繡琪而言，是故人之女，也是自己學生。或許是程南和其他學生相比多了這層關係，讓她不由得對程南特別關心，遑論在休學前程南還加入春暉社與擔任司儀，時常跑來教官室，兩人愈漸熟稔，對她的關照也日漸加深。

連繡琪對程南早已視如己出，看到她復學，心裡比誰都開心。所以，當程南一復學，連繡琪便讓程南做司儀徵選的評審、告訴她其中一位參加徵選的學生是她未來的同班同學……如此種種，都是為了讓程南對學校更有歸屬感，休學之類的憾事，連繡琪不希望再次發生。

看到程南輕鬆的笑容，連繡琪心中的大石也稍稍放下一些了，可很快地，當另外一個人走進教官室時，連繡琪便收起幾分笑意。

「阿南。」潘芷瑩恰巧經過教官室，看到程南便走了進來。她自然地挽住程南的手，與其餘教官笑談著，惟連繡琪落在程南身上的目光多了幾分擔憂。

這兩年來關於程南的謠言不斷，一復學後種種引人注目的高調行為更是坐實那些流言，對此連繡琪感到頭疼，但也拿程南無可奈何。

連繡琪只希望程南知道自己在做什麼、能真正地感到快樂，那就好了。

忽地，整點鐘聲響遍校園，連繡琪跟著出聲趕人：「晚了，妳們快回家，別在學校逗留。」

「是——」程南不情願地拉長尾音應道，一對上連繡琪的冷眼立刻拉著潘芷瑩逃出教官室。

望著程南離開的背影，她無奈一笑，繼續埋首於工作之中。

程南與潘芷瑩兩人手牽著手走出學校，在分別的十字路口，潘芷瑩忽道：「阿南，妳等會有事嗎？」

「是沒有，怎麼了？」

潘芷瑩眨眨眼，語氣歡快，「那妳要不要來我家吃晚餐？這兩天我爸媽都、不、在、家。」

程南失笑，看了眼潘芷瑩眼裡閃爍的光，別開眼，平聲道：「可以，我送妳回去吧。」兩人便買了晚餐搭車到潘家附近的巷口，慢慢走回去。

天色已暗，兩旁街燈亮起。程南任著潘芷瑩對自己摟摟抱抱，一邊往前走一邊看向路燈。注意到程南的視線，潘芷瑩問：「怎麼了？為什麼一直看？」

聞聲，程南收回視線，搖搖頭，「沒什麼……只是覺得，街燈挺好的。當路人需要光的時候就會自己亮起，但白天卻不會有人注意到，對吧？」

潘芷瑩顯然沒理解程南的話，伸手揉了揉她的髮，「呦，妳在裝文青還是裝憂鬱？快點快點，我好餓！」一邊說一邊拉著程南快步往前走，一盞盞路燈劃過兩人身影，忽明忽暗。

對此，程南笑而不語，隨著潘芷瑩一同進家門。

兩人坐在客廳裡，依偎在一塊吃著方才搭車前買的晚餐。用完餐後，潘芷瑩撥攏自己褐色的大波浪捲髮至右肩，露出白皙脖頸，側頭朝程南彎唇一笑，「妳應該可以再待一會吧？」

潘芷瑩的手摸上她的手背，指腹輕輕摩娑，有些麻癢。程南輕輕「嗯」了聲，望進潘芷瑩眼底，有什麼在翻湧。

下一秒，微涼的唇上覆上柔軟的唇，潘芷瑩的呼息很輕，身上有甜膩的花香，唇角也沾上她唇上的口紅。程南瞇起眼，順著潘芷瑩往後躺在沙發上，視線掠過了她的髮絲，落在天花板懸掛的吊燈上。

「妳居然分心！」

忽地，疼痛從唇上傳來，是潘芷瑩咬了下她的唇。程南痛得皺起眉，低眼迎上潘芷瑩略帶怒氣的雙眼，眼神放柔，欲說些什麼，放在桌上的手機一陣震動。

「……我接個電話。」程南伸長手撈起手機，原本散漫的神情忽地一凝。

見狀，潘芷瑩原想湊過去看看，卻被程南拉開距離。她站起身一邊整理衣服一邊道：「抱歉，我先走了。」

潘芷瑩不可置信地瞪著程南，「……妳說什麼？走？走去哪？」然而程南無視她的錯愕，淡淡道：「有更重要的事。」

話落，程南便頭也不回地走出家門，握緊手中的手機朝著那人所在的地方大步奔去。

被留下的潘芷瑩眼眶積聚淚水，不甘地吞回眼淚，拉緊身上的外套動手整理起桌面的杯盤狼藉。

程南……真如傳言中的那樣駕馭不了啊……意識到這點，潘芷瑩自嘲地笑了笑，躺到沙發上，給程南發了封訊息後便眨了眨溼潤的眼睛，閉眼休息。

方上計程車的程南拿出手機，發現潘芷瑩傳了訊息，點開一看，半晌，按下刪除鍵。

「沒有人會愛這樣的妳。」

❄

上次來到這，已是兩個月前的事。

站在鐵門前，程南按下電鈴，面色強裝的鎮定還是在看到女人的剎那崩落瓦解，流露一絲欣喜。

女人那雙勾人的鳳眼瞇了瞇，彎彎唇角，「程南，好久不見。」那一張一闔的唇上色澤柔亮，彷彿誘人嚐上一口似的，讓程南不自覺盯著瞧。

「進來吧。」女人讓出走道讓程南走進屋裡。程南一邊脫鞋一邊看著她隨意挽起髮，出聲喊道：「秦依瀾。」

「嗯？」慵懶的尾音細長，語調微揚，彷彿勾著人。程南穩了穩心神，道：「沈維顥不在？」

「不然妳怎麼會在這？」秦依瀾好笑地看著眼前的程南，理所當然地說：「他出差不在家，所以問妳要不要來。」

程南低應一聲，走進一旁廚房給自己倒杯溫水。對程南而言，這是最熟悉卻也最陌生的地方——

廚房不再是一人份的鍋具、碗盤架上有了男性的馬克杯，還有之前沒有見過的烤箱與氣炸鍋……諸如此類，都令「與男人同居」這項事實昭然若揭。

「南。」一雙纖細的手從後抱住程南的腰，儘管隔著衣物，程南依舊能感受到女人豐腴性感的柔身，正緊貼著她的背，一如往昔地喊著熟悉的小名。

秦依瀾總喜歡這麼喊她，尤其是在耳鬢廝磨之間，甜膩地這麼喊時，程南沒有一次招架得住，包括此刻。

轉過身，程南吻了吻她的臉頰，一路帶到餐桌前。背抵著餐桌桌沿，秦依瀾任憑程南脫去她身上的衣物，手撫過勻稱的腰線向上，吻落胸口。

「嗯……南……」

聽著秦依瀾甜膩的呻吟，程南單膝跪地，親吻她平坦的腹部，雙手摸上大腿，往兩旁分開。細吻如雨下，細細吻過大腿內側，有隻手放到她的後髮，輕輕往自己腿間壓去。

程南瞇起眼，拉下底褲，湊近其中。對這個人的渴望，在肌膚相親之際滿溢而出，又在無意間見到無名指上的銀戒瞬間澆熄。

連擁著秦依瀾在客廳沙發上休息都顯得不真實，程南只得用毛毯裹緊她，感受她的存在。至少這一刻，她只是程南，女人也只是秦依瀾，不是沈維顥的未婚妻。

「嗯……」懷中的秦依瀾動了下，睜開眼，目光清亮，散去不少情欲的迷濛。她伸出手撫摸程南的臉頰，含笑的目光拂過臉上每一吋，「妳真的長得愈來愈好看了。」

程南彎彎脣角，說道：「我也覺得。妳要抽菸嗎？」

「要。妳幫我到臥房的床頭櫃上拿包菸過來。」

聞言，程南便起身走進臥室。推門而入時，她不自覺停下腳步。

牆上掛著一幅婚紗照。

關上房門，程南走近床邊，抬眸看著婚紗照裡的秦依瀾，一身白紗的她挽起髮，看上去優雅迷人，臉上掛著如陽光一般燦爛的笑容——

那是她不曾對程南露出的微笑。

「程南？」秦依瀾的聲音傳入臥房內，程南回過神，拿了床頭那包菸便扭頭走出臥室並帶上門，將婚紗照隔絕在門後。

回到客廳，程南將菸遞給穿戴整齊的秦依瀾，她走到陽臺抽菸，程南則是坐在陽臺旁的休閒白椅上滑手機打發時間。

在秦依瀾跟沈維顥同居之前，兩人都是這般相處的。程南不喜歡菸味，但喜歡秦依瀾抽菸的模樣。

「為什麼？」秦依瀾曾一手兩指夾菸另一手輕撫程南的髮，含笑道：「覺得我好看？」

特別好看。程南靠在秦依瀾的懷裡，仰著頭，親吻她的臉頰。秦依瀾被親了一口，翻身就壓上程南，又是一陣翻雲覆雨。

日。

那時秦依瀾眼裡的星點，像夏夜裡的螢火蟲。直至今日，程南還記得，那一切清晰得彷若昨

忽地，鈴聲大作。秦依瀾一邊捻熄菸頭一邊拿出手機，定眼一看，不由一愣。

接起的剎那，秦依瀾臉上沒了笑意，可嗓音聽上去仍那般自然，「維顥。」

程南一愣，不用秦依瀾多說些什麼，她立刻站起身匆忙走到客廳收拾書包，一邊聽到身後的秦依瀾從後走近一邊說：「我以為你明天才回來……那太好了，你能幫我帶個牛肉冬粉回來嗎？我好餓——」

程南揹起書包走向門口，手剛摸上門把，忽然有股力道拉過她，將她按在門上，隨即落下的是急促又綿密的吻。

秦依瀾身上的菸味縈繞鼻尖，讓程南有些頭暈目眩。那個吻很短，卻很熱烈。

彷彿秦依瀾仍只有自己似的。

在程南的呼息愈漸急促之時，秦依瀾拉開彼此距離，吻了吻她的唇，彎彎唇角道：「真是可惜了……這可能是最後一次了。」

程南怔住。秦依瀾的笑容多了幾分眷戀，可她很快地坦然說道：「我要結婚了，到時妳要我的喜帖嗎？」

程南望進秦依瀾平靜無波的眼眸，縱然有千言萬語，最後也只化作一個「好」字。

程南轉身走出大門，將秦依瀾的身影隔在門後，毫無留戀地大步往前走。

走到那個，沒有秦依瀾的以後。

❄

游泳檢測的那日上午，程南缺席了。

直到早自修過去，程南依然沒有出現。本想問程南是不是請假，方朝雨忽地想到自己沒有程南的聯絡方式。

中午，方朝雨這才意識到，原來兩人之間的關係是如此薄弱。

方朝雨被教官室廣播。用完午餐後，她立刻到教官室找連繡琪報到。

「教官。」方朝雨戰戰兢兢地站在連繡琪座位旁。見狀，連繡琪失笑幾聲，「妳怎麼好像很怕我？妳不也是春暉社的嗎？總之，今天找妳來，是想問妳願不願意擔任校慶司儀？」

方朝雨微愣，疑惑道：「校慶司儀？可以……由我來嗎？」

連繡琪揚眉，饒富興味地看了看眼前既謹慎又大膽的方朝雨，試探性問道：「不願意？」

「願意，只是有點好奇怎麼會找我。」方朝雨如實以告。

「妳聲音很好、臺風也很穩，我覺得妳挺適合的，如果願意的話，之後每個星期都要來練習，可以嗎？」

方朝雨毫無猶豫地點頭，「可以，之後就麻煩教官了。」

見著眼前意外從容的方朝雨，連繡琪眼裡的笑意深了幾分，略讚許地點點頭，「那好，之後我再找妳。」

語末，上課鐘聲響起，連繡琪便讓方朝雨離開。她走得匆忙，錯過了連繡琪臉上的若有所思。

方朝雨一心繫念不小心遲到的游泳課，快步離開教官室趕去活動中心，當她氣喘吁吁地打開更衣間的門時，不禁一愣。

「……程南？」

聽見喚聲，正在戴泳帽的程南抬眸，從鏡中看到方朝雨，彎唇一笑，「妳這是逃避游泳測驗所以晚來嗎？」

「才沒有，懶得跟妳解釋。」方朝雨瞪她一眼，程南隨即大笑幾聲走出更衣間。

方朝雨不滿地哼了一聲也趕緊換上泳衣，一踏出更衣間，卻見到程南。

方朝雨疑惑地看著她，「妳怎麼……」

「別問了，快點去沖水吧。」背倚著牆的程南拉著方朝雨到蓮蓬頭下沖水，兩人挨了體育老師一頓罵後趕緊做完熱身操，一同下水，在旁看著班上同學依座號開始測驗。

「方朝雨。」

聞聲，方朝雨停下欲戴上蛙鏡的手，側頭看向不知為何笑容特別討人厭的程南，瞇了瞇眼，「幹麼。」

「妳為什麼遲到啊？」程南笑瞇瞇地湊到方朝雨旁邊，手也不停下，一邊撥水一邊說：「妳不是乖寶寶嗎？還是因為今天要游泳檢測——噢！妳潑我！」

方朝雨揚眉，迎上程南怨懟的目光淡淡道：「妳早上也沒來啊。」

「妳也沒找我啊！」程南可憐兮兮地說：「我早上本來要跟妳說聲的，但我發現自己根本沒妳的聯絡方式，等會下課別跑啊，我們互加一下。」

方朝雨沒有說好，也沒有說不好，只是平聲道：「中午連教官找我，問我要不要擔任校慶司儀。」

程南笑道：「那妳答應了吧？」

方朝雨還來不及回答，一旁同學便叫她倆準備進行游泳測驗。兩人互看一眼，一同游去水道。

方朝雨有些意外測驗當下沒有自己所想的那樣緊張，她看向一旁正戴上蛙鏡的程南時，迎上了一雙明亮的眼眸。

沒問題的——不知怎麼地，方朝雨彷彿能從程南眼裡讀出這句話。

「預備——開始！」

方朝雨潛進了水裡，四周的聲音遠去，腳蹬牆，她奮力划水向前游。看見程南在她前方，這讓方朝雨感到莫名心安。在周身濺起的水花中，方朝雨見到前方的程南身影輕盈優雅，讓她忍不住加大划水的動作，就為跟上去。

那樣的程南，好像很快樂。

領先所有人的程南手一摸到泳池岸邊立刻站起身，那臉上的笑容燦爛得如外面的豔陽般。雖晚了程南數十秒，方朝雨最終也順利游到了對岸，等同於通過了游泳測驗。

「恭喜啊。」在方朝雨摸到岸邊時，程南歡快道：「妳游得挺好的嘛，恭喜我們都通過啦！」

方朝雨點點頭，摘下蛙鏡時輕咳了幾聲。不擅游泳的她還是喝了幾口水，但是已經遠比一開始完全不敢下水要好得許多。

這一切，還得歸功於程南。

兩人雙雙上岸，見程南走往更衣間，方朝雨叫住她：「程南。」

聞聲，程南停下，回頭疑惑地看著方朝雨，「嗯？怎麼了？」

見方朝雨支支吾吾的，面上帶點彆扭，她很快地意識到方朝雨大抵是想跟她道謝，思及此，程南輕笑幾聲，「我喜歡吃蛋包飯。」

方朝雨愣了下，點點頭，「待會放學去吃？」

「好啊。」程南脫下泳帽，甩了甩，像隻大狗狗似的，讓方朝雨忍不住跟著笑了。

兩人離開活動中心時，放學鐘聲方響起，雙雙揹著書包跟著三兩學生一同走向校門口。

「欸，我們來交換一下LINE，妳的條碼給我掃。」程南說。

方朝雨拿出手機，兩人湊在一起交換了LINE。互加好友成功後，程南立刻點開方朝雨的頭貼，兩指放大照片，忽然笑出聲。

方朝雨瞪她一眼，「笑什麼？沒禮貌。」就想伸手奪過程南的手機。

程南一邊笑一邊舉高手機，「沒什麼，我就覺得妳國中看起來很……」想到那個可愛的妹妹頭劉海，她忍俊不禁，「可愛。」

這話直接讓方朝雨炸毛，她漲紅滿臉瞪了程南一眼，逕自往前走。見方朝雨不理自己，程南收起幾分笑意趕緊跟上去，在後歡快地說道：「真的挺可愛的啊，但我更喜歡現在。」

方朝雨停下，回頭看著程南的笑容，白她一眼，「妳不說話沒人把妳當啞巴。」

雖然是笑語，可程南是真心這麼覺得的。現在的方朝雨不再是齊劉海，蓄著及胸長髮，劉海是清爽的三七分造型，整個人看上去素雅簡單，讓人覺得很舒服。

「那換我看妳頭貼啊。」方朝雨打開LINE點開程南的頭貼，哼了一聲，「裝什麼文青？還在海邊拍背影照。」

程南的頭貼是一張面向大海的背影照，陽光燦爛、海水蔚藍，透過照片似乎都能感受到那樣舒適海風拂面而來，如程南湊近而來的笑容一般。

「不是裝的，我是真的挺文青的。」程南勾起唇角，「我會買書還有買唱片，想不到吧？」

「……不要臉。」方朝雨臉色緩和幾分，倒不是真的羞惱，只是……有點害臊而已。

橘橙色夕陽映照在兩人身上，暈出一圈淡淡的光。被夕陽曬紅的臉像顆蘋果，是長存於方朝雨心中的風景。

多年過去，耀眼依舊。

❄

這是方朝雨轉學後第一次在學校附近用餐。這一條街的所有店家對方朝雨而言都相當新鮮有趣。程南當起嚮導，拉著她一間又一間介紹。

「這間烘焙坊的蛋撻很好吃！」

「那間手搖的紅茶很棒！」

「還有那邊的滷肉飯超好吃！」

方朝雨跟在程南後面聽得暈頭轉向，見她如此滔滔不絕，方朝雨無奈一笑，就這麼隨她去了。

走過幾條巷口，程南將方朝雨拉進一間日式料理，熟稔地挑了個角落位置，翻開桌上菜單喜孜孜地道：「這個微辛辣咖哩蛋包飯超級好吃！不過妳敢吃辣嗎？」

方朝雨面有難色地搖搖頭，「不太吃……」

「哦，那這個也很棒！」程南又指了其餘品項推薦給方朝雨，很快地兩人劃記好菜單，程南主動去櫃檯順便把兩人的帳一起結了。

方朝雨則是離開座位到自助吧拿了餐具與飲料回到座位上，見程南正在整理鈔票，皺眉道：「妳結帳了？」

「哦，是啊。」程南不以為然地說：「畢竟妳陪我吃飯。」

「可是——」

程南打斷她，「哎，我可比妳大一屆。妳要是真的很在意，那麼好好吃這頓飯就可以了。」

方朝雨這才想到她確實比程南小一屆，眼前的程南嚴格說起來是她的學姊沒錯……其餘的，方朝雨什麼都不知道。

「對了，說到這，妳是轉學生吧？」提及此，方朝雨胸口一緊，正想著若下句程南問起原因，自己該如何掩飾轉學原因時，程南便道：「在這還適應嗎？」

方朝雨微愣，趕忙點點頭，「還可以。」

程南眼珠子轉了圈，不禁笑了出來。對上方朝雨略茫然的神情，程南低下眼喝了口水，「沒事。」

只是很久沒遇到這樣單純的人了，什麼情緒都寫在臉上，一清二楚的。

在餐點送上之前，程南起身去了趟洗手間。無聊的方朝雨正隨意看著店內充滿日式風格的布置時，兩個並肩走進店裡的男女學生吸引了方朝雨的注意。

定眼一瞧，她不禁一愣。

其中那個女生，竟然是潘芷瑩！她正與身旁同樣身穿制服的男生有說有笑，兩人互動甚是親暱，方朝雨不禁感到訝異。

很快地，她想到程南。

思及此，方朝雨立刻站起身走往洗手間，雖然她根本還沒想好自己能做些什麼，身體卻先行動了起來。

程南正一邊甩手一邊走出洗手間，與方朝雨撞得正著。她後退一步，見眼前的方朝雨面上有些異色，疑惑問：「怎麼了？」

方朝雨支支吾吾地道：「呃……我……」

見她又是回頭又是盯著自己瞧，程南不禁笑了出來，「妳這是在逗我笑嗎？」視線掠過方朝雨，在自助吧前方，她看見了熟悉的身影。
那頭惹人注目的長髮，也只有潘芷瑩了。
視線放回方朝雨素淨的面容上，程南的目光溫和了幾分，彎唇一笑，「我餓了。」
方朝雨似乎意會到什麼，低下眼，轉身拉著程南走回位子上。兩份餐點已送上桌，看上去美味可口，她倆雙雙入席享用晚餐。
或許是因為知道這間小店有潘芷瑩的存在，且方朝雨還親眼目睹她與男性友人的親暱，這讓她心裡滿是疙瘩，卻又不知從何與程南提起，而她心裡的糾結全表現在臉上，程南瞧見了，忍俊不禁，「不好吃嗎？」
「啊？好吃啊！很好吃。」方朝雨咬了一口飯送入口中，蛋香濃郁、口感滑嫩，搭上粒粒分明的白飯，讓人忍不住一口接著一口。
要是沒有潘芷瑩，或許方朝雨就可以全心投入在餐點之中。
程南看著她，目光深了幾分，「妳在想潘芷瑩嗎？」
方朝雨的手一頓，默了下，有些遲疑地說：「潘芷瑩學姊……不是妳女朋友嗎？」
「嗯，是啊。」程南坦然接道：「然後呢？」
「什麼然後？」方朝雨抬起頭，皺起眉，「那學姊跟其他人，還是異性這麼親暱，妳都無所謂嗎？」
程南面上波瀾不興，靜靜地看著方朝雨，半晌，才勾起唇角，「無所謂。」
「為什麼？那這樣交往有什麼意義！」方朝雨無法理解程南的話，更是不甚認同，情緒也跟著激動幾分，「我是沒有跟別人交往過，但是我認為的交往不該是這樣！」
面對方朝雨的認真，程南漫不經心地看著她，「不然是怎麼樣？」

「認真、用心。」方朝雨直看著她，「不該這樣隨隨便便的。」

程南笑了，可那笑意卻不進眼底。程南上身前傾抵著桌沿，湊近方朝雨，彎著唇角道：「那妳跟我在一起，教我怎麼去愛一個人好了。」

方朝雨一怔，胸口隨即湧上莫名的憤怒，她咬著牙應：「……妳在羞辱我嗎？」

程南默著，看著方朝雨站起身頭也不回地走出店裡，那盤美味的蛋包飯還有大半被擱在那。

程南若有所思地看向門口，半晌，才輕嘆口氣跟著起身離開了店裡。

程南自己也不明白，怎麼方才有那麼一瞬，希望方朝雨留下。

第三章

期中考後，校慶緊隨而來。

姚媛在社課開始之前，到教官室找天天來這練習的方朝雨。一看到姚媛，方朝雨臉上多了淺淡的笑容，「姚媛。」

「朝雨，妳好了嗎？」

方朝雨點點頭，收起校慶當天的講稿與姚媛一起離開教官室。一踏出教官室，姚媛便壓著聲音神祕兮兮地問道：「妳會不會覺得繡繡很凶？」

瞧她眼珠子轉了轉，方朝雨失笑，「不會。教官她很認真教我，我學到很多。」

「是喔，不過繡繡人真的很好，我很期待妳校慶那天當司儀的樣子。」

方朝雨正式上臺的日子一天天逼近，姚媛原以為她這幾日的陰鬱是因為如此，可又看方朝雨在這方面似乎如魚得水，在社課課間休息時終於忍不住問：「妳是不是心情不好？」

兩人並肩坐在階梯上，當姚媛這麼一問，方朝雨低下眼，抱著自己的膝蓋，悶悶道：「嗯……有一點。」

「考試沒考好嗎？」說到這，姚媛搔搔自己的後腦杓，「如果是的話，我們也算是同病相憐了，我的數學也考爆了——」姚媛拉長的尾音聽上去相當不情願，這讓方朝雨忍不住笑了，「很糟嗎？」

姚媛皺了皺眉，沮喪地說：「沒及格，所以我媽叫我自己去找補習班……說到這，我前幾天去附近的一間補習班旁聽，竟然遇到程南！」

一提到程南，姚媛便見方朝雨神色有異，想了想，小心翼翼地問：「……跟她有關嗎？」

方朝雨彎彎唇角，並不否認，「算吧……程南也在那邊補習嗎？」

「這我就不清楚了，不過她似乎跟那邊的班主任很熟，兩人有說有笑的，而且——那個數學班主任叫李薰，很正！是清秀的大姊姊。」說完姚媛嫌棄地咂咂嘴，面上毫不掩飾對程南的排斥。

聽到這，方朝雨心上彷彿蒙上一層灰，太多事情想不明白了。

「嗯……那我想妳應該不願意陪我去上數學吧？」

「咦？」方朝雨抬頭看向姚媛，在那清秀的面上難得看到一絲羞赧與遲疑，方朝雨忍不住笑了。

方朝雨這一笑，讓本就沒底的姚媛更慌了，「幹麼！」她漲紅臉，瞪了方朝雨一眼。那眼神軟綿綿的，方朝雨輕易接下，笑語：「妳也會怕人拒絕嗎？」

「不然呢！」

方朝雨大笑幾聲，上課鐘聲也在此刻響起，她便道：「等會下課我再跟妳說。」便繼續社團團康活動。

實在沒理由因為程南的關係不陪姚媛去試聽數學，且方朝雨也覺得自己是該開始認真打基礎了。她是轉學生不符校內繁星資格，又不想拖到七月的指考，那麼考試時間較早的學測就是她唯一的升學途徑。

最重要的是，為什麼是她要避著程南？想到這個她就莫名不悅，一口答應下來。

放學，姚媛開心地拉著方朝雨先去吃晚餐再到補習班。經過程南帶她去的日式料理店前，方朝雨忍不住停下。

「怎麼了？妳想吃這間嗎？」姚媛好奇地問。

方朝雨看了看，低下眼，搖搖頭，拉著姚媛往前走。兩人四處兜轉，最後在自助餐解決晚餐。前往補習班路上，姚媛問：「妳有補習過嗎？」

方朝雨搖頭，「沒有，不過我想加強自己的數理才能應付大考。如果今天試聽後的感覺不錯，我就回去跟我爸說一聲。」

聽到方朝雨似乎有可能陪自己去補習，姚媛自然是開心的，一進補習班就跟幾位老師與同學打招呼，拉著靦腆的方朝雨打過照面。

方朝雨填寫完試聽資料後，兩人上樓。姚媛的好人緣不只在學校，在補習班也是，幾個同學對方朝雨充滿好奇，有別間學校的，也有同校的，數學班好不熱鬧。

忽地，一道清亮的女嗓推門而入，「在外面就聽得到聊天聲，就知道是姚姚來啦。」

姚媛從座位上跳起來：「我哪有！抗議！」順著聲源望去，方朝雨迎上一雙炯炯有神的溫潤眼眸，素雅清秀的面上掛著淺淡笑容，氣質溫和，留著及胸長髮，看上去只比自己大上幾歲。

見女人走到臺前，方朝雨才意識到她就是數學老師。

「好啦，把上週作業由後往前收上來。」此話一落，方朝雨學著姚媛一同站起身往前收同學考卷，走到臺前交上那疊試卷時，女人忽然同自己搭話：「是新來的學生嗎？」

方朝雨微愣，點點頭，女人彎彎唇角，笑容溫和，「這是今天的講義，給妳一份，有問題妳可以來找我，也可以問姚姚。」

「謝謝。」方朝雨接過講義，封面印著授課教師的名字：李薰。方朝雨這才想到她便是姚媛口中所說的，與程南關係要好的數學老師。

方朝雨坐下前，環視了一下教室，沒見到程南的身影，心底湧上莫名的情緒，還來不及細想，注意力便被李薰拉去，投入在課程中。

李薰正在教第二次期中考範圍的直線方程式，在學校方朝雨聽得一知半解，可在李薰循序漸進的講課中，她意外地發現自己竟然懂了大半，且李薰的上課方式很有條理，方朝雨相當喜歡。

很快第一節課過去，課間休息十五分鐘。一下課姚媛便湊近問：「還聽得懂嗎？」

方朝雨點頭，「聽得懂，而且我覺得講得很好。」

「我也是！我滿喜歡李薰上課的方式。」姚媛眼珠子轉了圈，兩眼笑得彎彎的，「謝謝妳今天陪我來。」

方朝雨微微一笑，略感害臊。姚媛起身表示要去廁所，方朝雨便跟了過去。她站在洗手間外等著姚媛，餘光忽地瞥見熟悉的身影，下意識地低下頭迴避，隨即皺眉。

到底在幹麼……方朝雨在心裡唾棄自己一番，不過是看到一個像程南的學生，自己有必要躲嗎？真的是……

「方朝雨？」

方朝雨身版一顫，抬起頭，便見到程南，以及她身後一臉好奇的李薰。

「妳們認識嗎？」

瞧這兩人氛圍有些微妙，李薰看了看，問：「同班嗎？」

程南撥了撥稍長的劉海道：「嗯，同班，她是我們班的轉學生。」

聞言，李薰的目光多了幾分興味，意味深長地點點頭，「挺好的，互相照顧一下。」

方朝雨默著，一來是與程南還有些尷尬，二來方朝雨是第一天認識李薰，又是自己班主任，不免生疏。

「嘿！妳們在這幹麼？」姚媛朝氣蓬勃的聲音適時地插入，方朝雨的目光多了幾分感激，默默靠往姚媛，「剛好碰到。」

視線在三人身上轉了圈，李薰笑道：「好啦，妳們慢慢聊，我先下去。」隨即轉身走下樓。

程南臉上仍掛著漫不經心的笑容，姚媛瞥她一眼，便拉著方朝雨往教室走，經過程南時，忽地聽到她開口道：「妳還是那麼討厭我嗎？」

方朝雨一愣，可很快地便知道她不是在問自己。

「不然呢？」姚媛停下，轉過頭沉下臉看著程南，「妳怎麼有臉問我？」

「但妳明明知道，當初我並沒有做錯什麼。」

姚媛沉默了。方朝雨在旁感到有些窘迫，輕輕挽起姚媛的手臂，姚媛看了方朝雨一眼，神色柔和幾分，不發一語地拉著方朝雨回教室。

進教室前，方朝雨瞅了程南一眼。興許是程南站在暗處，因此沒能看清楚她臉上的表情。

最後一堂數學課後，姚媛很安靜，方朝雨頻頻看向她，然而也只得到一個淡淡的笑容，流露出一絲疲倦。

八點一到，學生一哄而散。李薰走了過來，坐到方朝雨前方空位問道：「今天還聽得懂嗎？」

方朝雨點頭，「老師教得很好，我覺得很清楚。」

聞言，李薰笑了，「謝謝，希望之後有機會看到妳。走吧，我送妳們一起下樓。」

兩人起身，惟姚媛仍坐在位子上，方朝雨有些遲疑地說：「姚媛？」

姚媛猛地抬起頭，迎上方朝雨擔憂的視線，趕緊站起身，「要走了嗎？」

方朝雨點頭，三人慢慢走下樓。

姚媛與方朝雨兩人站在補習班外一同等家長，方朝雨欲言又止的模樣，讓姚媛忍不住笑了，「有沒有人說過妳的情緒都寫在臉上？」

「欸？」方朝雨摸摸自己的臉，「有、有嗎？」

方朝雨是個特別的人，姚媛第一眼就這麼覺得。儘管方朝雨不是一個話多的人，可只要待在她的身邊，就好似沐浴在冬日裡的暖陽之中，讓人不自覺放鬆心神，感到舒適自在。

這樣的方朝雨，讓姚媛覺得什麼事都可以跟她說，她會好好地接住自己……

「在妳轉來之前，就是高一的時候，我跟一個學姊感情很好……」夜風微涼，拂過兩人身側，姚媛想起了以前的事——

「妳要勇敢一點！」

這是姚媛最常對彭婉柔說的一句話。那句話是鼓勵，可最後卻變成了枷鎖，甚至是，詛咒。

高一入學時，總是自來熟的姚媛便主動結識同社的學姊彭婉柔，不久兩人便相當熟稔，除社團外的時間也時常膩在一塊，感情融洽。

姚媛的活潑開朗與彭婉柔的冷靜淡然形成迥異對比，可這無礙兩人之間的好交情。

約是近年底，校園洋溢過節的歡樂氣氛，四處可見聖誕裝飾，活動之一的「歲末餅乾傳情」備受矚目。當單子發下，姚媛毫不猶豫地訂了好幾包餅乾要給老師與以前國中同校，現在略有交集的幾個朋友，價格最昂貴也最受歡迎的，她訂了一個給彭婉柔。

低調的彭婉柔則只訂了兩包，一包給姚媛，另一包……

「哎，我的手寫到好痠！」每包餅乾上都會附上一張小卡，最終由班聯會統一收齊，而姚媛一時訂了太多包餅乾，正努力趕工。

兩人約在學校附近的超商隨意吃著晚餐，當姚媛往旁一看，彭婉柔立刻用手蓋住桌面上那張小卡。

「齁，妳要給誰？」姚媛兩眼笑得彎彎的，追問道：「喜歡誰呀？」

「沒、沒有。」

難得見到彭婉柔臉上有怯色，姚媛身後彷彿多了一個毛茸茸的尾巴左右搖著，「跟我說嘛！」

彭婉柔看了姚媛一眼，迎上那雙晶亮的眼眸，她輕嘆口氣，笑容多了幾分無奈，「也不是不能告訴妳……」

猶豫了會，彭婉柔慢慢移開手掌，姚媛湊過去一看，收件人欄位看到兩個字：程南。

「那是我第一次知道程南這個人。」姚媛的話很輕，如粒小石子投入湖中，泛起圈圈漣漪。「也是我第一次覺得，自己真的做錯了。」

如果能重來一次，姚媛是絕對不會推著彭婉柔向前走，走到那個人身邊……

姚媛疑惑地問：「程南？」

彭婉柔點頭，「我之前的同班同學……不過她休學了，但我聽教官說聖誕節她會回來學校辦事情。」

「那就交給她啊！」姚媛揚聲道：「不然妳花錢買來幹什麼？而且她既然休學了，那就代表只有聖誕節可以交給她了吧？」

「是沒錯……」

見彭婉柔仍有遲疑，姚媛拚命出言鼓勵，最後彭婉柔在小卡上寫下自己的名字與聖誕祝福，一筆一劃寫得特別慢、特別鄭重，好似將自己的心意全刻在文字中。

「然後……被程南拒絕了嗎？」方朝雨問。

姚媛搖搖頭，欲繼續往下道，卻見一輛銀車停在方朝雨眼前，她便笑了笑，「明天見。」

方朝雨張了張口，闔上，點點頭，「明天見。」便打開車門坐上父親的車離開。

姚媛正轉身想走回補習班裡等家長，卻迎面碰上程南。本想冷嘲熱諷一般，可程南面上毫無表情，似乎有話想說。

「怎樣？」

直面姚媛的憤怒，程南深吸口氣，忽地遞出一張折成一疊的紙，「幫我轉交給彭婉柔，如果妳不願意，扔掉也無所謂。」不待姚媛的回應，她逕自往前走，離開了補習班。

姚媛皺了皺眉，打開一看，不禁愣住。默了半晌，她才長嘆口氣，小心翼翼地將信收到口袋中。

真的，太遲了。

❄

陽光明媚的午後，總讓人昏昏欲睡。

在方朝雨練完校慶司儀的講稿後，連繡琪忽地叫住她，讓方朝雨在原地待著，自己則走出教官室，不一會，連繡琪再次出現，可這次身後多了一名男同學。

連繡琪道：「記得我跟妳說過，校慶司儀是一男一女搭檔吧？」

方朝雨點頭，確實有這回事。

「他是唐逸銘，是三年級的學長。我看你們各自都練得差不多了，月底就是校慶，這兩週搭著練習看看。」

聞言，方朝雨望向高自己一顆頭的學長，微微頷首，唐逸銘也跟著點頭回應，白淨的臉上略有窘色，似乎不太擅長與人交談。

見狀，連繡琪拍了下唐逸銘的背，「你害羞什麼？你還要照顧學妹，不要到時候給我出糗欸。」唐逸銘摸摸自己的後髮，看了方朝雨一眼，很快地又別開了，「好……我會努力的。」

聽見上課鐘聲響起，唐逸銘打個招呼後快步離開教官室，連繡琪搖搖頭，說道：「別看他這樣，他很可靠的，人也不錯，只是不太會跟女生相處，妳……多照顧他吧。」

瞧連繡琪臉上的無奈，方朝雨輕笑幾聲，應聲好後跟著離開教官室。

不知不覺方朝雨在這所學校也待了快三個月，與班上不像開學初那樣陌生，稍稍搭得上話，但真正熟稔的還是只有姚媛。

方朝雨昨晚回家後已徵得父親同意，之後可以跟著姚媛一起去補習，雖然程南也在那，但方朝雨喜歡李薰的教課風格，方父也覺得補習沒什麼不好，便同意了。

「交到朋友了？」方父好奇問。

方朝雨點點頭，眉梢染上一絲喜悅，「她是個很好、很活潑的人，同社團的，不過我們不同班。」

方父略感欣慰，聽著直點頭，「挺好的。」心裡那顆大石頭也跟著放下了些，本怕女兒轉學後適應不良，現在看起來似乎過得不錯。

這樣就好，其餘的，包括課業成績，他也就不要求了。兩人又淺談了會才各自回房，而方朝雨本想第一時間傳訊息給姚媛，但怕對方在念書會打擾到便作罷，況且，她也想親自看看姚媛開心的樣子。

姚媛的笑容很有感染力，讓人看著也不禁嘴角上揚——本來應該是這樣子的，可此刻姚媛的反應卻與方朝雨所想的截然不同。

「那太好了。」姚媛盡量讓自己說得歡快，可方朝雨心思敏捷，又怎麼會察覺不到她的反常？她微蹙眉，輕問：「發生什麼事了嗎？」

姚嫒一愣，垂下頭，半張臉埋進放在欄杆上的雙臂之間。方朝雨也不催促，只是在旁靜靜地看著她。

迎上方朝雨平靜的目光，姚嫒抿了抿唇，聲音低啞，「如果……我說如果，有些道歉遲了好久、好久，那妳覺得還應該說出口嗎？」

方朝雨不假思索地說：「該。」

她的毫不猶豫讓姚嫒有些愣怔，她的聲音有些不穩，顫顫道：「可是已經錯過了、甚至於事無補，那也應該說嗎？不就只會讓好不容易忘記過去的人被迫再次想起嗎？」

「可是，我覺得……」方朝雨面色不改，目光甚至溫柔了幾分，堅定而溫和地說：「有些人這一輩子都在等那句道歉，或許遲了，可終究是到來了。」

姚嫒怔怔地看著方朝雨，欲言又止。

方朝雨思忖了下，繼續道：「我不知道到底發生什麼事，我只覺得，道歉並不是為了求得原諒，而是為自己過去的行為負責，至於要不要接受、或是該不該原諒，都不是旁觀者能決定的。」

寥寥幾句，便讓姚嫒想明白了。是啊，這是彭婉柔與程南的事，姚嫒怕的，是重蹈覆轍，所以才這樣戰戰兢兢、小心翼翼，就是怕自己又做了什麼傷害到別人，可是就像方朝雨說的，這不是自己能決定的。

「妳不相信那個人嗎？」方朝雨的目光清澈，沒有任何一絲遲疑，「就算真的搞砸了，那也會被對方理解的，因為妳是那麼努力的為他著想，至少，是我的話，我會很感激的。」

姚嫒笑了，眼眶有些熱。

「……謝謝。」

方朝雨搖搖頭，她覺得自己真的沒有做些什麼，或許應該說，自己能做的也只有這樣了。

「其實……」姚媛深吸口氣，「昨天在妳走之後，我碰到程南，她給了我一封信，希望轉交給我那個好朋友。我看了一下內容，她想跟我朋友道歉……我不知道該不該將信交給她。」

方朝雨理解地點點頭，又問：「她們鬧得很不愉快嗎？」

「倒也沒有，其實，一切平淡如水……」

對姚媛而言，去年聖誕節最棒的禮物，就是彭婉柔的笑容。

在校內舉行歲末感恩活動的那日下午，確實有個身穿便衣的高䠷女生在活動中心內與教官們相談甚歡，要不是姚媛班級剛好靠近門口，她大概也沒有機會見到那個人。

那便是姚媛第一次見到程南的樣子。

整個下午的活動結束後，姚媛與隔壁同學聊得渾然忘我，晚些離開活動中心，因此看到彭婉柔與那個女生站在角落，姚媛經過時看了彭婉柔一眼，面上有著她從未見過的羞赧，眼裡閃著光芒。

姚媛微微一笑，內心默默幫彭婉柔加油打氣。

當天晚上，姚媛便接到彭婉柔的電話，對方甚至直接打視訊過來。姚媛一邊整理頭髮一邊趕緊接起，便看到鏡頭另端的彭婉柔，面上有著靦腆笑容，透著一絲歡喜。

「程南答應跟我交往了。」

姚媛一愣，連忙說著好幾聲恭喜，兩人開開心心的。彭婉柔的臉紅得像一顆蘋果，說得有些急：「姚媛……真的、真的很謝謝妳，如果不是妳一直鼓勵我，我肯定會放棄的，現在也不會這麼開心了。」

姚媛大大一笑，「沒什麼，是學姊妳很努力。」且值得被喜歡。

正因為彭婉柔曾如此對自己鄭重道謝過，所以即便已過一段時日，姚媛仍然耿耿於懷。

「我總覺得，那是我的錯。」姚媛彎彎脣角，眼裡沒有絲毫笑意，只有無盡的悔意，「儘管學姊從來沒有怪過我。」

兩人戀情只持續短短三個月，倒不是程南提分手的，而是彭婉柔。

「我覺得她沒有一天是真正喜歡我的。」彭婉柔紅著眼睛如此道：「那種感覺，太寂寞了。」

很快地，又傳出程南跟哪個學姊、學妹要好，甚至還有別校的學生。程南休學那一年，關於她的流言蜚語從未停止過，直至今日。

方朝雨語塞，一時之間竟說不出話。她聽到姚媛嘆息般地道：「我有時候覺得，程南似乎誰都喜歡，卻也誰都不喜歡……」

方朝雨不禁想，「太易動心」與「不易動情」，究竟是哪個傷人呢……

❄

午後，陽光恣意地鋪展開來。迎著光，方朝雨不禁瞇起眼，抬手遮著自己的前方。

她一如往常地到教官室找連繡琪報到，然而連繡琪卻道：「之後都在活動中心練習吧，讓妳跟唐逸銘熟悉一下。」

方朝雨愣了下，連忙點頭，又從教官室走到活動中心。一踏進活動中心，一瓶飲料便遞到自己眼前，方朝雨抬眼一看，竟是唐逸銘。

「買兩瓶有打折，不過我發現自己喝不完，所以一瓶給妳。」唐逸銘說。

方朝雨頓了下，才伸手接過飲料，「謝謝學長。」兩人便一起上樓走到禮堂。

這是兩人第二次見面，也是第一次單獨相處。唐逸銘隨意地坐在舞臺邊緣，方朝雨也跟著坐下，兩人之間留了些距離。

面對偌大的禮堂，唐逸銘忽道：「妳是主動來當校慶司儀的嗎？」

方朝雨搖頭，「不是，教官問我要不要當，我想了下就答應了。」她頓了下，問：「學長呢？」

「我是自己跑去問教官的。」唐逸銘摸摸自己的後髮，面上有一絲窘迫，「想說也高三了，最後一年就想做點什麼。」

方說完，連繡琪的聲音便伴著腳步聲從舞臺後方傳出，「唐逸銘、方朝雨，過來練習了。」兩人不敢怠慢，連忙起身走向連繡琪，開始走位與排練。

午休結束，兩人鬆了口氣，在離開前連繡琪說道：「之後都在這對練，不用再到教官室了。」

兩人應聲好，便一起離開活動中心。

獨處時，唐逸銘努力與方朝雨搭話，而方朝雨也有問必答，總看著他的眼睛耐心傾聽，讓唐逸銘的話也跟著多了些。雖談不上熱絡，但至少不再生疏，也不再如當初那般尷尬。

「這樣聽起來，學長似乎人還不錯？」姚媛問。

放學，姚媛來找方朝雨一起去補習班。每週兩天的補習日，兩人已經約好之後放學都一起去。

瞧姚媛一臉開心的，方朝雨失笑，「妳怎麼比我還好奇？」

「妳不在意只好我來在意啊。」說到這，姚媛可有話說了，神情哀怨幾分，「妳看看妳，好像都沒有特別在意的人，也沒跟誰特別好——除我之外的，有沒有妳自己說？」

方朝雨刮刮自己的鼻梁，發現沒法反駁半句，只得轉移話題，聊些不著邊際的事，一邊走向補習班。

一進班裡，姚媛被櫃檯老師找去，方朝雨便先上樓放個人物品，在轉角處碰巧見到程南，而她正與李薰相談甚歡。方朝雨微皺了下眉，瞥了程南一眼逕自走進教室。

在旁看著這一切的李薰話鋒一轉，不禁問：「妳們感情有這麼不好嗎？妳不是挺在意人家的？」

「我才沒有。」程南迅速否認道：「妳別亂說。」

李薰的目光多了幾分興味，看著眼前總悠然自得，兜轉在女性之中的程南難得擺出這種局促表情，失笑道：「就跟妳說要收斂點，哪天會有報應的。」

「……不是這樣的。」程南不知道該從何解釋起，煩躁地摸摸自己的後頸，「方朝雨她……總之不一樣。」

至於不一樣在哪，這次李薰好心放過她，沒再追問下去。餘光瞥到方朝雨走出教室，李薰便道：「好啦，我先下去拿考卷。」便轉身下樓。

程南看向方朝雨，頓了下，才出聲喊：「方朝雨。」瞧對方肩膀微顫，大抵是沒想到會被叫住，她彎彎脣角，湊了過去，「嘿，妳確定要繼續在這補習啦？」

自兩人上次在日式料理店不歡而散後已數日過去，雖然同班的兩人天天見到彼此，但無刻意交談，就這麼毫無交集地一日過一日。程南選擇打破僵局，露出一個大大的笑容，主動道：「李薰教得不錯吧？」

見程南將班主任叫得如此親暱，再想想她仍有個穩定交往的女友，方朝雨心裡便滿是疙瘩，淡淡應：「嗯，所以我才繼續來聽課。」

真是尷尬啊……程南摸摸鼻子，頗有熱臉貼冷屁股的感覺。她收起幾分笑意，看進方朝雨眼裡，「妳……對我有什麼不滿嗎？」

說起來這些也都是程南的私事，與自己無關，可方朝雨就是覺得不對，因而影響到與程南的相處，這讓方朝雨有些懊惱，甚至，不知所措。

不知道怎麼表達的方朝雨愈趨冷淡，低道：「沒有，反正妳都是這樣。」後面的話想想有些傷人，方朝雨於是沒說出口。

程南的目光深了幾分，過去她是一點也不在意別人如何評論、看待自己的，可此刻她卻有些想為自己解釋，卻又不知該從何說起。

這種感覺，太讓人煩躁了。

程南輕嘆口氣，「我大概知道妳在想什麼，但是，我跟潘芷瑩是不一樣的——」

「不，」未待程南說完，方朝雨打斷了她，「妳們沒有什麼不同，妳甚至比她更惡劣。」

程南一怔。

自覺說得有些過頭的方朝雨也是一愣，當她正感慌亂想解釋時，已見程南面上沒有方才的輕鬆愜意，眼裡那點釋出的友善也煙消雲散。那張臉上仍掛著笑容，可沒有了溫度。

「是啊，妳沒有說錯。」程南說。

時間一到，助教們紛紛走出教室趕學生回去上課，程南看了方朝雨一眼，直接上樓。

方朝雨抿了下唇，提步走回教室，不知怎麼地，總覺得腳步有些沉重。

當程南一回到教室，方坐下時，一旁戲謔的男嗓響起，玩笑道：「喲，程南，又去把妹嗎？」

程南扯了下嘴角，聲音清冷，「……不可能。」

「啊？什麼不可能？」

程南沒應，默著坐下，拿出講義逼自己投入課程之中，不去想方朝雨的那些話。

只有方朝雨是不可能的。

臨近校慶，校園歡騰不已。各式運動競賽緊鑼密鼓地進行預賽，每天放學後的操場與活動中心皆湧入不少學生觀賽，而擔任校慶司儀的方朝雨與唐逸銘也加緊練習著。

在連繡琪的每日訓練下，兩人皆有顯著的進步，面色緊繃多日的連繡琪也難得放鬆道：「之後幾天就不用來了，好好休息保養喉嚨，等校慶彩排時再過來就好。」

兩人喜出望外，互看一眼時，方朝雨迎上一雙帶笑的眼睛，很快地移開了。在整點鐘響前，方朝雨先道：「教官，我先回去了。」得到連繡琪首肯後，她走下講臺，不料唐逸銘跟了上來，喊道：「方朝雨。」

方朝雨沒停下，淡淡道：「學長不用送我沒關係，我可以自己回去。」

「沒事，我順路。」唐逸銘走到方朝雨左側，方朝雨瞅了唐逸銘一眼，輕輕嘆口氣，兩人一同下樓。方踏出活動中心，後方便傳來一陣喚聲。

「唐逸銘！」

唐逸銘停下，方朝雨亦看一眼，一見到眼前兩人不禁一愣。她不認識叫住唐逸銘的學長，可學長身旁的學姊，方朝雨認得。

「喔？又見面了。」潘芷瑩勾起唇角，唇色飽滿水亮，「上次是在蛋包飯那裡吧？」

方朝雨一愣，這才想起眼前的學長便是那天看過一眼的人。方朝雨微微皺起眉，輕點了下頭。

視線在方朝雨臉上轉了圈，潘芷瑩拉過方朝雨走到一旁，用著只有兩人聽得到的聲音道：

「妳是不是誤會了什麼？」

方朝雨愣愣地看著她，潘芷瑩搖搖頭，又道：「妳不知道我們分手好一陣子了嗎？」

看到方朝雨錯愕的表情，潘芷瑩輕抬眉梢，不以為然地道：「可不是我被甩或是被劈腿，是我甩掉程南的，這點請搞清楚。」提起程南時，潘芷瑩不掩嫌惡，對於程南的反感顯而易見。

「學姊……不喜歡她了嗎？」

「誰說我喜歡她了！」潘芷瑩忽然有些激動，極力駁斥，「我從來沒有喜歡她好嗎！交往也是她提的！不是我！先喜歡的才不是我——」

「那為什麼妳看起來很難過？」

潘芷瑩微怔，看著方朝雨波瀾不興的平靜眼眸，那些張牙舞爪在她面前似乎沒有任何意義，潘芷瑩悻悻然地別開頭，快步離去。另外一名學長趕緊跟上，只是任憑他怎麼呼喊，潘芷瑩都沒有回頭。

唐逸銘湊了過來，疑惑問道：「發生什麼事了？她怎麼就這樣走了……」

方朝雨搖搖頭，不願多說什麼。

回到教室後，方朝雨往程南座位一看，竟空無一物。問起一旁同學，她道：「妳說程南啊？她提早回去了，不知道為什麼。」

方朝雨道了謝，心神不寧地度過最後一節課。心裡明知道這一切與自己無關，可她還是在課堂中忍不住頻頻瞄向程南的位子，彷彿這樣就能多了解一些關於程南的事似的。

既然早已與潘芷瑩分手，為什麼那時候在補習班程南沒有說呢？方朝雨努力回想當晚與程南的對話，竟是愈想愈忐忑。如果知道程南早已與潘芷瑩分手，那麼方朝雨就不會說那些話了。

放學鐘聲響起，方朝雨左顧右盼了一下才走出教室趕緊下樓。方才唐逸銘送她回教室後約她吃晚餐，方朝雨以補習為由推拒，現在她可不想在學校被唐逸銘碰到。

心煩意亂的方朝雨並沒有直接搭車回家，而是在附近走走晃晃，決定吃完晚餐後再回去。不知道該去哪的她隨意地走著，最後來到了那間日式料理店。

晚餐時間客人絡繹不絕，外場服務生見到方朝雨熱情招呼，方朝雨想了下，點了程南那天的蛋包飯。在等餐點的時候，方朝雨回想與程南這些日子以來的相處，不禁想，自己是不是做錯了呢？或許她不該這般咄咄逼人……

「朝雨？」

聞聲，方朝雨回過神，回頭一看，雙眼圓睜，「……老師？」在她面前的人，正是李薰。此時方朝雨也拿過晚餐，上前與李薰攀談，「老師今天沒有課嗎？」

「有啊。」說到這，李薰的語氣多了幾分無奈，「但是請了兩節課。」一邊說一邊指著手裡的塑膠袋繼續道：「要幫程南送晚餐，不得已只好請假。」

方朝雨微愣，心中正閃過無數的臆測，李薰繼續說道：「沒辦法呀，程南腸胃炎癱在家裡不能動……畢竟是自己妹妹，不能放著不管。」

聽到「妹妹」二字，方朝雨愕然，顫顫道：「妹妹……程南是老師的妹妹嗎？」

相較方朝雨的震驚，李薰泰然自若地說：「是啊，所以我才比較照顧她。」

原來……這些事情都是自己單方面誤會程南了。方朝雨感到愧疚，見狀，李薰道：「如果妳很擔心程南，妳可以親自去看看她。」不待方朝雨回應，李薰直接將家裡鑰匙與熱粥塞給她，「我給妳家裡地址，就在這附近而已，謝謝妳了，朝雨，我剛好可以回去上課。」

方朝雨愣愣地點頭，雖然自己完全被李薰帶著走，但是，她不但不感排斥，反而有點……期待。

兩人道別後，方朝雨循著李薰給的地址，來到一棟電梯大樓，再直上六樓，最後找到了李薰家。找到鑰匙對應房號後，她打了電話給程南，但沒有接通，這讓方朝雨有些擔心，趕緊打開家門走進家裡。

關上門，方朝雨怯怯地喊：「程南？」然而沒有回應，於是她輕手輕腳地走到那亮著微光的房間，從半掩的門望進去，方朝雨這才放心下來。

原來，程南只是睡著了。

方朝雨推門而入，將晚餐輕輕放到桌上，正想彎下身叫醒程南時，瞥到床頭櫃上的手機仍亮著。

定眼一看，方朝雨微愣，不禁凝視著螢幕的照片發呆。

那是一張，背向大海、笑容燦爛的女人照片。

❄

「妳有一個很美的名字。」

海風摻著夏末的炎熱撲面而來，一陣又一陣，捲起遠邊海浪，在前行途中的腳踝邊浪花四濺。

風撫過的波浪捲髮，在程南眼裡也掀起波瀾。緊貼的手臂，輕碰著的手背，在下一次的海浪湧上時，程南微涼的手心被握住，溫熱的暖流自另一人的指尖蔓延至四肢百骸，徐緩地舒展開來。

女人低垂著頭，嘮嘮叨叨地說了些什麼，程南沒有聽進去，只是見那雙漂亮的眼睛裡，彷彿有星辰在閃爍。程南空著的另一隻手從口袋中拿出手機，對著她按下快門。

喀嚓一聲，吸引了女人的注意力。她望向程南，嗔怪她一眼，跟著拿起手機學著程南拍了一張。

現在想想，那大概是兩人相識以來第一次擁有的照片。

忽地，指尖一陣冰涼，程南不禁抬頭一看，竟是下雨了。微雨陣陣，她聽到女人嘆息般地道：

「明明出著太陽，怎麼就下雨了……」

「程南。」

聽見數次喚聲，程南慢慢睜開眼，映入眼簾的人有那麼一瞬間，讓程南以為是秦依瀾，再看一眼，她有些愣住。

「……怎麼是妳？」

發現輕喚自己的人是方朝雨，程南才恍惚地意識到自己夢到許久以前的事。

方朝雨指了指粥說道：「我在路上碰到李薰老師，她託我拿晚餐給妳。妳……還好吧？」

程南扯了下嘴角，一邊打哈欠一邊道：「還好，死不了都沒事。不過李薰居然讓妳送晚餐給我，真的是……很胡來。」後面程南自顧自地抱怨著。

而方朝雨像是想到什麼，確認般地問：「李薰老師真的是妳姊姊嗎？」

程南一愣，不可置信地看著方朝雨，「……李薰連這個都跟妳說了？」見方朝雨點頭，程南唉了一聲，嘀咕：「她也太喜歡妳了吧……」

得到雙方證實後，方朝雨的心情複雜，一面感到微小的喜悅，另一面又覺得自己先前太咄咄逼人，兩種情緒拉扯著，使她臉上的表情有些微妙。

程南看著覺得有趣，便道：「怎麼？妳以為她是我對象——」

「我不會再那樣隨便說妳了。」

程南輕鬆散漫的笑容在方朝雨打斷她時慢慢收起。看向方朝雨時，她迎上一雙清澈的眼睛，對自己認真地說道：「我回去想了很久，我覺得在什麼都不知道的情況下隨意批判，是一件很糟糕的事情，所以，我想跟妳道歉，對不——」

「妳不用道歉的，因為妳並沒有說錯什麼。」這次，換程南打斷她，彎了彎唇角，輕道：「妳說得很對，我並沒有想幫自己解釋的意思。」

方朝雨看著她，遲疑地開口：「即使，被我誤會妳跟李薰老師也是一樣嗎？」

程南毫不遲疑地點頭，「對，要不是李薰告訴妳，我也不打算說的，不過……謝謝。」

——謝謝妳願意試著理解我。從程南帶笑的眼睛中，方朝雨讀出了這麼一句，看著她，方朝雨不禁想，眼前這個人臉上總掛著不甚在意的笑容，背後到底都藏了什麼？為什麼她什麼都知道，卻什麼都不說呢？

方朝雨的目光太過清澈，想些什麼顯而易見，明顯藏不住心事，這讓程南忍俊不禁，「我有這麼好看嗎？讓妳這樣盯著我看。」

聞言，方朝雨白她一眼，「快點吃晚餐啦，我等下就要走了。」這個人真的認真不過三句，沒被氣死也會被氣得半死。

程南輕笑幾聲，吃起粥，一邊享用晚餐一邊拿著手機滑滑訊息，見狀，方朝雨也拿出自己的手機，滑開桌面時想到了方才的事，看了程南一眼，若有所思。

感覺到方朝雨的視線，程南望向她，瞧她不知想些什麼，隨意問道：「怎麼了嗎？」一邊舀粥享用晚餐，卻在聽到方朝雨的下句話時，手不禁一頓。

「妳……是不是有真正喜歡的人？」

程南放下手中的粥，直視方朝雨，默了會，彎彎唇角，「妳可以告訴我，什麼是『喜歡』嗎？真正的『喜歡』又是什麼？」

方朝雨面露難色，帶點慌張，似乎也說不出何謂喜歡。見狀，程南又道：「我碰到的那些人，總是可以斬釘截鐵地說喜歡我，所以我讓她們喜歡，也想從她們身上知道什麼是喜歡，可是，從來都沒有結果。是她們的喜歡不是『真正的喜歡』，還是這種事根本是不存在的呢？」

一時間，沒有任何戀愛經驗的方朝雨說不出話，兩人沉默相視，正覺尷尬時，門鈴聲恰巧響起，伴著熟悉的嗓音傳入：「我回來啦！」

聞言，兩人趕忙走出房間，迎上李薰的笑容時，方朝雨連忙道：「李薰老師。抱歉，待了這麼久，我先回去了。」

「欸等一下，別走這麼急。」李薰拉住了方朝雨，笑容滿面地說道：「沒事啊，是我請妳來的，沒什麼能招待，就順路買了布丁，給妳一盒。」

打擾許久方朝雨略感歉意，於是推辭道：「謝謝老師，但我家只有我跟爸爸兩個人，可能吃不完，老師可以留著慢慢吃。」

李薰心裡暗自一驚，拿了兩個散裝布丁給方朝雨，「那給妳兩個，妳跟爸爸一人一個。回去要小心，到家傳訊息給程南。」

方朝雨微愣，輕輕一笑，接過布丁後就離開了。門一關上，程南便揚聲抗議：「妳這麼做真的太亂來了！」

李薰眨眨眼，語氣歡快，「是朝雨我才敢這樣好嗎？妳見到人家還不是很開心？」

程南嘀咕：「才沒有好嗎？」

「不過，妳知道這件事情嗎？」話鋒一轉，轉到了方朝雨身上。

程南搖搖頭，「不知道，方朝雨沒跟我說過。」

李薰點點頭，叮囑程南要記得吃藥後才各自回房休息。程南回到房間後看了眼桌上的粥，她躺到床上想起方才的一切，覺得有些不可思議，她沒想過會有女友以外的「朋友」來到家裡。

不過，感覺不壞。

第四章

愈近校慶，在操場練習的時間也跟著拉長，這讓剛上完體育課的姚媛叫苦連天，可當她一見到方朝雨便忘了這些討厭的事，興沖沖地跑了過去，「朝雨！」

遠遠地就聽到姚媛聲音，方朝雨停下，揚起笑，「妳剛上完體育課嗎？」

「對啊！累死我了！我們剛剛一整節課都在練進場！一整節！」

方朝雨被姚媛逗笑了，原本有些低落的心情也跟著散了些。敏感地察覺到方朝雨笑裡的勉強，姚媛小心翼翼地問：「妳很累嗎？」

方朝雨愣了下，收起笑容，輕嘆口氣，「是有一點……妳怎麼知道？」

「感覺得到啊！是發生什麼事了嗎？」姚媛關心問道。

兩人走到一旁樹蔭下的長椅上，四周是揹著書包離開的三兩學生。方朝雨雙手交疊在大腿上，似乎在想該從何說起才好。姚媛也不催促，只是一雙大眼好奇地四處張望，與不遠處的程南剛好對到眼，怔了下，抬手揮了揮。

程南臉上有著些許意外，很快地揚起笑，跟著揮手回應。

一旁的方朝雨見著了有些失神，姚媛看了眼她，問：「是因為程南嗎？」

她愣了下，連忙搖頭，「不是，妳怎麼每次都猜程南。」

方朝雨的怨懟讓姚媛忍俊不禁，「也就程南可以讓妳在意了，如果不是，那是誰？」

方朝雨輕嘆口氣，垂著頭，玩著自己的手指道：「昨天……我被告白了。」

姚媛一愣，面露驚喜，急不可耐地要方朝雨說出一切。

昨日放學是校慶相關人員最後一次彩排，其中自然也包括擔任司儀的方朝雨與唐逸銘。

兩人在連繡琪的監督下，順利地完成彩排，沒有太大失誤，這讓連繡琪相當高興，給了兩人一人一百元的飲料基金，讓他們去附近買飲料犒賞自己。

離開活動中心後，唐逸銘一反平日的喋喋不休，安靜地走在方朝雨身旁，可明顯欲言又止的模樣，讓方朝雨隱約感到不對勁，但又說不上來是什麼。

走到飲料店前，方朝雨先開口道：「我要喝多多綠，學長呢？」

唐逸銘回過神來，「跟妳一樣好了，我要微糖少冰。」

方朝雨點點頭，刻意忽略唐逸銘的若有所思，點完餐後站到一旁等叫號。

不一會，兩杯多多綠送上，一人各拿一杯，原想直接告別的方朝雨卻被唐逸銘叫住：「學妹，妳趕時間嗎？」

方朝雨想了下，搖頭。

「那可以陪我去旁邊書店逛一下嗎？我想看一下參考書。」唐逸銘神情認真，語氣誠懇得讓方朝雨不知道怎麼拒絕，想想明天過後大抵是不會再碰面了，於是點頭答應。

兩人走進書店中，卻不是走到參考書那區，而是唱片區。方朝雨雖然覺得奇怪，但也沒有多說什麼，只是跟在唐逸銘身後四處看看。

忽地，唐逸銘停下，開口問道：「學妹，妳會覺得……明明是男生卻不喜歡重金屬搖滾或饒舌，會很……遜嗎？」

唐逸銘的遲疑與忐忑，看在方朝雨眼裡有些不明白，她不假思索地說道：「為什麼會？」

方朝雨的態度如此坦然，這與唐逸銘所想的大相逕庭，也給了他此刻欠缺的勇氣。他拿起架上的一張CD走到櫃檯結帳，再拉著方朝雨到書店角落，手拿CD認真地直視她。

方朝雨還沒會意過來此刻的情況，那張CD便遞到自己眼前。

「這是我最喜歡的歌手，我……想送給我最喜歡的人。」

方朝雨一怔，呆呆地看著眼前的唐逸銘，腦海一片空白。唐逸銘拉過她的手將CD塞到她的手上，語氣急促，「妳不用馬上答覆我，但至少這張CD我希望妳能收下。」

話落，唐逸銘便轉身走出書店，留給方朝雨一點空間。他不想緊迫盯人，想做的、該做的他都做了，現在只能相信方朝雨了。

外頭的雨，也在此刻落下。

「……哇，我真沒想到學長的告白這麼樸實。」這是姚媛聽完後的第一個想法，被方朝雨瞪了眼，她心虛地瞇了瞇眼，問道：「妳不喜歡他啊？」

方朝雨忽然想到程南問自己，什麼是喜歡？此刻她也感到茫然，輕語：「我不知道喜不喜歡……」

姚媛聽得一頭霧水，直問：「妳沒有喜歡過人嗎？」見方朝雨搖頭，姚媛有些驚訝，「在意的人也沒有嗎？妳沒有遇過那種讓妳很嚮往的人嗎？」

方朝雨思忖了下，又搖頭。

「天啊……」姚媛不可思議地看著方朝雨，搔搔臉，「老實說，我也只有暗戀過別人，沒有真的跟誰交往過，不過我覺得學長好像滿喜歡妳的，妳可以考慮看看。」

「可是，我不知道自己喜不喜歡他。」

「感情是可以培養的啊！」姚媛歡快道：「學長感覺人不錯，而且妳也不討厭他，可以試試看的！」

方朝雨茫然地看著姚媛，遲疑道：「這樣的話，我跟程南有什麼不一樣嗎？」

姚媛一愣，有些語塞，面露難色，「這……」

方朝雨為了不讓姚媛為難，於是自己開口帶開了話題，聊起之前與學長練習的互動，誰也沒有再提起方才的對話。

只是，如果感情可以嘗試培養，那麼這與程南的來者不拒又有什麼差別呢？

一時間，方朝雨也沒有答案。

❄

我知道你也不能帶我回到那個地方
你說你現在很好而且喜歡回憶很長
我們沒有在一起至少還像家人一樣
總是遠遠關心遠遠分享

（〈我們沒有在一起〉詞：黃婷／曲：陳韋伶）

正躺在床上的方朝雨閉上眼，沉浸在音樂之中。睡前，她本來要直接關燈就寢，可忽然看到放在書桌上的那張CD，便從盒中取出光碟放到音響中播放。

她知道這個歌手，但從沒有認真去聽過她的歌，如今一聽便愛上了。在溫柔的女聲中，方朝雨想起許多事。

她想到跟自己告白的學長，再想到身邊總有伴的程南，還有鼓勵自己的姚媛……思緒正亂時，手機鈴聲忽地大作，她立刻接起，「喂？」

「欸，是我。」熟悉的略低嗓音從聽筒另端傳來，方朝雨愣愣答：「程南？」

「嘿，我今天在整理房間的時候看到一個零錢包，應該不是我的，所以我想應該是妳的？」

聞言，方朝雨拿著手機走下床，聽程南一邊描述一邊翻找書包，確實她有個金魚圖樣的錢包不見了。

「好，那妳明天跟我拿。」

方朝雨正要答話，卻覺喉頭有些緊，輕咳了下才道：「嗯，謝謝，明天再去找妳。」

敏銳如程南又怎麼會聽不出她的變化，問道：「妳喉嚨不舒服啊？明天校慶妳不是要當司儀——」

說到司儀方朝雨就心煩，打斷了她，「我沒事啦，可能是前天下雨又喝冰的吧，睡一覺就好了。」

電話另端默了會，方朝雨才聽到程南平緩而溫淡的聲音傳來，「妳有什麼煩心事嗎？」

方朝雨一愣，不明白程南明明沒有看見她，怎麼會感覺到？方朝雨不禁想是不是自己的情緒太過明顯，要不姚媛知道、現在連程南也知道了？

「妳在懊惱為什麼被我聽出來了嗎？」

「妳！」

程南大笑幾聲，很快地收起笑容，認真問：「所以，怎麼了？」

方朝雨坐到床上，手拿CD空盒，看著封面站在一片黃花前的女歌手，聲音有些澀苦，「我……

被學長告白了。」

另一端再次沉默，只是這次沉默得更久了些。沉沉的呼吸聲中，方朝雨竟不感到忐忑與緊張，或許是早些同姚媛說過此事，又或者是因為，對方是程南。

「順其自然就好。」程南說。

方朝雨幾乎能想像程南說這話時臉上肯定有著輕鬆的笑容，自在而愜意的那種。

「……要怎麼順其自然？」

「等妳足夠喜歡對方的時候，自然就會想在一起。如果對於在一起這件事，妳會感到遲疑，那就是還不夠喜歡。」

方朝雨沉默，在程南說晚安之後，掛上電話。

翌日清晨，方朝雨比平日早了一小時到校。難得看到七點前的陽光恣意地鋪灑在人煙稀少的校園中，方朝雨沒有感到孤單，反倒覺得輕鬆愜意。

轉眼間，來到這裡也三個多月過去了，認識了姚媛與程南，還有補習班的李薰老師，以及……從司令臺上跳下來的唐逸銘。

「早。」唐逸銘走近方朝雨，揚起大大的笑容，「妳也這麼早到。」

方朝雨下意識別開眼迴避唐逸銘的視線，低嗯一聲草草回應。唐逸銘似乎也意識到什麼，摸摸自己的後髮，直道：「前天我走得有些倉卒，妳應該是滿錯愕的……若妳沒什麼事，願意聽我說嗎？」

兩人並肩坐在司令臺上，東升的陽光照亮魚貫進入校園的學生群，整座校園朝氣蓬勃，是今日他們兩人要面對的一切。

唐逸銘開口道：「其實，在我們開始一起練習前，我就有注意到妳了。不只是妳是我的搭檔，而是……妳給人的感覺，我很喜歡。我喜歡妳念講稿時專心認真的樣子。」

方朝雨知道唐逸銘正在認真地告訴她事情始末，也讓自己明白這份心意醞釀一些時日，並非一時新鮮有趣，他是認真看待這件事，這讓方朝雨很感動，但也就這樣了。

聽著他喋喋不休地說起這段日子的時光，有些細枝末節的小事連方朝雨本人都不記得，可唐逸銘卻記得一清二楚。

最後，方朝雨只問他一個問題——

「對你來說，喜歡是什麼？」

陽光照進司令臺，兩人同時瞇起眼，唐逸銘脫下外套替方朝雨遮擋陽光，看進她眼裡說道：「喜歡是，人群中我只看得到妳。」

回教室的路上，方朝雨不斷想著這句話，心思有些雜亂，但她逼自己將這些多餘的心思拋到腦後，專心在講稿上，就怕自己出什麼差錯。

今天是貴賓蒞臨學校的重要日子，方朝雨告訴自己一切都要謹慎小心，不可以丟學校與自己的臉。校園一早就洋溢著歡快的氣氛，難得的日子每個人看上去都是滿臉笑容。

一進教室，方朝雨一眼便看到坐在窗邊的程南，而程南也看到方朝雨，抬手揮了下。

人群中我只看得到妳。

方朝雨心中一震，趕忙收回視線。看到程南的笑容，她莫名地想到唐逸銘同自己說的話，心裡有些疙瘩，很快地拿著講稿離開教室，走向升旗臺。

連兩日的陰雨後，今日放晴，陽光溫暖，可方朝雨心裡仍陰雨綿綿。

在典禮正式開始前，方朝雨泡了一杯潤喉茶，內心祈禱喉嚨不要出差錯，只要撐過今天就好。

時間一到，方朝雨站到臺上的司儀桌後，身旁是唐逸銘，面著全校師生，方朝雨靠近麥克風朗聲道：「……高級中學第四十二屆校慶運動大會開幕典禮——」

唐逸銘接道：「運動員進場——」

奏樂一下，為這次的運動盛會拉開序幕，而有個人本該在運動員隊伍中卻缺席了。

「……我說，妳這時候跑來教官室打混對嗎？」連繡琪捏著程南的臉頰碎念：「妳再這樣我就要跟妳媽告狀了！」

「痛痛痛！我這不是養精蓄銳嗎！」程南趁著連繡琪手鬆之際逃離魔掌，躲到一旁昂起下巴，得意說道：「我就不信繡琪姊姊會把我供出去。」

連繡琪無奈瞪她一眼，笑著搖搖頭，「妳啊，收斂一點，我都還沒跟妳算休學的帳。」

「嘿嘿。」程南刮刮自己鼻梁，而這個小動作便讓連繡琪知道，眼前的小孩子又想逃避這問題了。

思及此，她不禁嘆口氣，「好啦，妳這次平平安安畢業就好。」其他的，就不是最重要的了。

程南彎起唇角，朗朗道：「就知道妳疼我啦！我有件事想問妳……」

❄

在早上最後一項四百接力決賽項目結束後，唐逸銘回到司令臺上，透過麥克風說道：「第四十二屆校慶運動大會上午賽程已全部結束，下午兩點將舉行大隊接力。奏樂——」

在悠揚的音樂聲中，唐逸銘朝方朝雨一笑，「辛苦了，中午妳要吃什麼？」

「我們班好像有訂披薩。」方朝雨答道。

「真好，我也想吃！我們班是訂麥當勞，那妳吃完有要做什麼嗎？」

捕捉到唐逸銘眼裡期待的光芒，方朝雨想了下，道：「找朋友吧，一點四十見？」

見話已說到這個份上，唐逸銘雖然有些失望，但也不勉強，點點頭，「好，下午見。」

方朝雨暗自鬆口氣，她怕的不是告白後的尷尬，而是怕唐逸銘會跟她要答覆，而她還沒想好該怎麼回覆。

回到班上，方朝雨默默拿了幾片披薩與飲料，坐到位子上安靜地享用午餐。

「朝雨！」

方朝雨才剛吃了幾口披薩，便聽到一道熟悉的嗓音從窗外傳來，她抬頭一看，莞爾一笑，「姚媛。」

姚媛大方走進方朝雨班上，經詢問後坐在跑去看表演的同學空位上，語氣歡快道：「妳早上超棒的！表現很穩欸！」

方朝雨靦腆一笑，心裡歡喜，「但我其實很緊張。」

「哪有！完全看不出來！」姚媛打開紙袋拿出其中的漢堡，一邊拆包裝一邊說道：「我快餓扁了！對了，等會吃完要不要一起去看表演？」

方朝雨不假思索地應聲好，兩人一邊聊天一邊享用午餐。用餐途中，姚媛忽然接到電話，神色略變，匆忙走出教室接聽。方朝雨往外看了一眼，只見姚媛面色有些凝重，眉頭緊蹙。

約五分鐘後，姚媛輕吁口氣走回教室，一對上方朝雨關心的目光，扯了個笑容，「嗯……待會去看表演的時候，跟妳介紹個人。」

方朝雨微愣，點點頭，沒有多問。

姚媛隱隱鬆口氣，雖然知道方朝雨就是這樣的個性，但還是感到慶幸，甚至是，感激。

兩人將各自垃圾整理好後便前往活動中心。

運動會的午間休息時間有兩小時，幾個社團會在這個時段表演熱音、熱舞、吉他、烏克麗麗，甚至也有別校社團來演出。

走進活動中心，她們聽到熱音社正在表演，便循著音樂聲上樓。一到三樓禮堂，舞臺前已有許多學生坐在那裡，她們便坐到一旁欣賞。

此時，熱音社的表演也近尾聲，四周響起如雷的掌聲。在熱音社學生整理場地的空檔，姚媛湊近方朝雨說道：「待會應該是烏克麗麗社，妳可以注意一下主唱。」

方朝雨點點頭，果不其然接在熱音社後的是烏克麗麗社，方朝雨也因為姚媛的話而望向主唱。

從後方帷幕中走到舞臺中的人，是一名有著及胸微捲長髮的女生，身穿簡單的社服與牛仔短褲，看上去相當有朝氣，她面上化著淡妝，帶著自信的淺笑，拿起麥克風說道：「大家好！我們是烏克麗麗社！今天，我們要帶來的第一首歌曲是……」

在主唱的介紹下，方朝雨疑惑地看向姚媛，她很確定自己不認識這個人，而姚媛只是微微一笑，沒有多說什麼。

當主唱一開口唱歌時，方朝雨有些驚豔，她的歌聲乾淨溫柔，台風也很穩，有著想讓人一直聽下去的好嗓子。

方朝雨專注地聽著烏克麗麗社的現場表演，也不是那麼在意姚媛到底想告訴自己什麼了。

當表演結束，烏克麗麗社的學生一一向臺下鞠躬道謝後便走到後臺，姚媛也是在這時候拉了拉方朝雨的衣袖，「走吧。」

方朝雨跟著姚媛起身，沒想到她拉著自己走到舞臺旁的小門推門而入，這正是一般學生不會進來的後臺區。

很快地，方朝雨在人群中注意到那位主唱，而她也發現了姚媛，並因此走了過來，「姚媛。」

「婉柔學姊。」

婉柔？方朝雨不禁一愣，有些詫異地看著姚媛，再看向彭婉柔，對上她溫和的微笑時，姚媛介紹道：「這是我朋友，方朝雨，今年才轉來，跟我一樣是高二。」

方朝雨禮貌地點點頭，卻見彭婉柔看自己的眼神似乎不太陌生，正覺奇怪時，姚媛先問道：「她……來找妳了嗎？」

彭婉柔微微一笑，指著後方說道：「嗯，中午休息不久她就過來了……謝謝妳，姚媛。」

一旁狀況外的方朝雨正一頭霧水時，餘光瞥見一抹熟悉的身影——

「程南？」

「哦，是妳們啊。」程南臉上掛著漫不經心的笑容，看上去一如往常，沒有因為急性腸胃炎而病懨懨的，這讓方朝雨覺得擔心她那麼一秒的自己有點愚蠢。

「怎麼又不開心了？」程南微彎下腰，與方朝雨平視，眼裡多了幾分笑意，「可以不要看到我就跟看到瘟神一樣嗎？」

方朝雨瞇了瞇眼，伸手揮攆開她，「那是誰的問題？」接下來她便無視程南在自己身邊繞著轉的樣子，要不，她可能會受不了程南臉上討人厭的燦爛笑容而一拳揮過去。

兩人稀鬆平常的互動看在姚媛眼裡卻不是那麼普通，她先是訝異，後有些若有所思，跟彭婉柔到一旁閒聊。

「沒想到妳去烏克麗麗社。」姚媛說道。

彭婉柔輕輕一笑，「我自己也很意外，一開始我只是想彈彈簡單的樂器，後來社長他們組團說缺一個主唱，跟我一起去的同學便這麼慫恿起來，之後就……像妳看到的這樣。」

「很好！真的很棒！」從高一認識彭婉柔到現在，能看到她做出如此改變，姚媛是真的很開心，心裡也釋懷不少。問起程南的事，彭婉柔語氣平靜，似乎已經不再為此感到難過了。

真的太好了，姚媛想。

只是，彭婉柔走出了傷心，而另外一個，她同樣視為自己朋友的人……她望向被程南纏著而露出不耐之色，嘴角卻微微上揚的方朝雨，忍不住皺眉。

這一次，她不會再眼睜睜看著自己朋友傷心了。

❄

近一點半，方朝雨主動說自己要先離開，姚媛也順勢與彭婉柔告別。兩人臨走前，程南說道：「方朝雨。」

方朝雨停下，應聲轉頭時，見到程南直勾勾地看著自己，臉上雖掛著笑容，可眼神認真。她指了指自己的喉嚨，「妳確定妳喉嚨沒事？」

方朝雨頓了下，回道：「沒事。」

程南還想說些什麼，但最後她僅點點頭，看著方朝雨與姚媛一同離開。

「程南。」

伴著喚聲，彭婉柔走近程南，視線卻落到方朝雨的背影，她低道：「妳還是那樣嗎？誰都可以接受、誰都可以喜歡。」

程南彎起嘴角，聳聳肩，「我不就都是這樣嗎？」

彭婉柔看向程南的側臉，沒有說話，轉身走回自己社團裡。

程南手插進褲旁口袋，仰頭看了眼側邊牆上的小窗，外面的天空蔚藍依舊，沒有任何改變。

程南想，自己也是這樣的。

下午兩點，運動會來到最後高潮——班際接力大賽，各個班級摩拳擦掌，上場選手在場邊熱身，也有班級在精神喊話，整個操場歡騰不已。

唐逸銘似乎也感染上這般氣氛，聲音高亢地為接力賽開場後，便將麥克風交給體育老師，轉由他主持。身為司儀的方朝雨與唐逸銘便一同坐到一旁階梯上觀賽。

「妳是本來就沒有參加接力，還是因為要當司儀？」唐逸銘問。

「本來就沒有參加。」方朝雨頓了下，又說道：「我不擅長短跑。」

唐逸銘恍然大悟地點點頭，「對喔，我記得繡繡說過，那妳在這適應得還好嗎？」

「還可以，就是跟班上同學還不太熟。」

聞言，唐逸銘笑道：「沒關係，至少妳有我這朋友，我可以常去找妳。」他的眼眸明亮，彷彿有陽光落在眼底。

方朝雨看了一眼，別開頭，假裝沒有想起前天放學時的告白。

「一班！現在一班大幅領先三班！三班加油啊！」體育老師拔開嗓子賣力主持，徹底炒熱現場氣氛。眼看一年級的比賽即將結束，二年級的學生開始準備。

在一年級第一名的學生越過終點線後，全場響起如雷般的掌聲，為一年級的大隊接力劃下句點，也為高二的賽事拉開序幕。

很快地，方朝雨在人群中找到程南，看著她穿上了印著數字的黃色透氣背心，換上了短褲，露出修長白皙且毫無贅肉的小腿，方朝雨才發現，原來程南皮膚很白，只是把自己曬黑了，手臂是健康的小麥色。

唐逸銘順著方朝雨的目光看去，發現她的視線所及之處是自己班上，於是道：「要不要過去看？反正我們只剩下閉幕典禮，可以溜走一下吧？」

方朝雨有些動搖，確實，這邊離場邊有些遠，且唐逸銘也沒有說錯，於是她點點頭，兩人一同起身走向場邊。

程南是倒數第四棒，也是女生倒數第二棒。

方朝雨與唐逸銘走到場邊時，鳴槍聲響起，每班第一棒奮力往前衝，此起彼落的加油聲不絕於耳。

方朝雨對著唐逸銘揚聲道：「你會不會覺得太吵？會的話你可以先走。」

話落，唐逸銘低頭湊近方朝雨，她微怔，身體微微往後。唐逸銘朝她一笑，「不會，我喜歡跟妳待在這裡。」

方朝雨低下頭，往後退了一步，望向跑道關注賽事變化，假裝沒有注意到唐逸銘的視線。

比賽到了中後幾棒，七班正與另外一班爭一二，若能繼續保持下去，前三名是沒有問題的——

「天啊！」

忽地，場邊一陣譁然，竟然是七班的某棒女同學不小心跌倒了！雖然她立刻站起來繼續跑並順利傳棒給下一棒次的男生，但這個意外插曲也讓原本領先的名次往後直落，讓七班從前三直接變成倒數。

當那女生一跛一跛地走到草地上時，顧不得自己的傷勢難過地哭了出來，有幾個人安慰她，也有些人面色不太好看，但都不敢發言，可那臉色明顯是失望與惋惜。

「沒事。」忽地，程南從人群中走出，輕鬆地笑道：「我們後面幫妳跑回來。」

語末，程南拉過另外一個女生似乎說些什麼，只見女生面露訝異，最後點點頭。

很快地，方朝雨便知道為什麼了。

「等一下！為什麼臨時換棒次！」

本應該在這棒走到跑道上的程南往後退，讓最後一棒的女生先接了棒往前跑，努力將距離拉近。

此舉也引來大家的質疑與批評，然而程南不為所動，一語不發，專心看著賽道。

程南有把握。

不知道為什麼，方朝雨從她專注的眼神中讀出這個想法，當她站到賽道上時，仍有不少質疑聲。

方朝雨心裡湧上難以言喻的激動，在程南接棒的剎那，她脫口而出：「程南！加油！」

話一落，四周目光匯集於方朝雨身上，程南深吸口氣，抓緊接力棒大步往前。

在沒有人看好程南的時候，是方朝雨毫無懷疑地為她大聲加油。

擔任最後一棒的程南大步往前，竟從倒數第二直接衝到第三名的位置！隨著她一步步的超越對手，那些質疑與冷言冷語煙消雲散，化作聲嘶力竭的加油聲在場邊響起。

方朝雨快步走到終點線前，這時的程南竟已追平第一名，兩人離終點線僅剩數步的那一瞬間，方朝雨與程南對到了眼。

程南閉起眼，在最後一步奮力往前挺，極力碰上終點布條——

「七班！太厲害了七班！我們恭喜五班獲勝！七班太精彩了！」

在學生越過終點布條時，體育老師拔開嗓門歡呼，震得方朝雨耳膜嗡嗡作響，心臟也是突突地跳動著。雖然最後程南還是晚了對手一些些，但是這個第二名聲勢遠勝於一路領先的第一名，成了全場最炙熱的話題。

那位幾乎可以說是創造奇蹟的程南被許多人包圍著，班上同學一掃方才的憂鬱與懷疑，圍著她道賀，全校無一不為此瘋狂。

然而，程南只是四處張望，對於那些誇讚充耳不聞，在人群中尋找方朝雨的身影，最後在三年級那邊看到了方朝雨。

程南穿過人群走往三年級，這才發現方朝雨不是一個人，身旁還有學長。

意識到這點，程南沒有退縮，反而大步走去，走到方朝雨身旁，自然地搭著她的肩膀，「嘿。」

「程南？」

當著學長的面，程南用著三個人都聽得到的聲音笑道：「妳剛剛很認真幫我加油喔。」

方朝雨一愣，臉唰地紅了，推搡程南一把，「誰幫妳加油了，我是怕我們班輸得太難看。」

然而，程南不為所動，笑容更甚，伸手揉揉方朝雨的髮，「謝啦。」

「妳，給我放開。」方朝雨揮開程南的手，瞪她一眼，可程南笑容不減，彷彿打在一團棉花糖上不痛不癢，眼裡盡是笑意。

看著這樣的程南，方朝雨有些來氣，覺得自己拿她沒辦法，正打算置之不理時，聽到程南說道：「好啦，不鬧了。我只是想來謝謝妳。」

方朝雨疑惑地看向她，「謝什麼？」

「謝謝妳相信我。」

話落，程南轉身向不遠處的同學朗朗應聲，朝方朝雨揮揮手後便快步離開了。

方朝雨愣愣地看著程南的背影消失在人群中，這才發現，三年級的賽事已經結束了，而她竟渾然未覺。

班際接力大賽結束後，全校師生到操場司令臺前集合準備參加閉幕式。

近傍晚，陽光染上溫暖的橘紅色，將每個人曬得熱烘烘的。方朝雨與唐逸銘一起走到臺上，方朝雨微瞇起眼，逆光的面容讓唐逸銘多看了幾眼。

在司儀桌前站定後，唐逸銘直視臺下師生，朗朗開口道：「典禮開始——」

方朝雨嚥了下，開口道：「全……」

那一瞬間，方朝雨的心臟彷彿停了。她只說了僅僅一字，後面的字句，再發不出聲音。

在連繡琪日日的操練下，方朝雨熟記每一字、每一句的司儀稿，包括現在，可她竟然發不出任何聲音！

沒想過方朝雨會有這樣的狀況，唐逸銘也傻在那不知所措，然而，有個人從後走到臺前，站到方朝雨身邊，對著麥克風說道：「全體肅立——」

唐逸銘愣了一下，繼續接道：「主席就位——」

方朝雨退到後面，程南的身子逆著光，她的目光有些複雜，卻又隱隱感到心安。

「致詞，我們請校長致詞。」

致詞途中，方朝雨的肩膀被人從後拍了下，一轉頭看到連繡琪時，方朝雨一怔，歉然地微低下頭，「教……」

「我知道，別說話了。」連繡琪並未斥責，她知道方朝雨或許是最感羞愧的人，再者，也不是沒有人幫忙。

方朝雨抿了下脣，雖感懊悔，但眼下更重要的是感謝與致歉。在校長致詞結束後，方朝雨聽到連繡琪幽幽道：「難怪早上跟我要司儀稿來看，真的是……」

方朝雨皺眉，輕問：「……您說，誰拿司儀稿來看？程南嗎？」

意識到自己不小心說溜嘴的連繡琪別開眼神，輕咳一聲道：「沒什麼，我先去忙。」就直接走下臺逃避話題。

這也讓方朝雨確認心中所想，不禁有些迷茫。

校慶近尾聲，那本在半空中飄揚的旗幟也隨著奏樂緩緩降下，拉起今天校慶帷幕。

方朝雨凝視著站在臺前的程南，橘紅色的夕陽在她臉上溫暖而耀眼，那自信的側臉有著爽朗的笑容，舉手投足間沉穩大器，絲毫未有臨時上陣的慌亂。

這一點，令方朝雨自慚形穢。

「禮成——」

最後，由唐逸銘結束閉幕典禮，全校師生一哄而散，三三兩兩地離開操場。

一結束閉幕典禮，唐逸銘立刻走到方朝雨身邊關心問道：「妳的聲音還好嗎？」

溫水潤喉過的方朝雨點點頭，聲音仍有些沙啞，「好一點。對不起，給你添麻煩了。」

「沒事。」唐逸銘搖搖頭，「我沒察覺到妳不舒服，我才該道歉。」

方朝雨微微一笑，四處張望了下，發現程南正與連繡琪聊天，便草草結束與唐逸銘的對話，下臺朝程南走去。

餘光瞥見方朝雨走近，念人到一半的連繡琪不得不停下，睇了睇眼道：「總之，下次不准瞞我，這次就算妳有功吧。」

程南露齒一笑，得瑟道：「當然！下次我會乖點啦。」便目送連繡琪回辦公室，聽到從後靠近的腳步聲，她回頭一看，見到方朝雨，抬了下眉梢。

這怎麼山雨欲來似的？

方朝雨臉上的表情很微妙，程南一時間無法辨別到底是開心多一點？還是憤怒多一些？又或是別的——

「這到底是怎麼回事？」

好吧，看來是生氣多一些。程南摸摸自己的後頸，「幹麼？搞得好像我欺負妳一樣。」

聞言，方朝雨緩和下臉色，「妳為什麼要這麼做？」

「不為什麼啊，就聽妳喉嚨好像不太舒服，早上我就隨便看看司儀稿。」

方朝雨面色複雜，垂下頭，用著兩人聽得見的聲音道：「……謝謝妳。」

程南刮刮自己的鼻梁，不太習慣這樣的方朝雨，於是揚起笑道：「妳要謝我的話，我們再去吃一次蛋包飯。」

方朝雨抬起頭，彎彎唇角，「妳根本是預謀坑我吧？不過，是可以。」

「什麼時候？」程南問。

「今天不行，我等會要去補習，下週？」

「可以。」程南點頭，這晚餐之約便成行了。兩人慢慢走回教室拿書包，越過了操場，走向大樓時，迎面遇上一名教官，他身旁還有一名女性。

隨著距離愈近，方朝雨愈確定那不是學校老師，可是，她似乎在哪見過這女人，看著她的臉，方朝雨竟覺得不陌生。

「教官好。」

「哦，妳是那個司儀同學。」高大挺拔，身穿綠色軍衣的教官朝方朝雨頷首，「妳聲音聽起來不太好啊，好好休息。」

方朝雨苦笑，點點頭。

教官視線移往程南身上，目光多了幾分讚許，「程南，妳今天很不錯啊！這次回來成熟不少，挺好的。」

「謝謝。」程南微笑，可那笑卻不進眼底，與在連繡琪面前的笑容截然不同。

方朝雨看了看，忽然見到男教官旁外型美豔的女人轉身向另一位教官打招呼，那一剎那，方朝雨的呼吸一滯。

「好啦，妳們也早點回去，別在學校逗留。」擔任學校教官之一的沈維顥叮囑幾句後就與女人一同離開，擦肩而過時，女人的視線落在程南身上，彎唇一笑，彷彿有隻蝴蝶振翅撲過。

兩人走遠後，方朝雨開口道：「那個女人……是不是妳手機桌布上的人？」

程南一怔，頓時惱怒，「妳偷看我手機？什麼時候？來我家那次？」

沒想過程南的反應會如此劇烈，方朝雨的情緒險些被帶走。她壓下胸口被挑起的怒火，看著顯然已動怒的程南，平靜地道：「送晚餐給妳的時候，螢幕剛好亮了，我就不小心看到照片，抱歉。」

程南看著她，情緒緩和幾分，沉默片刻，開口道：「對不起，是我太激動了。」

而程南的反應無疑證實了方朝雨的猜想。

那個女人，正是秦依瀾。程南沒想到會在這碰到她跟沈維顥走在一起，對於沒有預期的事她慌了手腳，而且，是在方朝雨面前，這讓她感到莫名的煩躁。

秦依瀾是她心中的刺，平日待在那默不作聲，可輕輕一碰就會被挑起，扎得心疼。

可是，沒有誰該為自己的痛苦負責，眼前這個人更是——

「是我遷怒於妳，很抱歉。」程南說。

晚風流動，隱約有股花香，似乎是身旁那片桂花襲著風而來，花枝隨風搖曳，像兩人搖擺不定的心思。

程南摸摸自己的後髮，聽到方朝雨道：「關於妳上次問的，我想到答案了。我沒有喜歡過別人、也沒有被誰喜歡過，但是我見過我爸愛我媽的樣子，我覺得，那就是『喜歡』。」

方朝雨直看進程南眼裡，一字一句認真地說道：「雖然我媽已經不在了，但我覺得，那樣的『喜歡』，我可以記一輩子。」

藏在日常生活中的那些瑣碎小事，才是喜歡一個人的模樣。

程南怔了下，低下眼，忽地伸出手放到方朝雨頭上。方朝雨沒揮開，而程南的聲音從頭頂上傳來。

「這個答案，我喜歡。」程南眼裡有笑意，話語輕若清風，「不過，短時間內，我大概還是不知道對秦依瀾是什麼感覺吧。」

原來，那個人的名字是秦依瀾。

❄

「朝雨？朝雨！」

在聽到姚媛的喚聲後，方朝雨回過神來。她愣愣地看著姚媛，這才發現下課了。趁著數學課的中間下課時間，姚媛關心問道：「妳怎麼啦？看妳進補習班後都在恍神，心不在焉的。」

方朝雨搖搖頭，趴在桌上，確實有些無精打采。姚媛想了一圈，問：「是因為司儀的事嗎？」

方朝雨想了想，最後點點頭，「算是。」而中文的奧妙在於，多一字意思就不太一樣了。

姚媛追問道：「還有什麼事？」

方朝雨輕嘆口氣，坐起身，從書包中拿出水壺，「我想去裝水，妳要去嗎？」

「好啊！走走，我也想順便上個廁所。」兩人便走出數學教室邁往茶水間。

補習班的下課空堂時間，學生不是在教室打盹，就是在茶水間聊天。或許是補習班鄰近學校，在這裡有許多同校學生，今日運動會剛結束，話題自然繞在運動會上。

「妳們今天有看到程南嗎？」

「有啊！超帥的！」

「最後那個逆轉勝超強——」

方朝雨在一旁裝水，姚媛則是走進廁間，對於那些關於程南的討論她倆一字不漏地聽了。程南本來就具討論度，這次運動會過後熱度更高，可隨之而來的，就是過去那些舊事跟著被翻出來。

方朝雨看著出水孔的水緩緩流進瓶中，一邊聽到她們說道：「我聽說，程南很花心，只要有人跟她告白，她就會答應。」

另一位學妹不以為然地說道：「真的嗎？那我也要去告白，有這樣的男朋友交來可以炫耀。」

方朝雨眉頭微微一皺，興許是聽得過於認真，當指尖感到一股冰涼時才意識到水已經滿出來了。她趕緊按下按鍵，走到一旁等姚媛。

等姚媛走出廁所到方朝雨身旁時，注意到她手上的水珠，問道：「妳的手怎麼溼溼的？」

「剛剛不小心灑出來一點。」方朝雨答。

姚媛擔憂地看著她，「妳是不是感冒了？要不要早退？我看妳今天精神很差。」

方朝雨默了下，不答反道：「我突然想到，程南的那封信，妳有給學姊嗎？」

姚媛愣了下，點點頭，「……本來是不想給的，但是良心過不去，所以我還是轉交給學姊了。我想大概是因為這樣，所以學姊才願意見程南吧。」

方朝雨輕輕嗯了聲，面上看不出喜怒，姚媛端詳著她問道：「妳怎麼突然問這個？」

方朝雨抿了下唇，道：「只是忽然想到而已。」

上課鈴聲響起，兩人互視一眼，一前一後地走進數學教室準備上第二堂課。

課間，姚媛頻頻瞄向方朝雨，見她一掃上堂的無精打采，如往常那般專心於課堂上，她一面感到放心，另一面又隱隱感到擔憂。

或許連方朝雨本人都沒有意識到，方才的兩件事，都與程南有關，無論是在意前者還是後者，根本原因都是程南。

思及此，她揉揉發疼的太陽穴，只希望事情就此打住就好。

下課後，姚媛與方朝雨一同走出教室下樓。離開補習班定會經過櫃檯，因此，正站在櫃檯前的那個人，便一眼見到她——

「方朝雨！」

聞聲，方朝雨錯愕地看向櫃檯，愣愣道：「……學長？」

正在櫃檯填寫入班資料的人，是唐逸銘。他將資料遞給櫃檯老師後便走向方朝雨，語氣歡快道：「下週我要來上考前衝刺班，妳呢？妳補什麼？」

沒想過會在這碰到唐逸銘，方朝雨有些回不過神，還是姚媛在旁說道：「我們上英文喔，學長。」

「妳是春暉社的姚媛對吧？」唐逸銘露出誠懇的笑容，禮貌道：「以後會常見到，要麻煩妳多多幫忙了。」

三人步出補習班，拂面而來的風讓方朝雨的思緒清楚了些，她看向唐逸銘，「你原本就有補習嗎？」

「沒有，不過妳也知道我高三了，最近在複習考試範圍的時候覺得有些吃力，所以找了補習班。」

唐逸銘說的的確有道理，多少減低了方朝雨的疑慮，心裡懸著的那顆大石也跟著放下了些。

補習班對面停了一輛黑色轎車，唐逸銘朝她們揮揮手，「我哥來了，我先回去，下次見。」

方朝雨揮揮手，微微一笑，沒有說好，也沒有說不好。

耐不住好奇心的姚媛問起唐逸銘，方朝雨面露難色，遲疑道：「我……還沒想好答案。」後面的話，隨著姚媛家人的出現，散盡在風中。

方父總是會晚一些到補習班，方朝雨已經習慣了，但還是惹來另外一人的關心，「還沒回去？」

「程南？」方朝雨略訝異地看著她，「妳今天有課？」

「沒有，不過我來等我姊下班順便自修。」程南露齒一笑，大大方方地坦然道：「其實也就是在家太無聊了。對了，剛剛那是唐逸銘吧？」

方朝雨點點頭，「我也很意外會看到他。」

「哦？」程南瞇了瞇眼，笑容多了幾分興味，「不是妳找他來的啊？還是他來這追妻？」

方朝雨瞪她一眼，往她腰上擰一把，惹得程南哇哇大叫，兩人互鬧了起來，要不是被裡面的李薰喝止，恐怕等會直接互扯頭髮了。

「都妳啦……」鮮少被師長念的方朝雨有些怨懟，「害我被罵。」

「好好，都我的錯。」程南揉揉鼻子，將話題拉回唐逸銘身上，「不過我以為他喜歡妳。」

「嗯……前幾天他是有跟我告白……」

「然後妳不喜歡？」程南接道。

方朝雨想了下，苦笑，「我不知道，是不討厭。」但也就這樣，沒有更多的想法了。

程南沉吟半晌，晚風推送方朝雨的問句拂過臉龐，如陣春雨，綿密而細微。

「妳……覺得呢？」

無雲的夜晚，明月高懸夜空，月光灑下，照在兩人身上，彷彿也落進了方朝雨眼底。

程南看著這樣的她，在那輛轎車駛近前，說了簡單一句話。

「朝雨。」方父車停在對面，搖下車窗朝著方朝雨道：「這裡。」

方朝雨這次再沒有回頭，也沒有多看那一眼，令自己猶豫的、遲疑的那一眼。

一上車，方朝雨便聽到車內音響有道溫柔女嗓輕瀉而出。

我不想念　不想念　他模樣

我不想念　他肩膀　輕擁著我肩膀

我不想念　他吻著我臉龐

把永遠說成一顆糖

唐逸銘回到家，立刻洗個澡並換上乾淨的衣物，將CD放到音響後，躺到床上滑手機。

忽然，有條訊息傳來，定眼一看，他差點從床上跌下去。他拿穩手機，不敢置信地看著聯絡人。

「你為什麼要送我劉若英的CD？」

是方朝雨。

唐逸銘頭上還放著毛巾，他坐起身，甩了甩手，讓自己的指尖不再顫抖，一字一句仔細回：「因為我喜歡。我想把我喜歡的東西送給妳。」

坐在書桌前的方朝雨看著螢幕，一字一字慢慢誦念：「因為喜歡嗎……」

「唐逸銘喜歡妳不是嗎？妳何不試試看被人喜歡呢？」

方朝雨打了一串字後，關上手機螢幕，趴在書桌上，慢慢閉起眼。那首歌，也唱到了最後。

我只願長夜將盡　天快亮
讓想念的歌不再唱
讓想念的歌不再傷
讓想念的歌不要再唱

（〈我不想念〉詞：阿信、陳沒／曲：鴉片丹）

「學長，我的回覆是，好。我們交往看看。」

第五章

中午過後，下起了雨。

輪到當值日生的方朝雨正在教室後走道整理餐盒，這是每日值日生的工作，只是，不是每天都會碰到下雨。

「怎麼偏偏挑現在下？」跟她一起擔任值日生的同學在旁哀號，方朝雨苦笑，穿起外套戴起帽子，主動拿過廚餘桶說道：「沒辦法，我們快去快回吧。」

怕雨勢變大的兩人加緊腳步離開教室，準備將餐盒拿去回收、廚餘倒掉再回到合作社歸還籃子，日復一日的簡單事情，碰到下雨天就不禁讓人感到煩躁。

下樓途中同學抱怨不斷，聽得方朝雨也跟著有些壓力，正感無措時，一旁竟傳來一道熟悉男嗓。

「朝雨。」

聞聲，兩個人同時停下，往旁看去，竟是唐逸銘拿著傘走來。見狀，同學露出曖昧微笑，方朝雨正感尷尬時，唐逸銘說道：「學妹，給我拿吧，妳先回教室休息。」

話一出，兩人反應迥然，同學低聲歡呼，向學長道謝後便歡快上樓，方朝雨則是皺起眉，「你幹麼？這又不是你的工作。」

「但是妳的工作啊。」唐逸銘逕自拿過午餐籃與廚餘桶，再將雨傘塞到方朝雨手裡，「妳撐傘，小心別淋溼了。」

知道自己拗不過唐逸銘的方朝雨無奈一笑，打開傘，兩人並肩走出屋簷，雨水滴滴答答地打在傘面上，踏出去的每一步都能踩到水窪，這樣不想讓人在外的天氣，唐逸銘臉上的表情卻似乎相當開心。

方朝雨忍不住道：「你幹麼很開心的樣子？」

「因為幫到妳了啊。」唐逸銘微笑時頰邊有兩個酒窩，眼眸明亮，開心中帶點抱怨，「誰叫妳都不讓我幫忙，那我這個男朋友要做什麼？我朋友們的女朋友都很會使喚他們，就妳不一樣。」

方朝雨不置可否地抬起眉梢，看向唐逸銘的側臉，不以為然地說道：「我又不是為了使喚你。」

唐逸銘笑容更甚，想到什麼張了口，卻又嚥下。現在這樣就好了，他想。

看著這樣的唐逸銘，方朝雨想到姚媛的話，要自己多「麻煩」唐逸銘一點，不然等熱戀期過後，對方可能就不會再對自己那麼好了。

方朝雨不確定姚媛說得對不對，不過這段時間唐逸銘真的待自己極好，很多時候，她也為此感動不已。

不過，隨之湧上的，卻是說不出的落寞。

兩人走到校園後方的回收站，將餐盒與廚餘全數處理完後，離開前，唐逸銘忽然停下。

方朝雨疑惑地看著他，見他有些赧然，「怎麼了？」

「可以……抱一下嗎？」

方朝雨愣了下，見四下無人，且面前的唐逸銘像隻垂著尾巴的大狗狗，無奈地微微一笑，點頭，「不能太久。」

得到首肯後，唐逸銘立刻伸手輕輕抱住方朝雨，面上有著滿足的微笑。靠在唐逸銘身上的方朝雨，在他衣服上聞到淡淡的雨水味。

唐逸銘如方朝雨所言的很快放開她，臉上掛著大大的笑容，跟著方朝雨一同走出回收站，準備將餐籃拿到合作社歸還。

男女交往與否，旁人輕易可見，遑論大方示愛的唐逸銘。那晚過後不過數日，兩人交往一事便在唐逸銘溫情接送下不脛而走，每到放學都可以看到唐逸銘出現在七班，無一日缺席。

這事，程南也看在眼裡。

對於方朝雨與唐逸銘交往這事，程南大方給予祝福，也知道唐逸銘人品不壞，他喜歡方朝雨又是人人皆知，她認為唐逸銘會是一個好男友，她沒有理由勸方朝雨再想想。

如果這是方朝雨要的，那麼程南定會支持。

不過，這在另外一個人眼裡似乎是一大隱憂，要不也不會特意在放學後來找上自己——

「喂，朝雨好不容易跟學長在一起了，妳不要做什麼多餘的事喔！」

正要淋浴下水的程南忽然被叫住，她拿起蛙鏡一瞧，竟然是姚媛。程南失笑，「妳就為了這件事特地跑到泳池來？」

「不行嗎！」若不是只有放學才能單獨見程南，姚媛也不會專程來這，但為了捍衛自家好友的愛情，她願意。

姚媛只希望，身邊不會再出現第二個彭婉柔了。

程南走到池邊做熱身操，一邊說道：「妳覺得，那就是愛情？」

姚媛微愣，揚聲道：「不然呢？妳以為每個人都跟妳一樣嗎？」

程南笑了。她點點頭，手攀上鐵杆，下水前看了姚媛一眼，那眼神彷彿在看一隻炸毛的貓，「說的也是，那就不必擔心了，不是嗎？」

「妳！」

程南沒應，戴上蛙鏡無視姚媛在一旁跳腳逕自下水。姚媛哼了聲，轉身大步離開泳池，反正她只要讓程南知道，對誰都可以那樣隨意，惟方朝雨不行。

這件事也成了兩人的祕密，更是一粒投入心湖的小石子，終在程南心中泛起圈圈漣漪。

那日過後，程南若有似無地拉開與方朝雨的距離，她知道自己在別人眼裡是什麼樣子，一向不甚在意，然而方朝雨不是別人，若傷到了方朝雨……程南不願往下想，也不希望這件事情發生。

這樣就好了，程南想。

❄

「今天的課就到這，回去記得複習今天教的線性規劃。下課。」

當李薰話一落，班上學生一哄而散，她四處看了看，叫住了剛起身欲往門口走去的方朝雨。

「朝雨，來一下。」

方朝雨愣了下，走到臺前旁，李薰瞧她有些惴惴不安，笑道：「沒事，別緊張。妳趕時間嗎？」

方朝雨搖搖頭，默著等李薰發話。李薰微揚脣角，盡量讓自己溫和一些，輕道：「妳最近還好嗎？」

方朝雨微怔，顫顫道：「老師是因為我上週小考考得不太好所以才留我嗎？」

李薰笑意更甚，「是，也不是。確實妳考得不太好，但我知道妳考後有認真訂正，這是比考高分更重要的事。我今天留妳，單純是關心妳，我覺得妳最近看上去有點……鬱鬱寡歡的。」

方朝雨眼眸黯淡了些，微低下頭，默然不語。李薰也不追問，改道：「程南也是這樣，感覺好像有心事，妳們吵架了？」

方朝雨抬起頭，困惑地看著李薰。那如春風般的淺笑拂進心裡，使方朝雨有些動搖，那一瞬間，她忽然覺得，或許李薰可以明白自己。

「我……」

李薰知道，方朝雨是個小心謹慎的孩子，不喜歡麻煩別人，也不會給人帶來困擾，正是因為這樣，李薰覺得，不能視而不見。既然方朝雨不會開口，那麼就由她來主動關心。

「最近，有交一個男朋友。」方朝雨語帶保留地說：「是高三的學長。」

李薰輕輕嗯了聲，這事她略有耳聞，或許應該說，整間補習班都知道新來的唐逸銘是方朝雨男友，雖然兩人行事低調，但男方的舉動任誰也看得出他喜歡方朝雨。

「他對我很好、真的很好，非常溫柔體貼。」方朝雨一邊回想一邊說道：「其實我也不知道自己在想什麼。」

李薰看著眼前的方朝雨，彷彿看到年少的自己，心裡某塊地方柔軟幾分，她直道：「妳感到愧疚嗎？」

方朝雨微怔，面色微妙，抿了下唇，艱難地點點頭，喉頭有些澀，「……對。我覺得他對我太好了，好得我沒有辦法回報。」

「他對妳的好是出於喜歡，那妳呢？」李薰循循善誘地說道：「有沒有人希望你們在一起？」

方朝雨的目光閃爍了下，低低地嗯了聲，「有……但做決定的是我。剛交往的時候，我跟他說，我們試試看——後來我總是在想，感情是不是試不出來的？可是我朋友說，現在日久生情的多得是，我們只是還不夠久而已。」

李薰朝她淺哂，「我不會去說這是對的還是錯的，因為感情沒有對與錯，但是，妳要對自己誠實。」

方朝雨愣愣地看著李薰，眼神複雜，她點點頭，似乎在深思些什麼。李薰無奈笑道：「我有時候覺得，妳跟程南真的很像。」

「我？」方朝雨有些訝異，「可是我們個性差很多。」

李薰兀自笑出聲，「沒錯，妳的個性好太多了。我剛認識程南的時候，覺得這小孩怎麼回事，漫不經心又吊兒郎當，熟了之後才知道，不是這樣的。」

方朝雨皺眉，疑惑道：「……『剛認識』？」

李薰點點頭，不以為意地說道：「我爸跟程南的媽媽預計明年結婚，不過我們先認彼此是姊妹，反正遲早都會成為家人。」

「欸，妳好了沒？」

一道熟悉的嗓音自外邊傳進，兩人回頭一看，是揹著書包的程南走進嚷嚷：「我好餓——」

定眼一看，程南不禁一愣，原以為只有自家姊姊在裡面她才敢造次，一見到方朝雨就縮了回去。

「呃，妳們慢慢聊。」

「等等。」李薰叫住程南，手放到方朝雨肩上，巧妙地壓下她想離開的衝動，視線在兩人身上來回掃視，「有學生家長給我一些鹹派，我自己也吃不完，妳們一人一個都別跑。」

當李薰露出得逞的笑容時，程南就知道這個人又在打什麼主意，平日她可以直接無視，可現在有方朝雨在，她嘆口氣，摸摸自己的後髮走進教室。

「妳們在這等我，我下去拿上來。」李薰落下這麼一句就走出教室，將空間留給有些莫名尷尬的程南與方朝雨。

當感覺到程南的接近時，方朝雨感到一絲不自在，卻又隱隱地感到喜悅，兩種情緒拉扯在一塊，使她的表情看上去有些微妙。

見狀，程南抬起眉梢，忍笑問：「妳這是什麼表情？吃壞肚子？」

「我才沒有！」方朝雨瞪大眼，表情生動了起來，「妳才吃壞肚子。」

程南睇了睇眼，坐到方朝雨前面，手支著下頷道：「最近跟學長還好吧？」

自從與唐逸銘在一起後，程南就不曾找過自己，而方朝雨更不會主動找她攀談，兩人便這麼形同陌路地過了好一陣子。方朝雨沒想到程南一開口就是問她跟學長的事，一時之間不知道怎麼回應才好，淡淡地嗯了聲，「沒有什麼不好的。他……對我很好。」

方朝雨回想這段時間兩人之間的互動，想到的都是唐逸銘主動做了些什麼，像是接連不斷的驚喜、貼心溫情的上下學陪伴，或是牢記她的課表與日常瑣碎的事，唐逸銘都把這些當作是自己的事那樣珍重。

說沒有感動肯定是騙人了，但除此之外呢？

「他沒有對妳不好就好啦。」程南不以為意地說道：「他喜歡妳，對妳好是應該的。」

對自己好嗎……方朝雨想起眼前這人也幫助過自己，便主動提道：「我說要請妳吃飯一直沒約成，妳什麼時候有空？」

「我都沒事啊，不過……」程南揚起曖昧的笑容，輕快道：「妳是有『家室』的人，有這麼方便？」

面對程南的調侃，方朝雨翻個白眼，懶得與她多說，直道：「總之，明天放學可以吧？」

這次程南爽快答應，兩人的對話結束在李薰拿著兩個小紙盒走進教室時。

礙於方朝雨的家人已在樓下等候，她向李薰道謝後便匆匆下樓。方朝雨離開後，李薰揚了揚眉道：「我告訴她我們爸媽要再婚應該沒關係吧？」

程南一邊打開紙盒一邊道：「……是沒關係，但妳怎麼連這種事都跟她說？妳不是最神祕的李薰老師嗎？其他人連問的機會都沒有，妳倒是什麼都告訴她了。」

「我不否認自己偏心朝雨，但是，我這份私心可是出於妳。」李薰瞇了瞇眼道：「我只認她當弟妹。」

切下鹹派的手一歪，程南看了李薰一眼，搖搖頭，「別鬧了，方朝雨不可能的。」

「是妳不可能，還是，她不可能？」

程南頓了下，沒答話，聽著李薰繼續說道：「妳不能認為每個人都是秦依瀾。」

程南吃下最後一口鹹派，站起身，一語不發地走出教室。李薰看著她的背影，輕嘆口氣。是妳不願讓方朝雨成為「可能」而已。

❄

睡前，方朝雨接到了唐逸銘的電話。交往後的每一天晚上，唐逸銘都會打電話給方朝雨。

記得第一次接到唐逸銘的電話時，方朝雨還有些不知所措，「怎、怎麼了嗎？」

電話另頭的唐逸銘也跟著尷尬起來，搔搔後腦杓道：「呃……我想說，我們都交往了，所以……妳會覺得困擾嗎？」

「是不會。」方朝雨一邊應一邊想，交往原來也有「形式」嗎？好像兩人交往有些事情就得去做，約會、講電話、膩在一起、情侶小物等等，這些就能代表兩人感情穩固嗎？

儘管她心中有無數疑惑，但既然這是唐逸銘要的，那方朝雨不會拒絕，甚至覺得好過一些。

「朝雨？」

聽見唐逸銘的喚聲，方朝雨回過神，歉然道：「抱歉，我剛剛沒聽清楚，你再說一次。」

「我說，妳們英文班歌比賽的歌曲確定了嗎？」

校慶後的大型全校活動便是高一、高二的班歌競賽，每班都會決定一首曲目當作參賽曲，這件事方朝雨確實有點印象，班上似乎討論過，於是她道：「還沒有，可能明天班會會說。」

「那妳有比較喜歡的歌手嗎？」

方朝雨知道，唐逸銘正在努力了解自己，想多知道一些關於自己的事，只是有些事情，方朝雨覺得沒有必要特別說，但又不想澆熄他的熱情，努力擠了幾個稍微聽過的歌手。

唐逸銘聽了似乎很高興，也分享許多自己喜歡的歌手與歌曲，聽得方朝雨頭昏腦脹，可還是努力的應聲。

「下次我再給妳幾張CD。」唐逸銘開心說道。

方朝雨不忍拒絕，輕道：「好。」

「那妳明天有沒有空？要不要去附近新開的甜品店？」

「明天……」方朝雨想到程南，直道：「明天沒辦法，下次。」

「跟家人去吃飯嗎？」唐逸銘追問。

或許這也是與他人交往的一環吧——什麼事都需要與對方報備，方朝雨這麼想了想，淡淡道：「跟朋友去吃飯。」

「妳們要吃什麼？」

「嗯……」方朝雨遲疑了下，「應該是日式料理吧。」說到這份上，方朝雨以為話題就到這了，沒想到唐逸銘繼續問道：「是不是飲料店旁邊那家新開的？」

方朝雨皺了皺眉，聲音低了幾聲，「嗯，應該是。」

對於方朝雨一直很上心的唐逸銘敏感地察覺到她的不開心，小心翼翼地問：「妳會覺得很煩嗎？我沒有別的意思，就是想知道妳的事情而已——我的事情也都有告訴妳的。」

方朝雨張了張口，又闔上，輕輕嗯了聲。再之後唐逸銘轉移話題，寥寥數句後便掛上電話。

方朝雨看著手機，輕嘆口氣。

翌日下午，班會例行召開。

上課鐘聲一響，班導師走進班級，臺下的交談聲隨即停下。張老師走到臺上，對著全班道：「我想大家應該都知道今天要討論什麼，就是英文班歌比賽。那班長、副班長，來前面主持。」

話落，兩人走到臺上，站在講桌前環視臺下同學道：「每班要選出一首英文歌參賽，可以的話，希望今天可以解決選歌跟領唱。」

語末，底下開始議論紛紛、熱熱鬧鬧地討論這件事。張老師坐在一旁，將事情交由學生們自主決定。

見同學們討論得相當熱烈，班長也提出一些意見，「我知道有些班級已經決定好歌曲了，我們盡量不要重複比較好。至於領唱的部分……」

班長看向坐在最後面的程南道：「我聽我姊說，程南唱歌挺好聽的。」

頓時間，全班目光全往後看，匯集於一臉慵懶的程南身上。在運動會後，程南搶眼的表現讓她融入了這個班級。

「啊？」程南皺了下眉，摸摸自己的後髮道：「妳確定妳姊沒認錯人？我現在就唱一段啊——」

程南高聲唱了幾句，瞬間逗笑了全班。她的五音不全配上正經八百的臉，有種引人發笑的滑稽感，後面便沒有人再提到要她當領唱了。

兩節課過去，班上從數首歌中最後選了Daniel Powter的〈Bad Day〉，領唱則是一名熱音社的同學。

這樣一件小事，方朝雨卻擱在心上，直到放學後兩人單獨到日式料理店時，仍舊不時想起。

「怎樣？幹麼一臉想說什麼的樣子？」劃記完菜單的程南看著方朝雨心虛的樣子說道：「想問什麼？」

方朝雨摸摸鼻子，真不知道是自己太不會藏心事，還是程南太會猜了？她猶豫了下，道：「妳之前有參加班歌比賽？」

「是啊。」程南抬起眉梢，「怎麼樣我也算是妳學姊，我都參加過兩次了。」程南兀自笑了出來，可當方朝雨下句話一落，她的笑容一凝。

「妳……當初怎麼會想休學？」

「那妳為什麼會想轉學？」程南單手支著下頷，眼含笑意地望著方朝雨道：「剛好有這機會問妳。」

沒想到程南會如此反問，一時間方朝雨有些反應不過來，呆呆地看著程南，迷失在她微揚的唇角。

「這是妳們的餐點，請慢用。」此時，一道親切女嗓在旁響起，並送上兩份餐點，適時地打斷了兩人有些凝滯的對話。

「天啊，我肚子好餓！」程南立刻動筷享用晚餐，彷彿方才的一切都沒有發生似的。方朝雨也回過神，聞到餐點的香氣才覺飢餓，跟著享用美食。

誰也沒有再提起關於轉學與休學的事，可她倆都知道，並不是無視了便代表不存在。

上次沒能好好品嚐的佳餚，這次方朝雨總算嚐到其中美味，對晚餐讚不絕口，身為推薦者的程南得瑟地笑著，身後彷彿長出了尾巴翹得高，看得方朝雨忍俊不禁。

用完餐後的兩人走出店外，程南滿足地摸摸自己的肚子再伸個懶腰問道：「妳要怎麼回去？」

方朝雨一邊低頭回訊一邊道：「我爸說他有空可以來載我，妳呢？要去找李薰老師嗎？」

「對啊，要跟她一起回去。」程南道。

方朝雨像是想起什麼急道：「那妳在這等我一下！」話一落人就跑到巷子裡，程南好奇地看了看，不一會，便見方朝雨拿了一個提袋走回來。

「這個，幫我交給李薰老師。謝謝她上次請我吃布丁。」

程南接過塑膠袋打開一看，竟是兩份冒著熱煙的造型雞蛋糕。程南有些驚訝地看著方朝雨，隨即一笑，「謝啦。」

方朝雨赧然地搖搖頭，「沒什麼……我跟我爸都覺得布丁很好吃，這是應該的。」

忽地，方朝雨放在書包的手機鈴聲大作，她慌忙地拿出一看，面色一凝，頓了下才接起道：「喂？」

程南走到一旁吃起雞蛋糕，想著反正是給李薰的，那就等於是給自己的，便快樂地吃著，一邊瞧著方朝雨面色淡然地講著電話，覺得有些不可思議。

不知道從什麼時候開始，她的身邊沒有了單純的同性好友，像方朝雨這樣的朋友，是她高中後鮮少有的。

半晌，方朝雨掛上電話，程南湊了過去，「妳爸啊？」

方朝雨收起手機，扯了個笑容，「沒有，是學長。」或許是答句過於簡短，又或著是因為那雙沒什麼笑意的眼睛，讓程南不禁問：「吵架了？」

方朝雨愣了下，程南繼續不甚在意地說道：「如果是因為我的話，我先道歉——畢竟這不是我第一次碰到了。」

「這意思是，很常發生類似的事？」

程南將手中的雞蛋糕分成兩半，一半給了方朝雨，「不否認。我跟很多人交往過，難免會發生這種事。」

程南說得雲淡風輕，不帶一絲情緒，卻聽得方朝雨心頭一顫。

「那妳每次都這樣嗎？先道歉？」

「算是。」程南沉吟半會，道：「爭輸贏太累了，而且很多事情到後面誰對誰錯根本不重要，重要的是，有沒有一個可以認錯的人。」

方朝雨聽得似懂非懂，似乎可以理解，卻又覺得哪裡不太對。遠遠地，看到方父的車駛近，方朝雨欲走到對街前，回頭看了一眼程南。

站在街燈下的她，半身隱在陰暗之中。或許是因為街燈柔和，她的面容看上去也溫柔了些，只是那雙眼，方朝雨終究沒看明白。

程南抬起手，揮了揮，輕道：「明天見。」

方朝雨點點頭，轉身上了方父的車。她往車窗外望去，見著程南的身影消失在轉角。

見狀，坐在駕駛座上的方父問：「怎麼了？」

方朝雨搖搖頭，聊起了別的事。

她只是……想多看一眼而已。

回到家後，方朝雨打了電話給唐逸銘。

電話另頭不如以往那般很快地接起，方朝雨也不急，只是坐到了床上等著電話接通。稍早，兩人也不是吵架或爭執，只是方朝雨單方面的不悅，但也說不出到底為了什麼生氣，只是覺得有些煩悶，而唐逸銘注意到了，打來求和。

他說著許多話，那時的方朝雨卻看著程南。她在一旁拿著雞蛋糕偷吃了幾口，那模樣令方朝雨忍俊不禁，最後還是唐逸銘喚了幾聲她才回神。

在方朝雨正準備掛上電話前，另頭終於接通，伴著那人著急的解釋傳來，「朝雨！抱歉抱歉，我剛剛在洗澡，要不是魏子瑞在跟我抱怨，我也不會那麼晚洗……」

「魏子瑞？」

聽出方朝雨的疑惑，唐逸銘趕緊解釋道：「就是潘芷瑩的男友，是我朋友啦，他就在說跟潘芷瑩的事。」

方朝雨理解地輕嗯了聲，「那他還好嗎？」

「嗯……也沒有不好。」唐逸銘遲疑道：「他就是……有點沒有安全感吧，畢竟潘芷瑩社交很廣，長得又漂亮，很多人在追她。」

「這樣啊。」提及潘芷瑩，她便想到程南，以及兩人今晚無疾而終的對話，猶豫了會，道：「我可以問你一件事嗎？」

「當然可以。」

方朝雨暗自深吸口氣，低問：「你知道……當初程南休學的事嗎？」

唐逸銘愣了下，一邊回想一邊道：「我是知道她休學，不過詳細情況不清楚，但我想，有個人應該可以問——」

下句一落，方朝雨默了會，心頭湧上莫名的情緒。

「潘芷瑩，她應該知道。這樣吧，下次我們跟魏子瑞還有潘芷瑩一起吃飯？或許，妳就可以問到妳想知道的事。」

方朝雨並未馬上答覆，而唐逸銘也不出聲催促，用毛巾擦拭著仍滴著水的短髮。

雖然是程南的事，但是，這是方朝雨想知道的，那麼他便會竭盡所能地幫忙方朝雨。這是他喜歡一個人的方式。

最後，他聽到方朝雨低道：「好，下次一起吃飯。」話落，她隨即掛上電話結束對話。

唐逸銘低頭看著手中的手機，不自覺發起呆。

不知怎麼地，他總覺得……方朝雨似乎特別關心程南。

❄

週三午休鐘響，姚媛準時出現在七班門外，朝著方朝雨揮揮手。

方朝雨微微一笑，站起身走出教室，一同下樓走往社團教室。途中，姚媛說道：「妳跟學長在一起後，我們就好少聊天。」

聽著姚媛的抱怨，方朝雨失笑，「妳確定不是妳都閃遠遠的？」

被一語道破的姚媛吐吐舌，搖著方朝雨的手，「不是啊，你們是情侶，要有很多時間膩在一起！」

真的該這樣嗎？方朝雨面上平靜，心裡卻感到有些疑惑。確實，唐逸銘就是如此，挪了大半的時間來陪自己。

可是，她自己呢？

「那你們最近還好嗎？」姚媛的問句喚回方朝雨思緒，她沒有點頭，也沒有搖頭，只是輕輕一笑。

不好也不壞，就是那樣而已。

姚媛當自己好友害羞，曖昧地笑了下。兩人走過教官室，姚媛像是想起什麼忽然驚呼一聲，停下腳步，拉著方朝雨急道：「慘了！我忘記要去教官室整理檔案了！」

「檔案？」方朝雨還來不及細問便被姚媛拉進教官室，迎面碰上了連繡琪，她趕忙低下頭，「教官好。」

連繡琪微抬眉梢，視線在兩人身上來回掃視，最後停留在方朝雨身上，「身體還好吧？」

「……還好。」方朝雨細聲如蚊，語氣中摻著些許愧疚與自責，而連繡琪不以為然地說道：「別想看到我就跑啊，明年校慶妳還是得見我。」

方朝雨愕然地抬起頭，不明白地看著連繡琪，皺起眉。連繡琪聳聳肩，綁著高馬尾，頭戴綠色軍帽的她不過是微低下頭，淺笑道：「不然呢？我找不到比妳更適合的司儀了，還是，妳想質疑我？」

方朝雨搖搖頭，忍不住嘴角微揚，輕道：「謝謝。」

連繡琪擺擺手，朝姚媛彎唇一笑，「姚大小姐，妳以為妳溜到後面我就不知道？是誰上週說要來整理檔案的？」

在教官室後方的姚媛縮了縮，心虛地嘿嘿笑了兩聲，摸摸自己鼻子辯道：「我這不是忘記，是……是知道還有時間！」

連繡琪哼笑兩聲，走出教官室準備到社團活動地點露個面。這是每次社課她必做的事情之一。

方朝雨走到姚媛身旁，學著她蹲到地上，問道：「所以，現在妳要整理什麼檔案？」

「就是這兩年的英文班歌比賽影片。」姚媛從矮櫃中拿出其中一卷光碟解釋道：「我們春暉社會幫忙整理教官室一些不重要的文書檔案，這次是我負責整理，但我不小心忘了。其實妳可以先去社團的，不用陪我。」

姚媛嘴上明說著善解人意的話，眼神卻是瞞不過別人，方朝雨看了她一眼，也不戳破她的小心思，搖搖頭，「我幫妳。」

聞言，姚媛眼睛一亮，是喜是怒全寫在臉上。姚媛一邊整理一邊聊道：「班歌比賽很累，但是很好玩。有一次我印象滿深刻的，就是——」

姚媛像是想到什麼，忽地沒了聲音。方朝雨停下整理的動作，抬頭看向姚媛，「嗯？哪次？」

姚媛輕吁口氣，心不甘情不願地說：「程南領唱那次。雖然我不喜歡她，但憑良心講，她唱歌真的很好聽。」

方朝雨微愣，驀地想到前幾天班會上程南的滑稽逗笑了全班，疑惑道：「程南……領唱過嗎？」

「是啊，她唱歌挺好聽的。」姚媛一邊說一邊翻著數片光碟，「我看看，我記得這邊有每一個班級的表演紀錄……啊，找到了！」

姚媛手拿一片光碟，喜孜孜地說道：「我們來偷看吧！」便拉著方朝雨走到隔壁學務處，一進辦公室就聽她一本正經地說道：「組長！我要借筆電！」

待在座位上的活動組長瞥姚媛一眼，擺擺手，「自己拿吧，在櫃子裡。」

在旁的方朝雨看著姚媛熟門熟路地從櫃子中拿出筆電，再活蹦亂跳地走出辦公室。

見著姚媛把這兩處室當自己家那般自然，方朝雨有些哭笑不得，卻也感到有些不真實。

在自己一直以來念的學校裡，她從沒有感覺過師生如此友好，過去如果有人膽敢這麼「放肆」，大抵就是校規直接壓上來重罰，嚴肅得如一座囚牢似的。

來到這裡，接觸了以前不會接觸到的人事物，方朝雨才明白，原來學校也是可以如此有趣輕鬆。

「好啦！我找到了！」

方朝雨在姚媛興奮的話語中回過神，不經意看向筆電螢幕時，視線定格。

「六班所表演的曲目是〈Bad Day〉，掌聲——」

主持人話一落，舞臺上的帷幕向兩旁拉開，在後面的學生整齊地往前邁步，站到臺前，而方朝雨一眼就看到站在中間，穿著班服的程南。

那是方朝雨沒有見過的程南。

手拿麥克風站在人群前的程南有著自信陽光的笑容，沒半點緊張，神情明顯是享受的，與平日那般漫不經心的模樣判若兩人。

原來……她也能這樣笑嗎？

姚媛的目光從螢幕移到方朝雨的側臉，或許是方朝雨過於專注，絲毫沒有感覺到她的視線。

方朝雨緊盯著螢幕中的程南，不知道想些什麼。

輪到程南獨唱時，那道清亮的嗓音清楚地被收音進去——

You had a bad day

You're taking one down

You sing a sad song just to turn it around——

全班整齊劃一的動作與用心具創意的舞蹈，讓方朝雨看得目不轉睛，彷彿也參與其中似的專注。

表演近尾聲，由程南清唱最後一句歌詞後，燈光暗下，四處響起如雷的掌聲。在影片結束後，姚媛關掉影片、收起筆電，站起身走出教官室將筆電歸還。

而坐在沙發上的方朝雨，久久無法回神……

❄

晚上睡前，方朝雨接到了唐逸銘的電話。

「朝雨。」

方朝雨拿著手機躺到床上，淡淡地嗯了聲作回應。如常的問候聽上去總是那麼開心，讓方朝雨忍不住問：「學長，為什麼你總是聽起來很開心的樣子？」

交往後，唐逸銘不再喚方朝雨「學妹」，而是直呼名字。方朝雨想過，可總覺得彆扭，唐逸銘雖然有些失落，但從不勉強她。

他覺得，方朝雨願意與自己交往就足夠了。

「因為是跟妳講電話啊。」唐逸銘直率地道：「妳跟我講電話不開心嗎？」

方朝雨愣了下，遲疑地說道：「是不會……」又趕緊轉移話題，「學長是不是想跟我說什麼？」

「哦，對！我是想問妳這星期六有沒有空？上次不是說要跟潘芷瑩他們吃飯嗎？」

方朝雨恍然大悟，確實有這一回事，於是道：「有空，約中午嗎？」

「對，那確定時間跟地點後我再跟妳說，當天我會直接去妳家載妳。」

方朝雨愣了下，「載我？」她記得唐逸銘說過考完學測後才會去考駕照，「腳踏車嗎？」

唐逸銘笑了笑，神祕地說：「星期六就知道了。」話題就到這，話鋒一轉，他問道：「對了，妳跨年有約了嗎？」

經唐逸銘這麼一提，方朝雨這才想到確實年末將至。她想了想，「沒有，但是……」

聽出方朝雨的遲疑，唐逸銘趕緊解釋道：「沒有要過夜啦！就是那個晚上也許我們可以去餐廳吃飯，我會送妳回家的。」

方朝雨看著天花板，輕輕嗯了聲。她確實也有顧慮過夜與否，不過此刻更煩擾心思的，卻是過節這事。

想到要跟唐逸銘一起過節慶祝，方朝雨心裡就有那麼一點抗拒，卻也說不出為什麼。最後，她說：「可以讓我考慮一下嗎？」唐逸銘雖然失落，但體貼地回道：「當然，不急，妳慢慢考慮。」兩人又閒聊幾句後便掛上電話。

結束通話後，方朝雨輕嘆口氣，看著床旁窗外發呆。此時，腦海中浮現的，不是唐逸銘的跨年邀約，而是週末的聚餐。

或許，她對程南的疑惑，能在這週略知一二。睡意湧上，方朝雨閉上眼，沉沉睡去。

翌日中午，姚媛來找方朝雨蹭飯。

兩人一邊閒聊一邊用餐，話題不外乎是年末的感恩週與寒假計劃，只是在這之前有更重要的事得先面對。

「妳的段考都念完了？」

方朝雨一句話猶如利劍插進胸口，姚媛捂著心窩狀似難受，「不！妳別提！我已經念到不想念了！」

方朝雨失笑，「妳這話晚上別在補習班說。」不然她怕姚媛走不出補習班。

姚媛唉了一聲，覺得比起段考，她更在意考後要去哪玩，於是，她說道：「那這週考完妳要去哪啊？」

方朝雨想了想，道：「週六中午，我要跟學長還有他朋友一起吃飯。也許我們可以約下午茶？」

「啊？你們好好的約會怎麼約我了？」姚媛才想調笑方朝雨幾句，沒想到她語出驚人，邀自己吃下午茶。

方朝雨則是後知後覺的意識到原來這是「約會」，不自覺皺起眉。見狀，姚媛說道：「妳……不想啊？跟學長約會覺得尷尬嗎？」

方朝雨點點頭，低下眼，視線落在自己的餐盒之中。看著方朝雨的側臉，姚媛心裡覺得違和，但還是歡快地說道：「好啦！那就中午妳跟學長吃完中餐後，我們約喝咖啡好了？我知道幾間最近新開的店，一起去？」

方朝雨感激地點點頭。一想到吃完飯後，唐逸銘可能會約自己去哪裡逛逛走走，她就覺得不自在。

但是，情侶應該是這樣的嗎？

不是應該期待見到對方，甚至是希望所有時間都跟對方膩在一起嗎？可是方朝雨並沒有這樣的想法。

跟唐逸銘在一起時，方朝雨沒有想時時刻刻膩在一起的想法，雖然互動舒適平常，但總覺得有一個時間限度，超過了就厭煩了。

兩人用完餐後便各自回教室，當方朝雨走近教室時，迎面碰上程南。見她手裡拿著餐籃，方朝雨這才想起今天值日生是程南，於是道：「另外一個人呢？」

程南聳聳肩，「臨時有事，所以變成我負責中午，她負責放學。」

方朝雨理解地點點頭，「那我跟妳去吧。」

程南微抬眉梢，勾起唇角，「什麼時候這麼好心了？」

方朝雨瞪她一眼，逕自拿過餐籃另一邊。

程南輕笑幾聲，那笑容甚是好看，方朝雨看了一眼，又別開視線。兩人下樓，走往回收站。途中，經過操場時，程南忽道：「這星期段考妳要好好考，李薰說成績進步的話，會請吃飯的。」

見程南事不關己似的，方朝雨回道：「說得妳不用考試一樣，還是，妳覺得妳會考很好？」

原本只是想數落程南幾句，不料，程南不以為意地說：「就算我考得好，下週我也沒辦法給李薰請，所以才要妳考好一點啊，連我的一起。」

兩人走到了回收站，程南逕自拿過餐籃，將餐盒全數倒進了回收車裡。方朝雨站在一旁，心情有些複雜。

程南走到一旁洗手，見著方朝雨站在一旁，低頭一邊洗一邊問道：「怎麼了？」

「妳那天有什麼事嗎？」

方朝雨覺得自己不該問的，卻又敵不過好奇心而開了口。對於其他人，方朝雨總是覺得無所謂，不像姚媛熱情活潑，對誰都那般上心關切，可……自己對程南，卻又忍不住想探究。

程南藏著的一身祕密，方朝雨明知道不該好奇，可她還是不自覺想知道更多、更多……

程南關上水龍頭，兩手隨意往兩旁甩。她看著方朝雨，彎彎脣，逕自走出回收站。

在方朝雨跟上時，聽到那句乘風而來的輕語。

「下週……我要陪秦依瀾去產檢。」

第六章

週六十二點半，唐逸銘準時出現在方家巷口。方朝雨一走出家門，便被陽光刺得睜不開眼。她慢慢地走向兩人約好的超商前，步伐有些沉重，或因炎熱天氣，又或者是因為姚媛曾說過的二字，「約會」。

意識到這可能是約會，方朝雨並沒有感到喜悅，只感到壓力，甚至覺得有些無所適從。遠遠地，她便看到唐逸銘手拿一頂安全帽，方朝雨有些驚訝，走近他後愣愣道：「你……你怎麼騎車來？你不是還沒考駕照嗎？」

「但我會騎啊。」唐逸銘大大一笑，語氣歡快地說道：「哪有載女朋友騎腳踏車的？別擔心啦，我考完學測就會去考駕照！不差這一、兩個月的。」

方朝雨明白唐逸銘的想法，但總覺得不妥，卻又不想出言澆他一身冷水，勉強地點點頭，戴上安全帽有些忐忑地跨上他的車。

一路上，方朝雨的心跳有些亂，不是因為唐逸銘這個人，而是因為唐逸銘的無照駕駛而惴惴不安。

方朝雨知道，自己不喜歡這樣，心裡深處的某個想法也隱隱冒出了芽，在一路顛簸之中暗自瘋長。

抵達餐廳，唐逸銘在門口先讓方朝雨下車。在他接過方朝雨摘下的安全帽時，見到鐵青的臉色，心中一震，後微微皺眉，試探性地問道：「朝雨，還好嗎？」

方朝雨深吸口氣，壓抑胸口莫名的怒火，冷淡道：「沒事。我們進去吧。」

摸不著頭緒的唐逸銘搔搔自己的後腦杓，看著方朝雨獨自進餐廳的背影，感到有些無力。交往的這些日子以來，唐逸銘時常有這種感覺。

推開玻璃門時，冷氣迎面而來，讓方朝雨眉頭稍稍舒展開來，在看見潘芷瑩時，臉色和緩幾分，走向角落桌。

「學姊、學長。」

潘芷瑩微抬眉梢，指著對面，「坐吧，不要客氣。」餘光瞥見一臉喪氣的唐逸銘，她的目光多了幾分興味。

唐逸銘坐到方朝雨旁邊，朝對面兩人擠出笑容，「嗨，你們點餐了嗎？」見潘芷瑩他倆搖搖頭，便主動站起身去拿菜單。

潘芷瑩單手支著下頷，眉梢滿是風情，她朝方朝雨彎彎唇角，打趣地說：「跟唐逸銘吵架了？」

方朝雨微愣，迎上她的目光略感窘迫，低下頭輕道：「是沒有……」就是她自己單方面的不開心而已。

唐逸銘拿菜單回到位子上時，明顯感覺到方朝雨的情緒緩和不少，內心鬆口氣，四人便開始點起各自餐點。

那是一間裝潢溫馨的簡餐店，價格實惠又近學區，假日高朋滿座，擠滿了人。

四周喧嚣、人聲鼎沸，對此方朝雨不但沒有不耐煩，反而覺得有些鬆口氣，畢竟這樣就不像兩對情侶出遊，反倒像四個朋友聚餐。

對面是潘芷瑩與男友魏子瑞，也是唐逸銘的好友。方朝雨努力跟上三人的話題，不讓自己顯得格格不入，心裡的疲倦隨之倍增。

敏銳如潘芷瑩，察覺到方朝雨的逞強，便起身拉著她到自助區，劈頭便問：「妳今天來是為什麼？因為程南？」

方朝雨愣了一下，點點頭，「算是。」

「我聽說妳想知道程南為什麼休學。」潘芷瑩慢條斯理地拿起杯子裝飲料一邊說道：「妳是希望我趁著這空檔簡單說明呢？還是等會我提？」

方朝雨不假思索地說：「內容是不該給人知道的嗎？」

「倒不會。」潘芷瑩盛完飲料又開始弄起爆米花機，「高三大概都知道一些，而且老實說，我也沒有很清楚。」

兩人站在自助爆米花機前，看著方才倒下的乾癟玉米粒開始膨脹、爆開，陣陣奶香隨著跳動的爆米花飄出，聞著讓人覺得甜膩。

方朝雨拿了餐用竹籃主動盛裝粒粒飽滿的爆米花，一邊舀一邊聽到潘芷瑩繼續說：「我是不了解妳為什麼想知道程南的事，不過那種拋棄女友找其他女人的人，不適合妳。」

方朝雨手一頓，看了潘芷瑩一眼，將剩下幾粒爆米花舀進籃子後，遞給她，「……這是學姊跟程南分手的原因嗎？」

「是。」潘芷瑩接過，大方承認道：「我不覺得自己需要為了一個程南委曲求全，多的是男人可以找。那天晚上我氣不過她要找其他女人，所以就把她甩了。」

那個人，或許就是秦依瀾吧。

方朝雨恍恍惚惚地憶起前幾天程南同自己說的話，她說，要陪秦依瀾去產檢。

方朝雨當下的第一個反應是，「妳？那她先生呢？」

程南聳聳肩，不以為然地說道：「她男友又不知道，而且我是自願的。」

方朝雨想說些什麼，卻又不知道自己能說些什麼……只是點點頭，兩人安靜回到教室。幾天過去，每當方朝雨想起這件事，便感到莫名煩躁，也說不出為什麼。

兩人回到座位上，男生們好奇地問兩人聊些什麼，方朝雨默著，而潘芷瑩眨眨眼，直道：「不過就是一些女生的話題。對了，你們班歌的歌曲都決定好了？」

話題就這麼繞到班歌上，四人正你一言我一語時，潘芷瑩忽道：「你們記得程南那次獨唱嗎？」

三人一愣，魏子瑞一邊回想一邊道：「這我有印象，而且我記得程南當時拿了第一名……不過後來她不是就休學了？聽說是……憂鬱症？」

方朝雨一愣，神色有些驚愕。

潘芷瑩略帶深意的視線落到對面方朝雨臉上，張唇輕道：「還有人說是因為情感糾葛，其中還牽扯到當初還在校的老師，不過，這些都是大家隨意說說的。」

魏子瑞接道：「憂鬱症應該是真的吧？我同學跟我說，程南當時確實有在吃藥……其實也滿合理的啦，憂鬱症這麼可怕，休學也好，不然哪天在學校自殺還是怎樣，很晦氣欸！」

方朝雨臉色微變，潘芷瑩瞧了眼，出聲打圓場，「比起憂鬱症，我覺得更多原因是程南關係很亂，搞不好是學校叫她先休學的。」

一旁的唐逸銘也感覺到了方朝雨的不對勁，看了一眼她的側臉，說道：「不管怎麼樣，那都是別人的事，當八卦聊一聊就好。」

是啊，當八卦聊一聊就好……方朝雨也知道這些不過都是茶餘飯後的話題，不用在意，可當她聽完後，卻更想知道在她轉學來之前的程南，到底發生過什麼事。

飯後，四人走出餐廳，彼此寒暄了下後就各自分開。

唐逸銘欲走向機車時，手腕竟被揪住。

他回頭一看，有些驚喜地看著方朝雨——這是方朝雨第一次主動碰觸他。

「學長。」

「妳說。」唐逸銘兩眼笑得彎彎的，「怎麼了？」

方朝雨暗自深吸口氣，抬起頭，看進了唐逸銘眼裡，目光堅定，鼓起勇氣般地說道：「關於跨年的事……學長，我想……我就不去了。」

唐逸銘一愣，心裡喜悅的泡泡慢慢消散，當他正想說沒關係時，方朝雨下句一落，他腦海一片空白。

「以後的節日，我想……我也都不會參與了。或許，今天是我們最後一天在一起。」

❄

方朝雨是一個把情緒寫在臉上的人。

當姚媛一見到方朝雨時，便覺得她臉色不對勁。兩人走進咖啡廳，隨著服務生走到預約席，面對面坐下。

一坐定，姚媛就忍不住問道：「妳不開心嗎？」

方朝雨一愣，苦笑了下，打開菜單低頭迴避姚媛過於澄澈的目光，「嗯……妳想吃什麼？」

姚媛眼珠子轉了圈，點了份水果鬆餅與紅茶拿鐵，方朝雨則是點了杯咖啡。

服務生點完餐離開後，姚媛有些訝異地說道：「妳愛喝咖啡？」

方朝雨頓了下，「偶爾，不常喝。」

「所以是，心情不好的時候會喝？」

話落，方朝雨一愣，呆望對面一臉瞭然的姚媛，不禁苦笑，「好像什麼都瞞不了妳。」

「怎麼了？」姚媛追問。

方朝雨是一個安靜的人，可情緒都明明白白地寫在臉上。自知瞞不過姚媛，胸中一口氣悶在那，最後，方朝雨還是說了。

「我剛剛跟學長算是……提分手了。」

姚媛一怔，她想過可能是因為唐逸銘，但沒想到事情是如此。

「……你們不是才交往沒多久嗎？」姚媛遲疑又不可置信地說道：「怎麼這麼突然地分手？」

不是突然。方朝雨喉頭一澀，想說些什麼，卻不知道該從何說起才好。服務生適時地送上餐點，方朝雨立刻拿起咖啡啜飲一口，苦澀入喉，她微微皺眉。

姚媛正在釐清思緒，將那些不明白的事一一梳理後，直勾勾地看著方朝雨道：「妳……提分手這件事情，現在會覺得後悔或是遺憾嗎？」

方朝雨想了想，搖搖頭。她不後悔，只感到歉疚，但又不覺得自己做錯什麼，只是有種難以言喻的心情說不出口。

「是嗎……」姚媛低下頭，拿起餐具將盤中那塊看起來相當可口的水果鬆餅分了兩半，一半給了方朝雨，一邊道：「我呢，一直都只喜歡喜劇，喜歡圓滿快樂的大結局，中間怎麼樣虐人都無所謂，但結局我希望是好的——就像妳跟學長。」

方朝雨安靜地看著她，神色平淡，眼神卻是認真專注的。她總是如此用心傾聽，或許是因為這樣，姚媛才覺得沒有辦法不管，而且，希望方朝雨幸福。

唐逸銘是很好的人，也對方朝雨非常好，好得讓旁人生羨。她不明白方朝雨怎麼就不要了？

也不懂為什麼方朝雨不喜歡？

思及此，姚媛又問：「那妳有喜歡的、在意的人嗎？」

這次，方朝雨沉默許久，才輕輕搖頭。

見狀，姚媛輕嘆口氣，有一下沒一下地用叉子戳弄盤中的水果，「嗯……問我的話，我當然是希望你們和好，但如果妳真的不想努力了、覺得這樣比較輕鬆，那麼，先保持現狀也不錯。」

原以為姚媛會繼續苦口婆心地勸說，方朝雨本已經繃緊神經以對，聽了這麼一席話後鬆了口氣，而有些混亂的思緒也在姚媛提出的一個個問題之後，越發地清晰。

其實，自己並不喜歡唐逸銘。

這樣的想法深刻地烙印在腦海中，她雖然不明白喜歡為何物，但她從父親身上親眼見過、體會過，所以現在，她可以不再猶豫地這麼說，她不喜歡學長。

因為不喜歡，所以，不該再蹉跎對方的時間與消磨不應有的期待。

喜歡並非可以藉努力而來——該是自然而然、不知不覺，等某一天意識到的時候，便已覆水難收。

這樣的心情，方朝雨明白了。

「姚媛，謝謝。」

方朝雨的謝語很輕，惹得姚媛有些不知所措。見她臉上有著難得的赧然，方朝雨笑語幾句，「原來妳也會害羞？」

「怎麼不會了！」姚媛朗聲抗議，兩人互看一眼，相視一笑，誰也沒有再提起唐逸銘。

青春的煩惱，時間總會給出答案。

兩人歡談一下午，近傍晚見天色略暗、烏雲密布，兩人才依依不捨地離開。

店門口前，姚媛跨上自己的腳踏車，問道：「妳要怎麼回去？搭公車嗎？」

方朝雨微微一笑，「應該是。」她並沒有告訴姚媛，唐逸銘無照騎車的事，也覺得不該隨意告訴別人。

唐逸銘是一片好意，她不願糟蹋，或是加以批判。她只是自己覺得，這樣不好。

「那妳要早點回去。」姚媛看了看如墨汁打翻似的稠密烏雲，擔憂地說道：「我覺得快下雨了，妳有帶傘嗎？如果沒有我的雨衣給妳。」

「沒事，我有帶。」方朝雨神色自若地說道：「妳趕緊回去吧，路上小心。」

兩人別過，方朝雨也大步走向公車站，生怕落雨。其實，她沒帶傘，也不覺得會下雨。對於姚媛的慷慨，方朝雨很感激，所以更覺得不該跟她說。

人生時常事與願違，有些時候，愈不想發生的事情，愈是容易發生，例如現在。

公車站還有段距離，雨倒是先落下了。方朝雨摸了下被滴到雨水的鼻尖，在紅燈前停下。紅燈剛亮，秒數緩慢而長，與雨勢趨增的速度不成正比。方朝雨輕嘆口氣，慶幸自己出門前穿了件有帽子的外套，還能擋一點雨。

只是在愈漸滂沱的雨勢前，帽子顯得不堪一擊。方朝雨加緊腳步走向對街，朝著公車站快步走去。

經過街口時，忽然有人叫住了她。

「方朝雨。」

方朝雨停下，一回頭，寬大的傘面撐起了她的天空。

「……妳怎麼在這？」

「怎麼不能是我了？」程南抬起眉梢，往方朝雨稍稍靠近，兩人擠在一把傘裡，「幸好我出門時拿到李薰的傘，不然現在我們兩個多多少少都得淋些雨了。」

方朝雨眨眨眼，拿下了帽子，有些疑惑地問道：「這帽子都蓋住半張臉了，妳怎麼知道是我？」

「因為妳包包上的掛飾。」兩人一邊往前走，程南一邊指著方朝雨包包上的貓咪肉球，「妳好像很喜歡貓咪的東西。」

聞言，方朝雨不禁一愣，沒想過程南會察覺到。

在滂沱的大雨中，程南揚高聲音順勢問道：「妳很喜歡貓？」她問得隨意，沒想過要探究原因，可沒想到方朝雨神色一暗，彎了彎唇角，眼裡卻毫無笑意。

「算是……喜歡吧。」方朝雨頓了下，又說：「我媽以前很喜歡，家裡也養過貓。」

有些字句，加了個「以前」，便成了一個故事。心細如程南不會沒有注意到，她想了下，嗯了聲當作回應。

兩人走到了公車站，程南收起傘，撥了撥髮問道：「妳的車幾點？」

方朝雨看了下時刻表，苦笑，「還要再等半小時。」今天真的不順遂……正當方朝雨這麼想時，聽到程南問道：「那妳要不要來我家？從這走到我家不到十分鐘。」

方朝雨微愣，面色有些猶豫，但看上去不像是不願意，而是怕打擾，於是程南決定直接來。

「喂！」方朝雨還沒反應過來，倒是先被程南拉出公車亭。兩人再次擠在一把傘裡，周身盡是雨水的味道。

忽地，程南停下，側頭看向方朝雨，微微彎下身湊近，看進她的眼底。

「妳不願意？」

程南好看的眼睛近在眼前，方朝雨的心跳跟著漏了一拍，她微微往後，心跳也平穩了些。

「……是沒有。」

「那就對了。」程南收回身子，兩人繼續往前走。一路上彼此默著，卻不感覺到尷尬。

方朝雨不自覺地頻頻瞄向程南，不知為何，總覺得程南挺好看的。

只是，好看歸好看，還是讓人捉摸不透。

「出來買東西嗎？」程南問。

方朝雨愣了下，默了會，才開口說道：「跟芷瑩學姊還有她男友一起吃飯，哦，還有學長。」

「喔，妳跟唐逸銘的朋友吃飯啊……也對，不意外。」

方朝雨被這話挑起了興趣，「怎麼說？」

很快地，方朝雨便有些後悔問這問題。

「因為唐逸銘很喜歡妳，他讓妳走進他的朋友圈裡，是意料之中的事。」程南頓了下，又說：「挺好的。」

方朝雨眼眸暗了些，低下眼，瞅著踩濺起的水花，心一點一點往下沉。

走進巷子，兩人停在一棟大樓前。

「雨終於停了。」程南收起傘，一邊甩乾傘一邊嚷嚷：「溼答答的真的很麻煩……」餘光瞥見一旁的方朝雨，程南不經意地一提：「妳有淋到雨嗎？」

方朝雨抬起頭，看向程南，忽然彎起脣角。那個笑容，讓程南不禁一愣。

「我跟唐逸銘提分手了。」

雨後的空氣仍舊潮溼，微亮的天空澄澈乾淨，近晚的陽光薄弱，巷口街燈亮起，明顯可見方朝雨的面容，卻看不清眼裡藏了什麼。

——我是不是做錯了什麼？

第一次，程南有這種感覺。

「我只是，想找個人說而已。」方朝雨的聲音如陣風，輕徐而過，「剛好是妳，所以說了。」

妳不需要放在心上。從方朝雨直勾勾的視線中，程南彷彿讀出這麼一句。她摸摸自己的後髮，掏出鑰匙，指了指大樓，「雖然雨停了，但都來了，上去坐坐吧。」

一踏進大樓，方朝雨便想到上次的情景，感覺不過昨天的事，但已是好陣子前了。

那時的方朝雨，還未嘗過歉疚與不捨；如今再來此處，她已經明白何謂「喜歡」與懂得「在意」。

門一開、燈一亮，一切如記憶中的那般熟悉。眼前仍是那小巧溫馨的客廳，一旁程南的房間仍半掩未關。

走入這個空間，關於程南的一切彷彿放大數倍，聲音、目光，她的整個人都如此鮮明。

程南一邊脫下書包一邊說道：「隨便坐，我去倒點飲料。」後便穿過了客廳，走到後方廚房。

方朝雨從善如流，坐到了沙發上，環視四周。

正在廚房裡的程南替自己與方朝雨各倒了一杯熱茶後，拿著兩個馬克杯走回了客廳。

「嘿，喝熱的可以吧？」程南問。

方朝雨抬頭，點了點頭，在程南將手上其中一個貓咪造型的馬克杯遞向自己時，她的胸口輕輕被扯了下。

貓咪馬克杯讓方朝雨想起了家裡曾養的那隻貓，以及，母親的眼睛。她想起過去家裡的歡笑與溫馨，再想到現在的自己來到新的環境，也有了意料之外的朋友們。

思及此，方朝雨雙手捧著馬克杯，微微一笑，輕聲道：「如果，我媽知道我交到了朋友，她應該會很高興。」

程南沉默片刻，坐到了方朝雨身旁，靜靜地陪伴她。

「……去年年底我媽過世之後，我爸一直很低落。他覺得待在那間處處有我媽身影的房子太痛苦了，所以最後就決定搬家，我也轉學到這。」

方朝雨說得平靜，彷彿在描述他人那般平淡，「對於轉學這件事，我其實沒有太難過，因為在前一間學校我沒什麼聊得來的朋友，所以當知道要轉學後，我對同學沒有感到不捨。唯一讓我有點難過的，大概是可能再也見不到那隻校貓。」

方朝雨凝視杯中的茶水，默了會，才道：「那隻校貓……很像我以前家裡養的橘貓，不過，牠去陪我媽了。」

或許是因為這場雨，又或者是因為是在程南家中，無論是何者，都讓方朝雨那些不願提起的過往翻湧而上。對方朝雨而言，提這些不為別的，只是忽然……很想媽媽而已。

四周靜下，方朝雨正覺得自己似乎把氣氛弄糟時，聽到了程南含笑的嗓音。

「或許，不是再也不見。」

方朝雨一愣，抬起頭，迎上一雙彷彿閃爍微光的眼睛，正炯炯有神地看著自己。

「我可以帶妳回去那間學校，去看看那隻校貓，很遠也無所謂，反正我會騎車也會開車——在休學那一年，我做了很多事情。」

方朝雨凝視著她，彷彿看見了初識的那個程南，自信耀眼而溫柔。

不待方朝雨的回應，程南自顧自地說道：「妳應該不知道，高一，我是春暉社的……」

期初的新生典禮上，當程南看見身穿童子軍服的學長姊站到臺上時，她便決定要加入春暉社。

入社前，每個人都得填入社理由，而程南在入社單上的「入社理由」那欄只寫了一句話，就讓整個教官室都記得了。

——因為童子軍服看起來很帥。

這事在程南正式入社後被笑了許久，最常拿此揶揄的人便是連繡琪，師生之間也因此熟悉。進出教官室的次數變多，意味著與教師職員也日漸熟稔，除了連繡琪外，還有一個人。

「那時的學務處行政老師，不是現在妳看到的老師。」程南彎彎脣角，一邊回憶著一邊道：「……是秦依瀾，她當時還在學校工作。」

方朝雨一愣，沒想過在她轉學來之前曾發生這麼多事，也沒想過……秦依瀾曾待在這所學校。

「我是春暉社的，後來還被繡繡抓去當司儀，跟教官室很熟，緊鄰的學務處也是。不知不覺……就跟秦依瀾愈走愈近了。」

一開始，程南覺得，那些都只是自己的錯覺。無論是秦依瀾對著自己的迷人微笑，抑或是若有似無的肩膀觸碰，偶爾在處室沙發上的貼身相坐，都只是自己想太多。

第一眼見到秦依瀾，程南就知道，她無疑是迷人且……危險的。那彎起的脣角弧度恰如其分，不多不少，剛好輕扯程南的胸口。

程南隱隱知道，自己終會喜歡上秦依瀾。並不是因為她是老師，只是因為這個人，所以讓自己如此喜愛。

「這樣……對嗎？」方朝雨輕聲打斷了程南的思緒，她不由自主地說道：「我不是指她是老師的這部分……而是，喜歡與責任是綁在一塊，分不開的，不是嗎……」

程南安靜凝視她，彎彎脣角，沒有說對，或是不對，只是繼續道：「有時候我會想，如果當時沒有答應上她的車，是不是後來的一切都不會發生了？可我也知道，就算回到那個當下，我仍會做出一樣的決定。」

那是一個等好友結束晚練的夜晚。

好人緣的程南在過去曾四處皆朋友，無論男女都稱兄道弟的，偶有幾個邀約不是什麼奇怪的事，遑論等待好友結束隊練，對程南而言是一個隨口就能答應下的事。

所以，她沒想過自己會失約的，還是因為秦依瀾。

「妳怎麼還在學校？」

薄暮時分，程南獨自坐在階梯上的背影特別引人注意，自然也給正要下班的秦依瀾見著了。她彎下腰，朝著程南一笑，「不回家嗎？」

程南愣了下才說道：「要回家，不過晚點。我在等我朋友。」

「是嗎，真可惜。」秦依瀾直勾勾地看著程南，「我原本想如果妳也要回去了，或許我可以載妳一程。」

程南一愣，沒想過會有在校外與秦依瀾獨處的機會，甚至，是在車上。見秦依瀾收回身欲離開，程南站了起來，脫口而道：「我可以跟妳走。」

話一說出口，連程南自己也愣住了。正想說些什麼解釋，卻只見到秦依瀾彎起唇角，手上把玩著車鑰匙，昂了昂下頷，「那走吧。」

程南就這麼失了魂地跟了上去，什麼也沒有說，只跟著自己的感覺走。那個當下，除了秦依瀾外，她什麼都看不進去。

「那種感覺……我到現在還記得。」程南喉頭一澀，顫顫道：「強烈得讓人感到害怕的情感，說真的，我不想感受第二次了，可每一次見到她，都得感受一次，深深的。」

上了秦依瀾的車後，程南坐到副駕駛座上。興許是過於緊張，她竟未能好好地繫上安全帶，還是駕駛座上的秦依瀾傾身靠近她，手擦過上身制服，輕輕地替她繫好。

當秦依瀾收回身子時，側過頭，剛好與程南對視。四目相迎的目光中，程南見到她眼中的笑意，心跳紊亂，視線下移，不自覺落在她的唇上。

那一刻，程南聽見了內心崩塌的聲音，有什麼在這對視中改變了，且再也回不去了。

回家路上，秦依瀾問了許多關於程南的事，關於她的、母親的，都是秦依瀾想知道的。紅燈前，秦依瀾問道：「等會我跟妳媽媽打聲招呼好了。」

程南回道：「她今天不在家，明天才會回來。」

秦依瀾默了一下，而程南那時並未察覺到異樣，只覺得心思飄然。

駛近田中小徑，程家那棟白色洋房矗立眼前，秦依瀾將車停在一旁空地，在程南下車時跟著走下車。程南有些訝異，但還是領著秦依瀾走向家門。

「家裡有點亂，希望老師不介意。」程南一邊掏出鑰匙一邊說道：「如果老師不急著回去，或許我可以熱點粥、炒個菜？」

門開後，秦依瀾隨著程南走進家裡，第一眼落在牆上的婚紗照，視線彷彿定格。程南拿客用拖鞋給秦依瀾時，注意到了她的視線而順著望去，聽到秦依瀾問道：「妳媽媽很漂亮，妳長得很像她。」

「老師不是第一個這麼說的。」程南笑了下，繼續說道：「大家都說我的眼睛跟嘴唇像媽媽，鼻子像爸爸。」

秦依瀾只是微微一笑，走向了沙發，自然地坐下，「妳媽媽常常不在家嗎？」

「也沒有，只是她每個月都會飛去大陸找我爸。」程南一邊走進廚房倒水一邊回道：「這幾天剛好不在，大概明天晚上就會回來了。」

當程南再次拿著水杯走回客廳時，她見到秦依瀾正在觀賞那些放在櫥櫃中的照片。或許是因為在自己家中，眼前的秦依瀾在她眼裡多了些什麼、也少了點什麼。

「老師。」

秦依瀾回頭，見到程南遞了杯水來。「先喝點。謝謝老師今天載我回來。」

然而，秦依瀾沒有接過水，只是凝視著眼前的程南，默不作聲。正當程南覺得奇怪時，秦依瀾精緻的面容忽然在眼前急遽放大，她下意識往後退一步，後腦杓卻被勾住。

接下來落下的，是一個吻。

一個讓程南懂得，什麼是喜歡的吻。

水杯掉落腳邊，程南往後跌向沙發。她的腦海一片空白，卻忍不住回應那個吻，慢慢地閉上了眼。

彷彿也在那一刻，墜入了永無止境的黑暗。

「當我問秦依瀾，是不是喜歡我時，她第一個反應是笑了幾聲。」程南想著自己也笑了，一邊回想一邊說道：「她說，怎麼會不喜歡？」

怎麼會不喜歡，代表著，我喜歡妳嗎——這是程南看著貼在學務處的公告時，第一個冒出的想法。

那次之後的兩人，正式越了界，又或許是說，對秦依瀾而言，一開始就沒有「界線」可言。

秦依瀾的不在乎，體現在許多事上。

程南生了一身好皮囊，大方自信的個性與跟誰都好的隨和，使她能輕易奪得他人的注意。或男或女為她情愫初綻，傾心於她，這讓心裡有秦依瀾的程南感到困擾，卻不能與誰傾訴。

她能說的，只有秦依瀾。

「那不是挺好的嗎？」秦依瀾卻這麼說道：「妳可以挑幾個長得好看的啊。」

程南眉頭一皺，語氣帶些質疑，「可是……妳無所謂嗎？我是說，這些人喜歡我，沒關係？」

小心翼翼的語氣，盼些什麼，彼此心知肚明，可秦依瀾並不打算滿足年少微小的冀望，手摸上程南的臉頰，迷人一笑，「我也覺得妳長得好看，亦雄亦雌。再說了，喜歡妳的那些人有我好看嗎？」

程南聽得恍恍惚惚，總覺得哪裡不對，卻又覺得自己是被喜歡著，那麼對她而言，就足夠了。

對於秦依瀾，程南了解不多也不深，可關於自己的，只要秦依瀾問了，她有問必答，無不坦言。她也問過秦依瀾有關她的事，可許多時候，秦依瀾總是顧左右而言他，或是一個吻斷了話題。

「妳只要知道我只會親妳，不就夠了嗎？」秦依瀾說。

被壓在身下的程南抬眼看著她，瞇了瞇眼，挺起上半身吻了她，深深的。

「我相信她喜歡我，只是我們的喜歡不一樣。」程南說。

杯中茶水已涼，微涼的手，有一隻溫熱的手輕輕握住。抬起頭，程南看見一雙盈滿溫柔的眼睛，如座平靜的湖水波瀾不興，令人心安。

那自己曾求而不得的專注，程南在方朝雨眼中見到了，見到在這天地之間，彷彿只容得下自己的凝視。

程南想到與自己接吻、擁抱的秦依瀾，不知怎麼地，鼻頭有些酸。過去那些雲淡風輕、漫不經心，正在崩落瓦解。程南一直都知道，自己不是真的放下了，只是不願提起。

高一上學期的寒假，對程南而言是瞬息萬變的冬天，也是轉捩點。

她一直覺得，秦依瀾是在等自己長大、等自己畢業，到時一切的一切，都會與現在不同。

兩人躲在陰影處牽起手，一日復一日，這樣的日子對程南而言漫長而磨人。她原以為秦依瀾也是這麼覺得，可沒想到，對秦依瀾而言並不是如此。

冬末的大寒方過，意味著程母的生日也即將到來。

程南與秦依瀾聊著，問起她的意見，秦依瀾不假思索地說道：「或許，妳可以送她木質調的香水。」程南聽著一愣，沒想過這答案，而她想了想也無妨，便去文創市集買了一支香水。

母親生日的中午，程南與程母兩人去餐廳吃飯，用完餐後，她送上了那支香水，程母打開一看很是高興，往自己手腕輕噴一滴，湊近一聞時，臉色一凝。

程南的表情也從興奮到疑惑，可很快地，程母收起香水，說著自己很喜歡，放進包包後沒有再拿出來過。

那時程南還不明白為什麼，只隱隱感到違和，卻說不出原因。

當晚，程家門鈴響起，正在沙發上看電視的母女同時往門口一瞧，程母便站起身走向門口，拉開鐵門。

門開的瞬間，程南霍地站起身，不可置信。

「我找程南。」話語輕淡，而那笑容……並非不認識。那個微笑與眼神，並不是秦依瀾慣用的禮貌。程南看向滿臉錯愕的母親，似乎也不是初識。

那一瞬間，僅僅她一個投來的眼神，便令程南遍體生寒。

「妳的童子軍服送到了，我剛好想到就順道送了過來。」秦依瀾自然地繼續說道：「能把程南借我一下嗎？程南媽媽。」

程母怔怔地看著秦依瀾，又看向程南，顫顫說道：「她是……」

不知道發生什麼事的程南怯怯回道：「學校老師……媽，妳認識嗎？」

程母臉上閃過驚懼，看了秦依瀾一眼，便頭也不回地上樓。程南怔怔地看著母親的背影消失在樓梯間，再走向門口的秦依瀾，緊皺眉，「這是……怎麼回事？」

「我說了。」秦依瀾臉上笑意更甚，「我拿童子軍服來給妳。」

「不，我是說，我媽。」程南一手拿過童子軍服，面色嚴肅，「妳們認識？」

秦依瀾彎彎唇角，雲淡風輕地說道：「不會不認識。」

她似乎一直都是這樣的，漫不經心、模稜兩可，這樣的若有似無曾讓程南心癢難耐，想更認識秦依瀾，可此刻，程南只覺得寒風刺骨、皮上生疼。

莫名的情緒翻湧而上，脹滿胸口，她的聲音也跟著大了些，「妳有什麼沒告訴我？」

「我該告訴妳什麼？」

程南怔怔地看著一臉無所謂的秦依瀾，對著她第一次有了憤怒，「妳……妳不該瞞我，我什麼都告訴妳了——」

「妳可以不要說的，程南。」秦依瀾目光冷淡，淡淡地說道：「我沒有逼妳，這一切都是妳情我願。」

不，這只是我的一廂情願。看著眼前的秦依瀾，程南視線模糊，咬著下唇，艱難地低道：「……出去，現在。」

秦依瀾面色不改，輕笑一聲，轉身離開前往二樓一望，再收回視線，走出了程家大門。

門關上的那刻，程南深吸口氣，眼眶的淚水始終沒有落下。

深夜，睡不著的程南在床上輾轉難眠。不知道躺了多久，她隱約聽到樓下有聲響，於是輕手輕腳地走出房門。

從樓梯口往下看，她看到母親從外走進家門，將手上那個塑膠袋放到客廳桌上。程南好奇地看著，看到母親從袋中拿出數瓶酒時，她有些訝異。

在程南的記憶中，母親是不喝酒的，或許有，也不會在家裡。

客廳的電視被打開，母親將音量調低，螢幕上播映著一部老電影，程南不知道片名，只看著母親一一打開酒瓶，將酒水紛紛倒進杯中。

過了一會，母親的手機傳來震動聲，她接起電話，將電視靜音，放輕音量說道：「嗯，是真的。我現在在客廳，我怕在房間會讓程南聽到。妳說她？她睡了。」

其實沒有，應該說，程南怎麼也睡不著。

母親不知道與誰通話，本是笑著，可慢慢地她的聲音低了幾分，最後，成了壓抑的哭泣聲。

「我覺得，秦依瀾是來報復我的。」母親這麼說道，「我沒想到她離開公司跑去學校當老師了……對，我知道當初是我的錯，但我也是逼不得已的。」

聽見此話，程南才確定母親與秦依瀾曾有些什麼，不止於朋友的那種。

「……我跟秦依瀾不會有未來，她小我一輪，而且兩個女生，怎麼能成家？我們當初彼此喜歡又如何呢？」

母親的聲音很輕，在程南聽來卻如雷雨，震得她的耳膜嗡嗡作響。

默了一會，母親才又說道：「不，不可能……她不會還喜歡我，因為我知道她後來交了男友。」

程南感到一陣暈眩，這是她不知道的秦依瀾，如此真實，又如此殘忍。

「對……我知道，她就是好玩而已……但我女兒……」

好玩嗎……無力再承受更多的程南一步步慢慢走回房裡，躲進被窩之中，呼吸粗重。她閉上了眼，如同那一晚第一次與秦依瀾接吻一般，緊緊的。

原來她的喜歡就是個笑話，是另外一個人眼中的玩笑。程南想著，如果當時自己沒有認真，是不是現在就不會心痛了？

可偏偏喜歡了、栽進去了，便出不來了。

對於秦依瀾，程南發現自己還是想念多於憎恨，她揣著這樣的心情迎來高一下學期開學。學期開始不久，有個人來找了程南。

「學妹。」

程南茫然地看著眼前有點眼熟，卻又不是那麼熟的學姊，遲疑地開口：「學姊，找我嗎？」

「我知道這有點唐突，但我當初告訴自己，如果學測有考好，我就要來找妳。」

在教官室旁的穿堂，人來人往之中，那個學姊站在程南面前鼓起勇氣說道：「我其實注意妳很久，也很喜歡妳，希望有機會跟妳進一步認識，或是，交往。」

程南的視線掠過學姊的肩頭，看到從學姊身後走過的秦依瀾，視線停留在她的側臉。程南知道，秦依瀾肯定聽見了，她卻沒有任何反應。

彷彿這一切與她無關似的。

秦依瀾如常地拿著水壺走到飲水機旁裝水，再神色自若地走回教官室，不刻意避開，也不打算繞道。

她唯一看的一眼，是聽到程南的回應。

「可以喔，我們交往吧。」

進教官室前，秦依瀾看了程南一眼，卻只見到因為興奮而泛紅的雙頰，沒見到程南臉上是什麼表情。她輕笑幾聲，開門走進教官室。

那次之後，有什麼在改變了。

秦依瀾沒有改變，可程南變了，可有些時候，又似乎沒有改變什麼。

秦依瀾依然會在程母不在臺灣的幾天到程南家裡，兩人依然會約在車上，一切如常，只是程南不再孤身一人，只為了她。

「又換女朋友了？」

見到程南身上多了些什麼、少了些什麼時，秦依瀾總是如此打趣地問：「這次又是誰要心碎了？」

程南木然地看著她，沒答話，只是熟稔地脫下她的衣服，而自己的也會被秦依瀾脫下，兩人赤裸相擁，歡愛無數。

當程南以為兩人會這樣持續到永遠時，秦依瀾先做出了改變。

「我的聘約就到七月。」

正值夏至，蟬聲唧唧，微風燥熱。

程南怔怔地看著正慢條斯理穿上衣服的秦依瀾，神情複雜，目光混濁。

「……妳要去哪？」

秦依瀾瞥了程南一眼，將釦子一顆顆扣回去，一邊道：「之後還是會看到我的，我男友要來學校當教官了。」

程南腦海一片空白，思緒轉不過來，呆呆地看著秦依瀾。

「妳應該，不會覺得我是妳的吧？」

程南的眼眸暗下，聲音低了幾分，「……我也不是妳的，不是妳也無所謂。」

秦依瀾笑容燦爛而坦然，「我就喜歡妳這點，哦，還有妳是女生這件事，很方便的。」

程南睇了睇眼，不知怎麼地，心臟有些抽痛，可她已經學到了如何雲淡風輕。

「這就是妳當初纏上我媽的原因？」

秦依瀾的笑容僵在唇角。

「不是嗎？」

秦依瀾的臉色沉了幾分，眼裡的笑意淡了些，「她告訴妳了？」

「我偷聽到的。」

秦依瀾哼笑，不以為然地說道：「難怪，我就想她不會跟別人說的。她可是驕傲的人，怎麼會宣揚像我這種『汙點』？」她的聲音很輕，如同囈語。

在秦依瀾離開程家前，程南叫住了她。

「妳愛我媽嗎？」

秦依瀾停下，側過頭，長髮掩去她的側臉，程南沒見到她的表情，只聽到她淡淡地說道：「妳知道我不喜歡妳就好了。」

我一直都知道的，程南想。

第七章

「妳沒有想過離開嗎?」方朝雨不可置信地問道:「這樣不是很痛苦嗎?」

方朝雨的質疑是如此純然,讓程南忍不住笑出聲,可很快地,她眼眸暗下,低道:「是,妳說得沒錯,但是,沒有這麼容易。」

程南何嘗不知道這樣不對?可感情並非一種選擇,對一個人的心動也是。在秦依瀾之後她又經過許多人,最後還是繞回了秦依瀾身邊。

「沒有誰能讓秦依瀾一樣讓我那麼喜歡。」程南頓了下,又說道:「可這也是所有問題的癥結。」

如果沒有那麼喜歡秦依瀾,那麼這所有的一切便不會發生,程南便能像她一般對兩人之間的關係無所謂——如程南對其他人一樣,有沒有都無所謂。

正因為是秦依瀾,是自己喜歡的人,所以割捨不了,儘管她知道這一切都是不對的。

「老實說,如果不是看到了公布欄上那張紙,我可能也不會休學吧。」程南說。

方成為高二生的夏末秋初,對於接下春暉社幹部的程南而言,教官室成了夢魘一般的地方。如秦依瀾所言,確實九月教官室來了一名新教官,五官深邃,一身深綠軍服更襯得他身材頎長挺拔,一進學校就是學生口中熱議的話題。

關於新教官的談論,自然也傳到了程南耳裡。可程南總想,只要沒見到兩人出現在一塊,那麼這一切還是不會改變。

可程南終究低估了自己對秦依瀾的喜歡，那份喜歡是可以在暗處自欺欺人，卻不能在明面上泰然自若。親眼見到秦依瀾大方與沈維顥親密，程南看著就覺得難受。

可是她不能說，什麼都不能說。

即便不在學校當行政老師了，秦依瀾也時常在放學來找沈維顥，而有那麼幾次程南也剛好在場，或因社團事務、或因司儀事宜，愈是與教官室有所關聯，愈是無法迴避。

另一方面，程南也只能在這見到秦依瀾。沈維顥來了之後，程南明顯感覺到秦依瀾的疏離，有時程南不禁想，自己是不是只是她寂寞時的陪伴？

又或者，是因為母親呢？程南不知道。

程南覺得有一天自己總會習慣，習慣見到沈維顥與秦依瀾在一塊。只是交往罷了，並不是天長地久，她總這麼想。然而，她的自欺欺人在那一天還是被輕易捅破了。

「我一直覺得，在某處，秦依瀾與我是一樣的。」

外頭不知不覺又下起了雨。

張貼公告的那一日也是下著連綿細雨，不見放晴的跡象。放學後，學生零星，程南站在公布欄前發呆。

那是一張粉紅色的貼單，上面寫了大大的「狂賀」二字，下邊是兩個人的名字緊貼在一塊。

「恭喜本校沈維顥教官與秦依瀾老師即將締結良緣，祝二位永浴愛河。」

結婚嗎……程南一直覺得，秦依瀾與自己是一樣的，不愛被拘束也不喜歡被誰束縛，原來，只是不願意對象是自己而已。

那一瞬間，程南徹底醒了，也知道不該再這麼下去了。而她選擇的，不是面對，而是逃開。

「沒多久後，我就休學了，也意識到自己原來生病了。」提起這事，程南無所謂地笑了笑，「或許妳有聽說，我有憂鬱症。這不是傳言，是真的，不過現在已經好多了。」

方朝雨抿了下唇，沒想過程南經歷過這些事，只是旁觀都覺得難受，更何況身歷其中的人呢？

「不過往好的方面想，不正是因為我休學一年，所以才可以跟妳同班嗎？」不習慣嚴肅氣氛的程南擠眉弄眼，逗笑了方朝雨。

方朝雨想了想，說道：「一切都會更好的，妳我都是。」

兩人的相視微笑，在大門打開時同時別開。見到李薰，方朝雨立刻從沙發站起，「老師。」

見到方朝雨逗趣的反應，李薰失笑，趕緊道：「歡迎，妳坐啊。妳餓不餓，要不要一起吃鹽酥雞？」李薰一邊說一邊晃了晃手中那一大包炸物。

「沒關係，我要回去了。」方朝雨不敢逗留，怕自己會打擾到李薰休息，便匆匆收拾好書包離開。

李薰略感惋惜，又對兩人的獨處好奇萬分，抓著程南問：「朝雨怎麼出現在這裡？」

瞧李薰滿臉八卦的，程南指了指窗外說道：「傍晚外面下大雨，她又沒帶傘，我就讓她來家裡休息啊！而且……她才剛跟男友分手。」

李薰一怔，呆了好幾秒才反應過來，「分手了？啊……不過這樣也好。」

「好嗎？」聽到關鍵字的程南眉梢微抬，「妳似乎不是很意外？」

「難道妳就意外嗎？」李薰從袋中拿出下班順道帶回來的炸物，再起身走進廚房拿大碗盤過來，「妳不會沒感覺到朝雨根本不喜歡她男友，哦，她前任吧。」

程南默著，沒有承認也沒有否認。李薰繼續說道：「她確實有跟我聊一下，而我說，我希望她能對自己誠實。」

「程南，妳也該對自己誠實。」

嘴邊忽然多了一塊雞塊，程南看了眼李薰，接過竹籤將上面的肉咬下。

程南聳聳肩，開口便將話題轉到了別的事情上。李薰無奈一笑，順著她閒聊，並不打算拉回感情上。

兩人打開電視再開了瓶飲料，一邊吃著炸物一邊聊著電影，氣氛好不歡快。近電影尾聲，程南放在房間裡的手機忽然響起，她站起身走進房裡拿出手機，一邊查看一邊走回客廳。

「怎麼了？」李薰問。

程南站在沙發旁，搖搖頭，很快便收起手機，神色自若地一笑。

「沒事，只是下星期……有個人要來找我。」

❄

在教官室旁的程南，見著眼前的學妹，有種被拉回陳舊時光裡的錯覺。

程南任著學妹將自己拉到一旁階梯上坐下，她對著程南說了許多，程南看著她，假裝自己正認真聽著，思緒卻有些飄遠。

或許是因為自己剛翻起那些記憶，所以過往的一切才會特別清晰而扎人。

這樣的日子已持續多久呢？

初冬時節的風摻些涼意，可眼前學妹的雙頰卻是紅撲撲的，像顆蘋果，不知道是被冷風凍的，還是因為別的。學妹似乎說了許多，程南卻一個字也沒有聽進去。

「學姊？」

程南回過神，微微一笑，「怎麼了？」

「我……」學妹縮了下，雙手手指攪弄在一起，「我想問學姊一件事……只要跟學姊告白，學姊都會答應，對嗎？」

程南面色不改，默了下，點點頭，「是啊。」

「為什麼？」學妹小心翼翼地問：「無論是誰，只要喜歡學姊就可以嗎？」

程南看著她，忽地一笑，上身前傾，湊近她的臉龐。在學妹慌亂的目光中，程南低道：「沒有喜歡也無所謂。」

學妹怔然，愣愣地道：「……沒有喜歡也可以？」

「誰說在一起一定要有喜歡呢？」程南彎彎唇角，話語含笑，「也沒有人說，喜歡一定要在一起吧？」

學妹聽得恍恍惚惚，覺得有些違和，卻又覺得是這樣沒錯，於是，她深吸口氣，忽地站起身，一併拉起了程南。

其實，對於學妹的心思，程南猜到了七、八分，看著眼前似乎一直在給自己做足心理建設的學妹，程南淡然處之，既沒有出聲催促，也沒有開口鼓勵，只是看著她，像是看著每一個經過自己的人。

在秦依瀾之後，程南擁抱過許多人，有些人曾短暫停留過，最後都離開了。沒有誰讓程南挽留過、惋惜過，她只感到遺憾，但也就這樣了。

程南覺得，自己會這麼持續下去，永無止境。

「學姊，如果可以，請妳——」

「程南。」

忽地，一道略急促的聲音從旁響起，兩人同時往後一看，程南微愣，隨即皺眉。

那好不容易萌生的勇氣又因為旁人的打擾而退卻，學妹抿了抿唇，低下頭不發一語。程南瞥學妹一眼，在那人走近之前先邁開腳步，攔下後用著只有兩人聽得見的音量說道：「方朝雨，妳看不出來這時候不該打擾嗎？」

來人便是方朝雨，一個程南認為只會安靜從旁經過，事後再消遣幾句的人。所以，即便餘光中瞥到方朝雨，程南也不認為她會走近，或是，改變些什麼。

可迎上方朝雨的目光，程南便知道，自己似乎錯估了她。

「我知道妳們在做什麼。」程南臉上的無奈並沒有讓方朝雨打退堂鼓，她看了一眼有些手足無措的學妹，「就是知道才過來的。」

程南微抬眉梢，神色多了幾分興味，「哦？所以妳想說什麼？當個聖母來勸說學妹不要做傻事？」

方朝雨瞇了瞇眼，沒答話，逕自扭頭走向學妹。在程南還來不及反應之時，方朝雨先走到了學妹面前，微微彎下腰，與學妹平視。

「抱歉。」

此話一出，兩人皆是一愣。程南在旁呆望著，不明白到底發生什麼事，只聽到方朝雨繼續說道：「程南可能沒辦法跟妳交往。」

學妹瞪大眼，困惑、震驚、驚訝……各種情緒一次湧上，尤以不滿最為強烈。她緊皺眉，說得又急又快：「為什麼？妳是學姊的誰？妳這人也太莫名其妙了！」

見情勢不對的程南連忙上前，正要伸手拉過方朝雨，卻被閃過。她怔怔地看著方朝雨，目光茫然。

「我不是程南的誰。」方朝雨平聲道：「但我不能讓她這樣跟妳交往……因為，我會跟她交往。」

「什麼？」程南震驚說道：「妳在講什麼？」

學妹也是一怔，她看向程南，眼裡盡是憤怒，「如果妳早就有對象了，那妳為什麼不一開始就拒絕我？妳是不是覺得這樣很好玩？」

「我不——」

然而，學妹不待程南的解釋，滿臉漲紅轉頭快步離開，留下程南在那與方朝雨四目相對。

「妳想怎樣？」程南揉揉眉心，沒想過事情會變成這樣，「方朝雨，妳鬧著我玩的吧？」

「我沒有。」方朝雨淡淡地道：「我認真的。」

「妳別——」

「妳既然，」方朝雨直言打斷了程南，一字一句咬著牙說道：「只是想要一個人陪，那麼就我吧。我不想看妳再這樣隨意跟人交往，不如跟我。妳就跟我交往吧。」

方朝雨也不知道自己怎麼了，等回過神來她已經走到這了。

打掃時間隨意經過，看見程南與學妹，她雖然覺得熟悉，可這次感覺卻不太一樣了。

過去她看著也不在意，甚至覺得奇怪，可這次，方朝雨卻感到有些扎眼。一想到之後得看著學妹與程南出雙入對，方朝雨就難受扎心。

於是，身體比大腦先做出了反應，朝著她們筆直走去。

程南收起幾分玩笑，盯著方朝雨，「妳認真的嗎？」

方朝雨不語，可那雙眼寫著答案。程南搔搔後腦杓，沒想過事情會變得如此。她忽然感到有些無所適從，這是過去沒有遇過的。

「不願意嗎？」方朝雨輕問。

「不是這樣……」程南揉揉眉心，輕嘆口氣，「老實說，誰都可以，但是妳，我覺得……」

「我並沒有想從妳身上索取什麼。」

程南一愣。

「妳不需要覺得，交往後一定要給予對方什麼、或是接受什麼，我們是單純陪伴彼此的關係，交往只是一個說詞。」方朝雨平緩而道：「我想在這段時間陪伴妳，就只是這樣而已。」

第一次有人跟自己這麼說，程南想。

「不願意嗎？」

那個寒風刺骨的冬天，那張清秀的面容一半埋在圍巾裡，露出一雙晶亮的眼睛。程南瞧著，最後輕輕嘆口氣。

「願意。」

❄

交往是什麼？該做什麼才稱得上「交往」？

程南回想過去的數段感情，她沒有答案。與秦依瀾親暱的那段日子，也不過是躲在暗處親吻與擁抱，並不像是交往。在後來的幾段感情裡，程南總是被動的那一方，被攜帶去各種聚會，拍了各種照片，比起交往，她覺得自己更像一種展示品。

程南一直知道在這座校園，甚至在市區的幾所高中裡，多少都可以聽到自己的傳聞。有的過度渲染，有的也確是事實。她從來不為自己解釋，也不覺得該說些什麼。

她不會愛人，也不認為這樣的自己會被人所愛。

所以當方朝雨拿了熱呼呼的早餐來時，程南第一個反應是愣住，接下來是不解與困惑。

「這是……」

「早餐。」方朝雨有些不自在地輕咳一聲，塞到明顯愣住的程南手裡，「妳都不吃早餐。」

所以呢？程南第一個想法是錯愕。確實，她因為各式各樣的理由不去買早餐，嫌早餐店人多、嫌合作社遠，寧可多睡十分鐘也不願提早出門。

她已經很久、很久沒有吃過熱騰騰的早餐了。

「就這樣。」方朝雨有些赧然，塞了早餐就想走，可卻被程南叫住：「妳等一下。」

正當方朝雨以為早餐要被退回來而有些低落時，程南說道：「那……錢怎麼辦？早餐錢。」

方朝雨愣了下，不禁笑了。原本想說算了，想想又覺得不妥，於是說道：「一週給我一次？」

程南彎彎唇角，點點頭。

方朝雨走回位子前，聽到程南輕說了聲「謝謝」。方朝雨不自覺微笑，走回位子的步伐也跟著輕鬆許多。

同班的好處在於，對方的一些日常習性從平日觀察便能得知，又剛好程南坐在方朝雨座位前方，很多事她都曉得。

一打開紙盒，幾塊蛋餅在這冷天中冒著熱煙，程南將竹筷掰成兩半，夾起其中一塊時見到玉米粒，才知道是玉米蛋餅。

方朝雨在後方看得有些緊張，想想這是她第一次替人買早餐，且是自發性的。不為什麼，單純想對一個人好而已——忽然間，她明白唐逸銘的各種行為了。

喜歡一個人，是會主動付出的。

方朝雨感到歉疚，但不後悔自己提了分手，也不眷戀唐逸銘給予自己的一切，未來若他有了誰，方朝雨也會大方祝福。

這便是「喜歡」與「好感」的差別吧，方朝雨想。

「建立關係是需要約定的，程南。」

晚上，當程南告訴考後難得閒下的李薰自己與方朝雨這幾日的事，包括早餐後，李薰想了下，便說了這麼一句。

程南問：「什麼意思？」

「妳沒有跟誰認真交往過，所以沒感受過，那種屬於兩人的約定。」李薰笑得兩眼彎彎，繼續說道：「今天朝雨給妳買了早餐，或許明天早上妳可以打給她叫她起床。」

「……啊？」

瞧程南難得露出的呆樣，李薰笑容更甚，語氣輕快，「妳總得做些什麼去穩固兩人獨特的關係，但是，是要出自於自願。」

對於自家妹妹難得有了認真交往的對象，且還是方朝雨，李薰樂見其成，也樂意去開導其實在戀愛方面相當笨拙的程南。

程南聽得似懂非懂，沒多說什麼，但是把話記著了，也在睡前傳了訊息給方朝雨。

「妳都幾點起床？」

整理書包到一半的方朝雨拿起手機一看，微愣，很快地回道：「六點二十，不過我有時候會賴到六點三十才起床。」

見程南已讀，方朝雨很快地又傳了訊息過去，「怎麼了？」

程南這次回了個貼圖，方朝雨雖然好奇，但也不追問，繼續整理書包。當她將書包掛到門邊時，餘光瞥見了一張CD，前些日子的一切頓時湧上。

是該收拾一些物品還給唐逸銘了。

第一次碰到這種情況，方朝雨感到有些無所適從。她不知道兩人分手後，哪些東西需要歸還給對方、哪些不用，而她想到的、可以問的人只有姚媛。

但姚媛不知道她跟程南的關係。

方朝雨知道姚媛不太喜歡程南，也隱隱感覺到她希望自己遠離程南，可如今兩人不但沒有漸行漸遠，反倒是她主動建立起關係……所以她開不了口。

方朝雨一邊想一邊拿出CD，放到了音響裡。這是最後一次聽了，方朝雨想。

聽著溫柔女嗓，她一邊拿起手機給唐逸銘傳了訊息，問道：「有什麼東西我需要歸還給你？」

唐逸銘很快地已讀，但遲遲沒有回覆。

等了會視窗都沒有動靜，於是她改傳訊息給程南，「妳在忙嗎？」

不一會，手機震動，竟然是程南打了電話過來。方朝雨怔然，在電話掛斷之前接起，不自覺怯怯應道：「……喂？」

程南失笑，「為什麼很怕的樣子？」

「我哪有。」方朝雨不服地解釋：「我是沒想到妳會打給我，沒有怕。」

程南笑語更甚，「嗯，好喔。」

聽出字句中的調侃，方朝雨哼了聲，「討厭鬼。」

「好好。」程南語氣軟了幾分，輕問：「妳在煩惱什麼嗎？」

方朝雨愣了下，默了會才道：「妳怎麼知道？」

「不然妳不會問我有沒有空。」

方朝雨說不出這是什麼感覺，可這樣的感覺很好，很讓人心安。她低應一聲，開口道：「妳……在跟妳前女友『們』分手後，會把東西還給對方嗎？」

程南微抬眉梢，「妳這是藉機嘲諷我一下嗎？」

「這要問妳嘍。」

程南失笑，不知怎麼地，方朝雨說的每一句話總讓她忍俊不禁，「好好，我前女友『們』沒有留東西、也是沒能來得及留下什麼就結束了。」

沒想過會是這答案，一時之間方朝雨有些語塞，最後「哦」了聲當作回應。在兩人又要鬥起嘴來時，方朝雨有通插播，於是她匆匆說道：「我晚點再打給妳。」便掛上電話改接起另一通。

電話一接通，方朝雨不禁一愣。

「朝雨。」

是唐逸銘。沒想到唐逸銘會打過來的方朝雨沒能反應過來，只聽到唐逸銘彷彿壓抑些什麼，語氣低沉，「……我們是真的分手了？」

方朝雨皺眉，沒想過兩人對於分手會有認知上的落差，「我那天不是——」

「我以為妳是在說氣話，我們只是需要彼此冷靜一下。而且我朋友也說這樣很奇怪，我們才交往多久——」

「……你把我們的事情告訴別人嗎？」聽出字句中的重點，方朝雨臉色不禁一沉。

她不喜歡自己的事情被別人議論，更何況還是就單方面說詞。

「為什麼不能說？我們不是在交往嗎？不是該大大方方地讓人知道嗎？」

方朝雨輕嘆口氣，她不想吵架，況且這是價值觀的問題，於是她妥協道：「好，算了。你有哪些東西要我還回去？」

「朝雨！」

知道唐逸銘不打算談這個後，方朝雨簡單說了句「下次再談」便掛上電話。剎那間，湧起了深深的疲憊感。

方朝雨不禁想，原來分手也是兩個人的事。

❄

學生時期煩惱之一，便是成績，方朝雨跟姚媛也是如此。

二次段考成績發下，方朝雨有些鬆口氣，雖然成績沒有到頂尖，但至少特意做課後補習的數學有明顯進步，可以跟方父交代了，可在另外一個班級的姚媛就不是這樣了。

「我死定了！」

一下課方朝雨就看到姚媛垂頭喪氣地出現在教室外，走出教室就聽到姚媛說了這麼一句。方朝雨失笑，出聲安慰：「沒這麼慘吧？」

「不！很慘！我媽會扒了我的皮的！」姚媛搖著方朝雨肩膀，一邊哀號道：「我的數學！我的數學六十分而已！我會被罵到臭頭的！」

「至少有及格……」

「但我有去補習！」姚媛改拉著廊上鐵欄杆一邊哀叫：「我媽要是知道妳考七十幾分，進步了十幾分，我不被罵死才怪……如果之後我不能跟妳一起補習怎麼辦？」

方朝雨微微一笑，瞧著姚媛愁雲慘霧的樣子，她輕道：「那我就跟著不補了。」

姚媛愣了下，急忙道：「不行啦！妳不是有進步嗎？那代表對妳是有幫助的啊！」

「但妳不在。」方朝雨淡淡地道：「就沒有去那補習的意義了，再加上……」唐逸銘也在。心細如姚媛，不會沒有察覺到方朝雨的變化，小心翼翼地問：「妳……是在顧慮學長嗎？」

方朝雨愣了下，想想是姚媛，會知道似乎不太意外，只得苦笑，「嗯……其實……」她句句斟酌、字字收斂，將昨晚的事情說了遍，便見到姚媛一臉錯愕。

「我還真沒想到學長是會死纏爛打的人。」

方朝雨愣了下，覺得「死纏爛打」四個字有些尖銳，卻又那樣一針見血。一直對唐逸銘抱有學長學妹之間單純好感的姚媛想了下後說道：「可能是他真的太喜歡妳了。」

是這樣嗎？方朝雨感到有些茫然，默了會，才說道：「但我很困擾……」

「唉，是可以想像啦，如果有個我不喜歡的人一直纏著，我也會不耐煩，但是，是唐逸銘耶？」在姚媛心中，唐逸銘是個好人，也頗有學長風範，實在無法生厭，忍不住為他說幾句：「也許他也只是想跟妳談談，找個轉機去改善你們之間的關係，或許，我說或許，真的不用走到分手這一步的？」

方朝雨沉默，想說些什麼，鐘聲也在此刻響起迴盪校園，兩人互道再見各自回到教室，心思迥異。

回到座位上的方朝雨想著方才姚媛的一席話，總覺得哪裡不對，卻又說不出是哪裡。她只覺得，這些行為都可以用「太喜歡一個人」一言以蔽之嗎？

她以為的「喜歡」是，正因為喜歡對方，所以不願意造成對方的困擾，會為對方設身處地著想……思及此，方朝雨望向程南，只見到她趴在桌上，一顆毛茸茸的頭分外可愛。

方朝雨忍俊不禁，卻又隱隱感到低落。

到底程南是怎麼想的呢？那天的一切對方朝雨而言真的很不可思議，完全不像是自己會做的事，然而事情就這麼發生了。她不後悔，但程南呢？

如果對於程南而言，這是一種困擾的話，那她是不是就與唐逸銘無異了？方朝雨愈想愈心煩意亂，一節課就這麼過去了。

當放學鐘聲響起，方朝雨站起身的同時，程南竟也回過頭來，朝她一笑。

方朝雨呆愣在那，胸口被微微一扯。如果，程南真的覺得自己是個麻煩呢？方朝雨垂下眼，抿了下唇，想得心口有些酸。

程南隨意將書包拎到肩頭，經過幾張桌子後走到方朝雨面前，瞧方朝雨若有所思的，她輕抬眉梢，微彎下腰，與方朝雨平視，「喂。」

方朝雨猛地抬頭，見到近在眼前的程南時，身版一顫，那毫無防備的眼神撞進程南眼裡，像隻受驚嚇的小動物似的。程南失笑，「我很可怕吧？我又不會吃了妳——哦，這就不好說了。」

「程南！」方朝雨紅著臉嗔她一眼，往她腰上捏了一把，「妳、妳無恥！」

程南大笑幾聲，抓住她的手，又改滑至掌心輕輕握了下，方朝雨的心跳跟著一亂。程南往外看了下，見廊外人來人往的，便又鬆開了手。

掌心的餘溫像個暖暖包，在這愈漸寒冷的天裡，溫暖無比。她隨著程南走出教室，在校園裡兩人有些距離，不近也不遠，讓人感到心安與自在，那是與唐逸銘在一起時所沒有的感受。

走出學校後，程南說道：「妳今天也要補習吧？吃晚餐後一起去？」

一起吃晚餐肯定是樂意的，但一起去補習班這事，方朝雨只得苦笑，「補習可能沒有，但晚餐可以一起吃。」

程南微抬眉梢，左顧右盼了下，忽地伸出手拉過方朝雨的手，手指輕輕勾著她的，語氣輕柔，「怎麼了？」

說是錯覺也好、多情也罷，這時的程南是那樣迷人而溫柔，方朝雨看著，心裡就有些難過與難受。

「嗯？」

餘光瞥到穿著制服的學生走來，程南鬆開手，可那衣袖卻被方朝雨捉住。她愣了下，視線停留在袖口上，那捏著布料的兩指。

「妳……是不是覺得很困擾？」

程南微皺眉，不明白眼前方朝雨說的話，也不確定她口中的「困擾」是指什麼，不過見她神情黯淡，大抵是自己所想的那樣。

她脣角一彎，低下頭，與方朝雨平視，看進她不安惶恐的眼眸裡，瞇了瞇眼。

「是有些困擾沒錯。」那雙清澈的眼睛睜大了些，在眸中光芒黯淡之前，程南繼續說道：「妳那麼可愛，讓我很困擾。」

隨之從頭上蓋下一隻手，放在方朝雨的髮頂上揉了揉。她的身版微震，低著頭，忍不住笑了。

忽地，程南的聲音從上頭傳下，「妳跨年有活動嗎？」

方朝雨抬起頭，搖了搖，「沒有。」

「那妳要來我家嗎？」

方朝雨一愣，喜悅的泡泡隨即從心底湧上，讓她不假思索地脫口道：「要！」

此話一出，兩人相視一笑。一個赧然，一個溫柔。

❄

年末是感恩的時節，校園洋溢歡快的過節氣氛。教官室旁的穿堂不再只張貼班級海報，以及學校要事與榮譽榜，而是多了一棵聖誕樹。

一棵比一般成年男子還高上幾吋的巨大聖誕樹。

安置聖誕樹的那天，方朝雨在，姚媛自然也是。同屬春暉社，教官室的大小動靜兩人都略知一二，與教官們關係良好的她們也時常自發性幫忙雜務，而這種趣事姚媛更是搶第一。

「我要！我也要弄聖誕樹！」一從連繡琪那得知此事，姚媛尾巴搖得可勤了，「平常苦差事找我，這種好玩的又不跟我說了！」

連繡琪不置可否地微抬眉梢，直接無視姚媛繼續低頭打公文。被無視的姚媛直接跳腳，膩著聲音說道：「繡繡——」

方朝雨失笑，知道連繡琪不過是愛捉弄姚媛，也不慌張，等了會，果真見到連繡琪關上電腦螢幕，起身朝她們走來。

「妳真的是……」連繡琪一臉無奈，嘴角卻是上揚的。她伸手拎過姚媛領子，提到角落那教官位子前，方朝雨也跟了過去。

「妳自己跟沈教官說。」連繡琪手一放，便雙手抱臂站在一旁擺明不插手。

一見到對方是不熟的教官，姚媛就慫了，手指對手指的，一臉乖巧。她可憐兮兮地向方朝雨投以求救眼神，方朝雨失笑，抬眼就與坐在位子上一臉疑惑的沈維顥對到眼。

「教官，我們是春暉社的社幹跟社員，聽說教官室要在走廊布置聖誕樹，想來幫忙。」

姚媛臉上寫著感激，眼裡寫滿崇拜，不愧是自家特別擅長官腔的好友，說得真是對極了！她在旁湊熱鬧地也搭上幾句，「對啊！對啊！我們也想幫忙！」

「幫倒忙吧。」一旁連繡琪忍不住吐槽，「看妳這樣笨手笨腳的。」

「繡繡！」

三個人歡談不已，一旁的方朝雨視線則是停留在沈維顥的側臉。確實，在那頂綠色軍帽下是張俊顏，與秦依瀾是那樣般配。自從知道程南與秦依瀾的過往後，每當來到教官室，方朝雨總忍不住多看沈維顥幾眼。

她不清楚沈維顥知不知道程南與秦依瀾的事，但她對於沈維顥總有一種說不上來的感覺。

或許，是因為程南吧。

「朝雨？」

聽見姚媛的喚聲，方朝雨回過神，這才發現三個人都看著她。方朝雨略感尷尬，但話題適時地被連繡琪拉走，「好好，那就現在一起去倉庫吧。」

說是倉庫，其實也就是教官室後方的小房間，空間不大，塞棵聖誕樹差不多。

「妳們先到教官室外面等我。」沈維顥說。

方朝雨與姚媛順著他的話走出教官室，兩人待在廊上閒聊著。高中時期有許多人時常感慨時光飛逝，姚媛也是。一想到現在已近年末，明年此刻兩人便是高三生，將面臨學測，姚媛便微微嘟起嘴嚷嚷道：「朝雨，我們在升高三前真的要大玩特玩。」

「……啊？」方朝雨顯然沒有跟上姚媛的思路，愣愣道：「為什麼這麼突然？」

「我忽然覺得很感傷啊，一想到高三的我們可能就會被書堆淹沒，要是在這之前沒有大玩特玩，我會很遺憾的。」姚媛認真地瞧著方朝雨繼續說道：「妳要是……要是真的覺得兩個人很無聊，妳要帶程南我也不反對啦……」

方朝雨被姚媛複雜的表情逗樂了，笑道：「妳不討厭程南了？」

「……也不是說討厭。」姚媛摸摸自己的後頸，「她其實沒有做錯什麼，有些時候，我覺得她人好像也挺好的，甚至覺得……她似乎也挺可憐的。」

鮮少從姚媛口中聽到這類的話，讓方朝雨有些新奇，又帶點疑惑，「怎麼這麼覺得？」

「因為我想到學長。」姚媛雙手擺在身後，低頭看著自己的鞋尖，有些不自在地說道：「我覺得太喜歡一個人到無法自拔跟怎麼都無法很喜歡一個人，似乎都滿寂寞的。」

寂寞嗎……

「好啦！過來幫忙！」沈維顥的聲音打斷兩人的談話，往旁一看便看到沈維顥兩手滿是布置聖誕樹的物品，兩人快步上前各拿走一些，三人合力將物品全數放置到廊上。

「天啊，這樹枝也太臭了吧！」姚媛一邊嫌棄一邊拍著身上衣服說道：「還很刺人！」

沈維顥輕笑幾聲，蹲下身將樹枝與枝葉分開，「這個一收就是一年過去，多少有點霉味，但至少還能用。」

方朝雨跟著蹲下身，學著沈維顥的動作一同幫忙，而姚媛負責在旁嘰嘰喳喳，說著許多校園趣事，讓本來枯燥乏味的工作多了幾分興味。

費了好一番工夫，這聖誕樹才有點樣子，就只差開葉了。方朝雨站在樹前搓著手，引來沈維顥的注意。他沒有多說什麼，只是忽然轉身走離聖誕樹。

首先注意到的是姚媛，等不及開葉的她喊道：「教官！你要去哪！」

沈維顥頭也不回地應道：「妳們等我一下。」

兩人相覷一眼，不明白教官走得如此匆忙是去哪，可很快地，她們便知道了。

不一會，沈維顥從保健室走出來，手裡拿著一些外用藥與生理食鹽水，對著方朝雨說道：「這些拿去擦，妳的手應該很痛吧？姚媛呢？妳有受傷嗎？」

方朝雨一愣，張開手翻到掌心，確實有幾道細小的劃傷，雖然不礙事，但還是有些疼。

「妳受傷怎麼不說呢！」姚媛在旁急道：「那我就會接手弄了！」

方朝雨隨意一笑，淡淡地說了句：「我知道。」這簡單三個字，讓姚媛又氣又笑。

待方朝雨簡單擦完藥後，師生三人合力將聖誕樹的枝葉往兩旁散開，一棵高大的聖誕樹直挺地展開在三人面前。

或許因為是自己花費心思的，這聖誕樹竟看起來特別好看。方朝雨看了姚媛一眼，瞧她神情滿是驚喜，看來兩人想法一致。

「辛苦了。」

來不及沉浸在成就感裡，一道從後方傳來的女嗓吸引三人注意力。一回頭，便看到連繡琪捧著一箱燈泡而來。

「繡繡！原來妳沒丟下我！」姚媛見到連繡琪可歡樂了，不過她才說個一句便被連繡琪橫了一眼，「我是去忙了，誰跟妳一樣在旁邊偷懶？」

姚媛心虛地笑了幾聲，忙不迭地接過連繡琪手中的箱子，四人齊力將燈線掛到了聖誕樹上。

末了，連繡琪滿意地點點頭，「聖誕樹怎麼可以沒有燈呢？」

「還有小卡！」姚媛在箱子裡發現一疊小卡與數條細線，興奮道：「這是可以自己寫然後掛上去嗎？」

「不然呢？妳的腦袋裝飾用嗎？」

「繡繡！」

見兩人又要鬥起嘴來，方朝雨拿了一張小卡閃到一旁時，發現沈維顥也跟自己做了一樣的事。

似乎是察覺到方朝雨的目光，沈維顥停下寫字的手，抬起頭朝她微微一笑，方朝雨也回以一個笑容，兩人又各自低頭專注在自己的小卡上。

拿著小卡，方朝雨發現，她第一個想到的，不是自己，是程南——這讓她感到有些陌生。過去十幾年來，她許的願望都是為自己、是自己心中所想，從未將願望或祝福許給別人。

可這一次不同，她想到的是程南，也只想到程南。

也因為是程南，下筆便慎重許多，她想了想，最後寫了一句話，謹慎而認真，一筆一劃寫得端正又漂亮。

方朝雨本想默默掛到樹上，可怎麼逃得過姚媛敏銳的雙眼？姚媛湊了過來，在方朝雨來不及藏起之時，將上面的字句看得一清二楚，那笑臉也凝在那，後轉為疑惑。

「妳……」

方朝雨眼一閉，心一橫，再睜開時眼裡只有堅定。

「姚媛，我喜歡程南，還有……我們在交往。」

姚媛看著方朝雨，想著小卡上的字句，默了好幾秒，微垂下眼。

姚媛喉頭一澀，胸口鬱悶，刻意忽視卻越發清晰。或許……早在方朝雨察覺到自己的心意之前，她就先感覺到了。

正因為感覺到了，所以此刻，姚媛更加難受，但卻又覺得鬆口氣。

「如果……她讓妳傷心呢？」姚媛問。

「那也是我自己的事情。」方朝雨微微一笑，語氣堅定，而那目光卻是柔軟的，「不後悔的。」

知道結局還去喜歡的方朝雨，在姚媛眼裡，閃閃發亮著。好似身旁那棵聖誕樹上的串串彩光，絢爛而迷人。

方朝雨低頭看了眼小卡，此刻，她終於知道自己該去何方。

❄

心生嚮往之地，就是有那個人在的地方。

方朝雨的手機放在耳旁，那一聲聲的提示音聽得她心顫。她從未如此希望電話能被接起，也沒有如此渴望想見到一個人。

「喂？」

電話接通的剎那，心裡湧上莫名的情緒，使方朝雨的聲音聽上去有些顫抖，「程南，妳在忙嗎？」儘管她壓抑著情緒，仍被程南輕易聽出些什麼。她默了會，道：「不忙。」

方朝雨立刻接道：「我可以去找妳嗎？」明明想讓自己從容不迫，可話一說出口卻是如此急躁，這讓她感到有些羞赧，可很快地，這種躁動便被輕輕撫平。

「抬頭，往上看。」

方朝雨愣愣地抬起頭，往上一看，旁邊那棟大樓的鐵欄杆上，竟趴著一個人，那個人手持電話，笑吟吟地看著自己，揮了揮手。

「不用妳找，我其實一直都在這看著。」程南說。

「妳怎麼……」想說的話那麼多，可最想做的，還是走到那個人的身邊。方朝雨掛上電話，向著程南走去。

剛踏上幾階，方朝雨便聽到紛沓的腳步聲自上傳下，不一會，兩人在樓梯轉角互看一眼，相視一笑。

程南撥了撥劉海，微抬眉梢，「妳找我？」

方朝雨望著程南，沒有點頭也沒有搖頭，「妳怎麼在那？」

「我去辦公室交作業，一出來就看到你們三個在下面忙東忙西，我覺得這組合挺新鮮的，不知不覺就看下去了。」

方朝雨低應一聲，聽到程南說道：「所以，怎麼了嗎？」

此時此刻，她只有一個想法，且越發清晰。

「妳是——」

後面的話，在方朝雨抱了過來時沒了聲音。程南身子僵了下，反應不及的她雙手懸在半空中，看起來有幾分笨拙，可惜方朝雨沒見到。

方朝雨抱著程南的腰，臉埋在她的胸口，柔軟的外套上有著程南的味道，讓她聞著很心安。

「沒有特別的事，只是想抱抱妳。」或許是因為臉埋在衣料裡，方朝雨的聲音聽上去有些悶，可是是開心的。

程南放下雙手，低下眼，手輕輕放到方朝雨的背上。感覺有些陌生，但不討厭。她沒有與誰這般純粹地擁抱過，過去的擁抱從不是為了擁抱，更多的是炫耀、玩鬧，或是性愛。

擁抱是溫暖的，像冬日難能可見的陽光，也像口袋裡的暖暖包。這份暖意，讓程南忍不住收緊擁抱，深深的。

忽地，她聽到方朝雨的低語：「對不起……」

程南愣了下，並未催促，而是讓方朝雨慢慢說：「我覺得……我沒辦法討厭沈教官。」

程南微微一笑，道：「我也是。」

方朝雨抬起頭，迎上程南的眼眸，平靜無波，可她的心思卻亂了，「可是……可是如果沒有沈教官，或許妳現在跟秦依瀾還可以有聯絡的……」

「這跟沈維顥沒有關係。」程南抱了抱她，下巴靠在她的肩上，「是她不夠喜歡我，而我太喜歡她，跟其他人無關。況且……我現在覺得，比起我，秦依瀾會更需要沈維顥。」

方朝雨不知道該說什麼才好，於是深深地擁抱她，緊緊的。

程南輕笑幾聲，道：「妳把我抱那麼緊，是不是想知道我有多大？」

「程南！」方朝雨紅著臉推開程南，氣鼓鼓的樣子讓程南哈哈大笑，兩人一邊笑鬧一邊走下樓，在無人的校園裡牽起手。

途經操場，方朝雨忽道：「剛剛在弄聖誕樹的時候，我跟姚媛說我們的事了。」

程南彎彎唇角，輕鬆道：「那她應該很生氣。」

「才沒有。」方朝雨輕輕晃著兩人相握的手，直視前方，「她覺得，妳也沒做錯什麼，甚至覺得妳也滿可憐的。至於我，她只怕我難過。」

方朝雨面上平靜，可那不自覺握緊的手仍洩漏出她的緊張與不安。程南瞅了一眼，在走到校門口時主動鬆開了手。

「方朝雨。」程南停下，望著多往前走了幾步的方朝雨平聲道：「如果……妳哪天想停下、想放棄了，妳就跟我說一聲。」

方朝雨一愣。

「妳不要覺得沒有那一天。」程南平靜而道：「對我來說，每一天都是最後一天，希望妳也是這麼想的。」

方朝雨抿了下唇，默了會，道：「……這是妳希望的嗎？沒有未來、沒有結果，也沒有以後。」

程南唇角微揚，兩眼笑得彎彎的。

方朝雨懂了。

眼眸垂下，方朝雨想起口袋裡的小卡，心裡沉甸甸的。她深吸口氣，心一橫，大步走向程南，再從口袋中掏出小卡塞到了程南手上，抬頭看了她一眼後，便頭也不回地往前走。

程南微怔，低下頭，發現手上多了一張小卡。她定眼一看，心為之一顫。

「**我希望我能讓妳知道，妳是值得被愛的。**」

第八章

第二次段考成績單發下後，方父很是高興，滿意地說道：「這次成績都有進步，很不錯，很棒。」

方朝雨開心一笑，其實她也不是成績頂尖的學生，只要有比上次進步一些，她就很滿足了。

將成績單還給方朝雨時，方父說道：「看來妳選了一間還不錯的補習班，有想繼續補下去嗎？還是休息一陣子？」

方朝雨想了想，應道：「我想再繼續補一陣子，我的數學如果現在不加強基礎，我怕高三會趕得很辛苦。」

方父點點頭，他一向尊重小孩的意願，不逼迫也不多問。

「那找個時間出去吃飯吧，或許元旦後？」

方朝雨點頭，「那我可以先去朋友家跨年嗎？」

方父愣了一下，「是那個跟妳同社團、很活潑的女生嗎？」

方朝雨頓了下，點頭，「……嗯。」

他沉吟半晌，開口道：「好，那妳要注意安全，不要給人家添麻煩。」

一聽到方父答應了，方朝雨鬆了口氣，開始感到期待，轉身就想上樓盡快傳訊息給程南，不料，才剛踏上階梯就被方父叫住。

「朝雨。」

方朝雨停下，轉頭看向父親，見他正若有所思地看著自己。方朝雨疑惑問道：「怎麼了？」

「明年妳就升高三了，高中畢業後，妳想直接升大學嗎？還是去國外留學一年？例如日本。」

方朝雨微怔，呆呆地看著方父。瞧方朝雨臉上的錯愕，方父解釋道：「我只是忽然想到以前妳跟媽媽說以後想去日本學日文……沒事，我們以後再談吧。」

提起母親，方朝雨才想起這事。確實在方母過世之前，方朝雨最大的休閒樂趣就是跟母親一起追日劇，這也是國中被編列在升學班時她唯一的紓壓方式。

她與方母都喜愛看日劇，母女倆過去常窩在沙發上一邊看劇一邊討論，一起大笑過，也一起流淚過，是無可取代的時光，也是最美好的記憶。

當時，她確實跟母親說過，以後想去日本學日文，之後要當嚮導帶父母去日本玩……只是在這願望實現之前，母親卻先離世了。

「我沒有不願意。」思及此，方朝雨喉頭一澀，顫顫道：「我只是覺得有些突然……我想想再跟爸爸說。」

語末，方朝雨帶著有些沉重的步伐上樓。其實，她該開心的，不是所有的父母都願意支持小孩去國外見世面，而對方朝雨來說，這是她的夢想之一。

近在眼前，她卻不敢伸手握住。

方朝雨並非害怕獨自在國外生活，而是，她可能見不到程南，長達一年。

雖然程南要她做好隨時會分開的心理準備，但方朝雨還是想試試看。對她而言，程南是她的初戀，也是程南讓她知道何謂喜歡一個人，她不想輕易放棄。

或許之後方朝雨會再喜歡誰，可是不是現在。現在她只想著程南、喜歡程南，其餘的她並未多想，包括出國。

但是，她真的要因為見不到程南而放棄這個機會嗎？

打開房門，方朝雨拿起手機坐到床上，傳了訊息給程南：「在忙嗎？」

很快地，程南已讀，也打了電話過來。

「在做什麼？」程南略低的嗓音拂過耳際，方朝雨躺到床上，閉起眼聽著她的聲音回道：「剛跟我爸講完話，他覺得我這次成績都有進步，他很高興，我就順便提了想去朋友家跨年。」

「結果呢？」

「我爸猶豫了一下，但他還是答應了。」提到這，方朝雨脣角微揚，語調也輕快幾分，「我可以跟妳一起跨年了——等等，李薰老師是不是也在家！」

程南噗哧一聲，笑道：「現在才想到？」

一想到要跟李薰面對面，方朝雨就有些尷尬，怯怯道：「那……妳要提早跟老師說，我怕會打擾到她。」

程南愉悅地嗯了聲，沒告訴方朝雨其實跨年那晚李薰也不在家，所以她才會問方朝雨要不要來。一想到方朝雨到時氣鼓鼓的樣子，程南就覺得有趣。

「對了，還有件事。」拿不定主意的方朝雨決定詢問程南，可她正要說出口時，便想到兩人之前的談話，默默將話吞了回去。

她怕其實程南一點也不在乎，開口就要她出國離開。

等不到方朝雨下文的程南忍不住催促，而方朝雨只是淡淡地道：「下次再說好了。不過，我想問妳，妳……有被前任纏過嗎？」

「妳是說唐逸銘嗎？」

方朝雨沉默，程南就當是了，繼續道：「當然有啊！遇到這種情況，我都會冷處理，時間久了她們就放棄了。我想這點男生跟女生應該是沒有差別的，畢竟，沒有什麼付出是不需要回報的。」

方朝雨輕嘆口氣，她可沒辦法像程南這般泰然自若地去應對。她開了擴音後跳出介面，改點開唐逸銘的視窗，看著一大串文字後，她只給了一句簡單的回覆：「等你學測考完再說。」

這段時間，應該可以讓唐逸銘冷靜下來。

「所以，他做了什麼？」程南問。

方朝雨將這段日子的種種全數告訴程南，語畢，程南默了會後道：「我還真沒想過他會是死纏爛打的人……」

「那好。」程南語含笑意，卻無比認真地說：「下次，妳就讓他來找我。」

「……啊？」

怕方朝雨沒懂自己的意思，程南再次解釋道：「他要是來煩妳，妳就讓他來找我，我負責。」

「不是……」其實這話也沒什麼，但方朝雨還是不爭氣地紅了臉，「妳不是不想讓人知道嗎？」

「哦，這個啊。」程南輕笑幾聲，「我是怕妳被刁難或是找麻煩，所以才想說不要公開，這不代表不能給人知道。」她頓了下，又說道：「我只是覺得，妳跟其他人不一樣而已。」

臉頰的溫度一路熱至耳根子，方朝雨慶幸兩人講著電話，程南看不見自己的表情，不然，她大概會想挖洞鑽進去。

「哪裡不一樣？」

談戀愛的人會變可愛——程南第一次知道這句話是什麼意思，她忍俊不禁，開口說道：「跟其他人比起來，妳特別笨。」

「……」

程南大笑幾聲，什麼曖昧、溫馨蕩然無存，方朝雨怒道：「對啦！我就是笨才喜歡妳，可惡！」喜歡妳。

程南的心口微微一熱，她對這樣的感覺感到有些陌生，卻又覺得不討厭。她低下眼，微微一笑，對著話筒輕道：「好了，我鬧著玩的，妳該睡了。」

兩人互道晚安後，程南看著自己的手機，點開方朝雨的照片，目光不自覺溫柔。

或許，這一次她可以試著去相信，有個人會認真地喜歡這樣的自己。

❄

一年的最後一天，十二月三十一號，正巧是週五。

放學鐘聲一響起，同學們便彼此拎起書包互道「明年見」，不時穿插著笑語，整間教室歡騰不已。或許是因為這樣的氛圍，使得方朝雨的心情也跟著有些飄然。她看向程南，恰巧與程南對到眼。

無數純白制服從眼前晃過，可方朝雨眼裡乘載的只有程南的笑臉。

程南對著門口昂了昂下巴，方朝雨點點頭，轉身朝較近的後門走去，程南則往前門走，一前一後地出了教室，再一同下樓。

不趕著搭車回家的兩個人漫步在校園，經過教官室旁的聖誕樹時，程南停下。

入冬之後，夜晚漫長，要比夏季早些天暗。聖誕樹上的燈泡正一閃一閃地亮著，各種顏色五彩繽紛，使放學後清冷的校園生動了些。

瞧程南一動也不動地站在那，方朝雨走到她身旁，好奇問道：「怎麼了？」

「我只是在想，所有不好的我都想留在這一年——我不會再隨意跟人交往了。」

方朝雨微愣，不知道程南想到什麼才出此言。她並未多說什麼，只是伸出手輕輕握住程南的手，給予無聲的陪伴。

程南兜轉在許多人之間，是因為對秦依瀾有著放不下的執念，如今她願意做出改變，方朝雨不禁想，對於程南，她是不是可以多一些期待？

而程南想到的，是某一年的聖誕節，她隨意地答應了某個女孩的告白，交往三個月後就被提了分手。那時，女孩眼眶有淚，程南卻覺得無所謂。如今想來，那樣的自己讓人厭惡。

思及此，她轉頭看向方朝雨，見到她清澈的眼眸，微微一笑，拉著她往前走。

方朝雨沒有問為什麼，只是任著程南拉著自己走。視線下移，落在程南拉住自己的手腕上。好希望這是一趟沒有終點的旅程，可以一直這樣持續下去，不用煩惱升學、出國與分離……但方朝雨知道，這是不可能也是不行的。如果要走得長遠，必須兩人一起往前走。

誰也不能停留在原地。

走出校門後，程南鬆開手，兩人並肩走到街上。方朝雨問：「我們是要吃飽再回去嗎？」

「不不。」程南露出神祕的微笑，「一年就這麼一次跨年，當然要做點別的事——」話未完，程南就走進巷子裡，方朝雨跟著彎進去。

這條巷子雖然在學校附近，但方朝雨不曾彎進來過，兩旁是陌生的建築物與小店，直至盡頭，程南停下，指了指對面的店鋪，「這是我姊跟我常來的店，專門賣有機蔬果跟天然食材的。」

方朝雨愣下了，沒想到附近還有這種店鋪。她隨著程南走進店家，見程南拿起購物籃跟店員熟稔地聊上幾句後，再將幾樣蔬果與調味料放進籃子裡。

「所以……我們是要買食材回去煮飯嗎？」

程南微抬眉梢，瞧方朝雨傻愣的樣子，她忍俊不禁，「怎麼？怕我毒死妳嗎？我還怕把妳養得不夠肥嫩，身上一點肉都沒有。」語末，程南瞇起眼，上下打量起方朝雨，視線落在胸口嘖嘖兩聲，

「要長肉啊。」

「程南！」儼然被調戲一把的方朝雨掄起拳作勢往程南揮去，「妳、妳無恥！色胚！變態！」

程南大笑幾聲，惹怒方朝雨對她而言真的是一大樂事，百看不膩。其實過去程南不曾這般對女生的，可偏偏方朝雨氣得拿自已沒辦法的樣子太有趣，她就忍不住想捉弄。

程南忍笑，伸手摸摸方朝雨的頭，「好好，我不好。妳想吃什麼？我煮給妳吃，當賠罪行不行？」

方朝雨哼了聲，別開頭，可那眼睛分明在想菜單，果不其然，很快地她說道：「……番茄炒蛋。」

程南脣角微揚，拿了一盒雞蛋放到籃子裡，「行，女朋友說什麼都好。」

方朝雨噘起嘴，真的是……拿程南沒轍。「女朋友」三個字一說出口，再加上能點菜給程南煮，那點不滿還真的被哄得服服貼貼。

離開店家後，兩人又走到超市買肉，順便掃了幾包零食回家，最後一人一個書包外加兩個提袋，心滿意足地回家。

不知為何，一起去買食材後再一同回家的感覺，讓方朝雨的心脹得有些疼。這樣難能可貴的日常，讓她有些五味雜陳。開心之餘卻又感傷之後可能沒有這機會了。

踏進程家，兩人安置好食材與食物後坐到沙發上休息，方朝雨看了眼時鐘問道：「李薰老師幾點回來？」

滑著手機的程南頭也不抬地說：「不回來啊，她也去跟朋友跨年了，家裡沒人。」

「啊？」

方朝雨臉上果然閃過錯愕與慌張，一如程南所猜想的那樣，她忍不住笑倒在沙發上，「我就知道妳會嚇到哈哈哈——」

察覺到自己再一次被整的方朝雨怒了，往她腰上擰一把，「妳真的很討厭！」可偏偏側腹是程南的笑穴，她大笑不止，扭動身子，兩人在沙發上玩成一團。

「好好，我投降！我投降！」實在笑得受不住了，程南雙手舉高，與壓在自己身上的方朝雨對看，氣氛忽然安靜下來。這時，兩人才意識到這姿勢有多曖昧。

方朝雨的視線不自覺落在程南好看的唇上，當程南身子動了一下時，她回過神來，發現自己的姿勢不對，慌得想起身，卻忽然被按住，撲進一個溫暖的懷裡。

方朝雨身子微僵，心跳彷彿要跳出胸口般難受，聞著程南身上熟悉的淡香，她漸漸放鬆身子，改趴在她懷裡。

程南的手放到方朝雨背上，輕輕擁住。她摟著方朝雨，看著天花板的吊扇，想起昨天的事，深吸口氣，輕道：「我想跟妳說一件事……昨天，我碰到唐逸銘，而且，我告訴他了。」

方朝雨一愣。

❄

昨天是程南到補習班上英文課的日子。

考完段考的補習班要比平常鬆散一些，本來就無拘無束的程南更肆無忌憚，在補習班上下樓層閒逛，也因為如此，她晃到了平常不會特別去的洗手間，瞥見了唐逸銘。

正聊到興頭上的唐逸銘沒注意到洗手間外有人，在裡頭一邊洗手一邊大聲嚷嚷，說的每一字、每一句都給程南聽見了。

「我跟你講，方朝雨就是玩弄我的感情。」

程南眉頭微皺，沒出聲，靜靜待在那。

「交往沒多久就說要分手，而且分得莫名其妙。那天我去她家載她，她還一臉不爽，說我無照駕駛。拜託！她只想到我沒駕照，卻沒想到我繞遠路去她家欸！我開開心心地去，她擺一張臭臉給我看，害我很尷尬。」

旁邊似乎是他的朋友也附和幾句，無疑是搧風點火，唐逸銘說得更氣憤了。

「我那麼期待地規劃了一整天的行程，結果呢？一跟潘芷瑩吃完飯，我要載她的時候就跟我提分手，根本是給我難堪啊！我怎麼跟人家講？說我女友因為我無照駕駛所以跟我分手？太瞎了吧！我拉下臉去找她，她還要理不理，我真的很生氣。」

另外一個聲音勸道：「好啦，那就找別人啊？一堆學姊學妹可以找，算了啦！」

「我不要。」唐逸銘聲音冷硬，摻著不甘心，「我那麼喜歡她卻被分得莫名其妙，我怎麼嚥得下這口氣？無論怎樣我都要把她追回來，真的不行要甩人也是我甩。」

聽到這，程南實在忍不下去，直往裡面走去。

那沉沉的腳步聲讓唐逸銘止住聲音，與好友兩人同時看向門口，見到來人時，唐逸銘微愣。

程南沉著臉，壓抑怒火，對著唐逸銘冷冷道：「我要找的只有你，另外一個先滾。」

無論是誰都能見到程南身上的低氣壓，包括眼前兩人。狠戾的目光一掃來，被驅逐的那位碎嘴幾句匆匆離開了洗手間，留下程南與唐逸銘兩人，氣氛劍拔弩張。

唐逸銘語氣不善地道：「幹什麼？」

「這是我想問你的。」話語如冽風，一字一句朝著唐逸銘颳去，「你怎麼能在背後這樣詆毀方朝雨？愛不到就咒罵對方是對的嗎？」

聞言，唐逸銘惱羞成怒，破口罵道：「我沒說錯什麼，我那麼喜歡她卻被她這樣玩弄，我不行生氣？還是妳覺得每個人都跟妳一樣是玩咖？妳自己名聲骯髒還敢潑我髒水啊？」

程南忍住回罵的衝動，今天她出聲是因為方朝雨，關於自己的流言蜚語，她可以不在意，但方朝雨的，她嚥不下。

「難道你喜歡她，她就要喜歡你嗎？」對此程南嗤之以鼻，「她試過了、努力過了，但你就是沒辦法讓人喜歡，難道是方朝雨的錯嗎？」

唐逸銘瞪大眼，怒道：「我被玩弄是應該的嗎？她真的有努力過嗎？我對她那麼好——」

「你不過就是不甘心而已。」程南打斷他，冷冷道：「不甘心付出沒有回報，但本來就不應該是為了回報而去付出。方朝雨沒有欠你什麼。」

兩人的爭執引來老師注意，一陣腳步聲接近兩人。程南瞪了唐逸銘一眼，離開前落下一句話，便無視唐逸銘扭頭就走。

「請你不要再來騷擾我女友。」

說至此，程南摸摸方朝雨的後髮，像是順著一隻貓似的，她有些懊惱地說：「抱歉，後面實在有點衝動。」

方朝雨搖搖頭，不但不惱，反倒覺得感激，「謝謝妳……」她現在的心情有些複雜，對於唐逸銘，初聞她是錯愕，後感到低落，至於程南，她是感激的，也是驚喜的，現在看著她的笑臉，只有股想抱緊她的衝動。

「幹麼這麼盯著我看？」程南失笑，感到鬆口氣，「妳不生氣就好了。他的話妳別放在心上，那不是妳的錯，妳是無辜的。」

「我其實可以理解他為什麼會那麼生氣，我也很抱歉，但我不覺得自己做錯什麼。」趴在程南身上的方朝雨喬了個舒服的位置窩著，繼續說道：「希望這次他可以真的死心了……不然他這樣，我真的有點怕。」

程南低應一聲，捏捏方朝雨有些骨感的手，一邊說道：「沒事，他要是到時候真的做了什麼，我們再一起解決，但現在，我想先解決我的肚子。」

經程南這麼一說，方朝雨也跟著覺得餓了，兩人下了沙發，走進廚房開始忙晚餐。一個備料一個煮菜，倒是默契十足。

程南一邊開火一邊說：「妳幫我拿兩顆蛋好嗎？」

方朝雨走到冰箱前打開，拿蛋同時見到其他層架上的瓶罐，定眼一看，忍俊不禁，「妳這是冰箱還是酒櫃？」

程南接過蛋後，俐落地將蛋打進平底鍋裡笑道：「我姊的啦！搬來跟她一起住後，假日她要是沒出去玩，就會拉著我喝酒看電影。她說還好我成年了，不然她還得去買氣泡水。」

聞言，方朝雨才想到兩人雖然同班，但程南確實比她大一屆。

「說到這，妳還沒成年吧？方朝雨妹妹。」

聽出程南話語裡的調侃，方朝雨瞪她一眼，「再四個月就十七歲了好嗎？」雖然也還不滿十八歲就是了。

「四個月？所以，四月生日？」

「嗯，牡羊座。」

程南上下打量眼她，噗哧一笑，「牡羊座？妳這是山羊嗎？說是羊咩咩還比較適合吧？」

「程南！」

瞧方朝雨又被自己惹怒，程南大笑，趕緊將鍋裡的番茄炒蛋盛起，夾了一口給方朝雨，「吃吃看。」方朝雨瞇了瞇眼，張口吃下，兩眼睜大。

「好吃吧？」對自己的手藝，程南還是有點自信的。

方朝雨哼了聲，「就還可以吃啦。」又自己再夾了一塊蛋送入嘴裡，一臉滿足。

程南失笑，拿起另外一個鍋子加油後，又開始炒下一盤肉。過程中，她一邊想一邊道：「妳四月生日……這麼巧，我媽跟叔叔也是四月結婚。」

「結婚？」

「是啊……我媽跟李薰她爸明年四月辦婚禮。」程南停下炒肉的手，看向方朝雨，神情認真，「到時候，我把妳介紹給我媽跟叔叔，妳願意嗎？」

方朝雨一怔，隨即一笑，點點頭。

程南笑了。

「那就這麼說好了。」

跨年夜如果沒有看跨年轉播，總覺得少了一點氣氛，對程南與方朝雨而言也是。

兩人吃飽飯整理完後各自去洗澡，洗完澡後兩個人窩在沙發上看跨年轉播，一邊滑手機一邊聊天，氣氛歡快。

方朝雨沒想過人生第一次出去跨年是去朋友家，還是交往對象的家裡。看著程南，她覺得第一次是跟眼前這人，真好。

此時的程南穿著寬鬆的白熊T恤與棉褲，終於有幾分像高中生。有時候方朝雨覺得，程南不太像高中生，反而像是大學生降級回高中念書那般違和。

思及此，方朝雨勾起唇，忍俊不禁。見狀，程南微抬眉梢，問道：「笑什麼？」

「沒有啊，就覺得妳衣服可愛。」方朝雨說。

這居家服是可愛了一點，程南不否認。她清清嗓子說道：「明天下午要是天氣不錯，要不要回妳之前的高中看看？」

方朝雨愣了一下，想起之前程南確實說過，但沒想到她會記在心上。方朝雨點點頭，「好啊，妳騎車？」

「對啊，而且我可是有駕照的。」

方朝雨噗哧一聲，兩人會心地大笑。對於唐逸銘種種指控，方朝雨覺得沒那麼難受了。

難得有這機會獨處，兩人聊著許多自己的事，關於過去、現在，甚至是未來。當程南問起方朝雨的大學志願時，她想起方父的提議，想告訴程南，卻又開不了口。

「那妳呢？」反問是一個很好的回答，程南認真想了下，說道：「其實我不討厭念書，我只是覺得無聊，想念個有趣的科系，以後出去能做個有挑戰性的工作，像是行銷、企劃、公關、媒體……搞不好哪天我就成了經紀人，有本事捧紅一堆網紅！」

談著自己未來的程南看上去是那樣自信迷人，方朝雨發現自己的視線無法從她臉上移開，這時的程南眼裡彷彿有星辰，才知道是學校關住她嚮往自由的靈魂。

跟自己是不一樣的。

「妳呢？以後想做什麼工作？」

方朝雨想了想，有些遲疑地說道：「我比較喜歡安定、務實的工作，我想過要當老師，但我怕自己不會是一個好老師，那樣學生太可憐了，所以……我再想一想，也許最後我會去考公務員。」

與程南的夢想相較之下，自己是如此枯燥乏味，方朝雨感到有些羞愧，她的手卻被握住。

「妳知道妳緊張不安的時候會捏手指嗎?」程南的眼睛笑得彎彎的,嗓音溫柔,「我覺得,一個好老師最重要的不是學識淵博,而是善良與同理心,所以,我覺得妳會是一個好老師的。」

方朝雨怔怔地看著程南,在她眼中,看見了自己。

「妳沒有放棄我,不是嗎?」

程南伸手揉揉方朝雨的臉頰,微微一笑,「妳該更相信自己一點。」

方朝雨抿了下唇,點點頭,伸手抱住程南的脖子。程南溫柔地回抱她,感受頸窩輕輕的磨蹭,身上還有與自己相同的淡香。她從未想過,能與誰這般過得平淡而溫馨。

過去她總流連在各家KTV的包廂,去了一間又一間的酒吧,她總是被攜帶上的那個,總被人展示在其他人面前。

「這程南,妳們應該聽過的。」常有人這麼介紹自己,程南這時總會揚起一抹笑,做著「傳聞中的那個程南」該有的樣子。

這時,程南才明白,或許一直以來她真正想要的,只是一個單純、溫暖的擁抱而已。

晚上十一點,今年的最後一小時,兩人從客廳改窩到房間床上。

程南的房間不大,卻乾淨簡約、雜物不多,所以方朝雨一眼就見到放在角落的吉他。

方朝雨略感訝異地問:「妳會彈吉他?」

程南躺到床上滑手機,回道:「會一點。畢竟妳知道的,會一點吉他比較好騙女孩子。」

方朝雨瞪她一眼,擰了下她的腰腹,程南唉了一聲,抱肚起身,「好好,我是會一點,不過我很久沒彈了,妳別嫌棄。」她站起身走向角落,從琴袋中拿起吉他,坐到床沿。

程南一邊調音一邊問:「妳會唱什麼歌?」

「為什麼是我唱？」

「因為我唱歌不好聽啊。」程南撥了幾下弦，再抬頭時見到方朝雨盯著自己瞧。方朝雨直視她的眼睛說道：「妳唱歌很好聽。」

那個眼神，讓程南有些愣住。那不是安慰、不是試探，是陳述句，一個彷彿她知道些什麼的陳述句。

程南默了會，摸摸自己的後髮，「好好，知道了，我要是彈錯妳別怪我。」

她清了清嗓，不一會，清脆悅耳的吉他聲伴著清亮溫柔的嗓音一同響起。

怎麼去擁有　一道彩虹
怎麼去擁抱　一夏天的風
天上的星星　笑地上的人
總是不能懂　不能覺得足夠

方朝雨想起看到程南班歌錄影那天，她目不轉睛地看著影片，視線沒辦法從程南身上移開。或許從那時候，她眼裡便只有程南，一如此刻。

程南垂著頭，彈著吉他的她看上去很快樂、很耀眼，是方朝雨喜歡的那樣。程南有那麼多個模樣，偶爾溫柔、偶爾討厭，可無論是哪種樣子，方朝雨知道，自己會記一輩子。一輩子都不會忘記。

如果你快樂　再不是為我

會不會放手　其實才是擁有
知足的快樂　叫我忍受心痛

（〈知足〉，詞、曲：阿信）

隨著歌詞結束，最後一個音隨之落下，程南神情專注，直到最後仍沒有一絲馬虎，將這首曲子完整了。她輕吁口氣，抬起頭，見到方朝雨不自覺一笑。

那個笑容單純而美好，像是冬日難能可見的陽光。

「啊，妳等我一下！」程南不知道想到什麼，將吉他放到床上，走到書桌開始翻找，再急忙走向方朝雨，拉過她的手說道：「跟我出來。」

「啊？」仍沉浸在方才音樂中的方朝雨看上去有些茫然，可當一吹到冷風時便醒了大半。

程南推開床旁落地窗，拉著方朝雨走到房間外的小陽臺，神祕兮兮地說道：「蹲下，眼睛閉上。」

方朝雨懵懵懂懂地照做了。當眼睛閉上時，其他感官便特別靈敏，她聽到程南窸窸窣窣地不知道忙些什麼，不一會，她手上被塞了細條狀的東西。

「妳在幹麼？」

「等下就知道了。」程南從口袋中掏出打火機，試著點火好幾次，卻都被風吹熄了。眼看離午夜就剩五分鐘，她有些急，而方朝雨也等得不耐煩了，兩眼偷偷瞇成一條縫。

方朝雨看到的，便是手忙腳亂的程南，看上去有些笨拙，她忍不住噗哧一笑。

「妳偷看！」

「我幫妳。」方朝雨脫下身上外套，湊近程南，將冷風隔絕在外。這次，火一次就點著了。

「快快，仙女棒！」程南趕緊拿過方朝雨手上的仙女棒跟自己的，將煙火頭靠近火源，很快地，火花四綻，照亮兩人面容。

沒有玩過仙女棒的方朝雨看得入迷，忘了身上的寒冷，還是程南喚她才想起自己沒穿外套。方朝雨想了下，窩進程南懷裡，「那妳抱我就不冷了。」

程南笑了，一手摟過方朝雨，一手拿著點燃的仙女棒，目光溫和幾分。

「妳去哪買的？」方朝雨問。

「跟我姊要的。」程南應。

牆上的時鐘裡，那長長的秒針一格一格地往十二點鐘靠近。手機裡的演唱會直播開始倒數，程南與方朝雨兩人也跟著倒數著。

「五、四、三、二——」

沒能數完的最後一秒，兩唇相抵，輕輕碰著對方，兩顆心從未如此貼近。睜開眼，在彼此眼中看見笑意與羞赧。

新的一年，一切都會好的。

兩人如此相信著。

❄

一月一號元旦當天，下了場雨。

因為這場雨，使得原本要去方朝雨以前高中的計劃不得已只好取消，兩人雖然有些惋惜，但總還有機會。

她們一路睡到近中午才起床，弄了簡單的早午餐填飽肚子。外面的雨勢連綿不斷，讓人提不起精神。

「妳什麼時候要回去？」程南問。

雖然不捨，但總還是得回去，不能一直住在這。這兩天的一切像是一場夢，令方朝雨眷戀不已，也因為意識到不能再打擾下去，她有些失落，「或許傍晚要先回去。」

程南揉揉她的頭，「幹麼？又不是不能再來，這麼不開心。這樣吧，我們寒假找天一起去玩？」

聽到出去玩的邀約，方朝雨抬起頭，臉上寫滿開心，「真的？」

程南失笑，「真的，看到時一起去哪玩，妳決定。」雖然是數週後的事，也讓方朝雨的憂愁一掃而空。當美好的日子來日可期時，這次的分離就不那麼難受了。

兩人窩了一下午後，待雨停之時，程南便送方朝雨到附近公車站。車來之前兩人擁抱了下，方朝雨才上車。程南站在公車亭目送她，直到公車消失在轉角後才離開。

方朝雨坐在靠窗位子，腦海中反覆播映這兩天的一切，包括那個吻，一個帶些涼意的吻。

滿腔的喜悅如汽水泡泡般湧上，她很想告訴全世界，現在的她有多幸福，可她不能大聲說出口，唯一能說的姚媛，她又怕對方不是那麼想知道程南的事。

方朝雨輕吁口氣，還是傳了訊息給姚媛，表示昨天在程南家過夜，後面又補了句「**我跟我爸說是去妳家。**」一顆心臟怦怦跳著，一面不安又一面欣喜。

方朝雨不知道父親能不能接受她的交往對象是女生，但是她已經答應程南四月會出席她父母的婚禮，在這之前，她必須先讓父親知道才行。

一顆小腦袋快速運轉著，她想著許多事、規劃很好的未來，希望一切順順利利，就只為了跟程南能一直在一起。

公車到站後，方朝雨刷卡下車，這時天又飄起了雨，她快步回家。一進家門，她便看到方父坐在客廳沙發上，而不是二樓書房。

方朝雨與方父對上了眼，她開口道：「我回來了。晚上是要一起出去──」

「朝雨。」方父打斷了她，神情嚴肅，「妳有什麼事情沒有告訴我嗎？」

方朝雨一怔。

她立刻想到昨天是去程南家，不是去姚媛家，心裡沒底氣，呆站在那。終是自己女兒，儘管神情變化細微方父仍看得出來，他的眉頭皺得更緊了。

「妳先過來坐。」

方朝雨感覺自己的手心正在冒汗，她一步一步僵硬地走向方父，順著坐到了一旁沙發上，微垂著頭。

見著眼前的方朝雨，方父輕嘆口氣，「我就不問妳昨天是不是真的去朋友家，這件事就算了，我想問的是，妳是不是有喜歡的人了？」

方朝雨微怔，錯愕地抬起頭，而那眼神出賣了她的心思。

方父嘆口氣，他並不是不理解這年紀的小孩開始想談戀愛，但是……

「其實，我希望是妳主動告訴我，而不是讓補習班打給我，由老師告訴我，妳在班裡跟其他同學出了一點事情，而我什麼都不知道。」

一月一號的元旦，本該用好心情去迎接這一年的方父，卻在煮咖啡時接到了補習班老師的電話，告知他方朝雨在班裡跟其他人有感情糾紛。

被蒙在鼓裡的方父按捺住衝動，等著方朝雨回家。一直以來，方朝雨都很懂事，尤其是方母過世後，她更是如此，安安靜靜的什麼話都不太說，方父這才發現，自己似乎疏於關心自己的孩子。

現在，他要重拾父母的責任，好好管教。

「對方是怎麼樣的人？」方父問。

「不是這樣的……」方朝雨思緒有些混亂，壓根沒想過會以這樣的方式跟自己父親描述感情的事，「他……我們現在分手了！或許應該說，我們那樣根本不是交往，是、是……」是自己單方面接受唐逸銘的好，卻沒有辦法回報，最後分開了。

如果可以，方朝雨根本不想讓人知道曾有這一段。她所認定的、喜歡的，是程南。而這些話，她不知道怎麼跟父親說，也開不了口。

方父默了會，問：「妳不喜歡那個男生了？」

「對……」嚴格說起來，是從未喜歡過。她努力過，但沒有辦法。

方父嘆口氣，忽然覺得自己與女兒的距離如隔一座山，不太懂她的想法，而他並不想加以苛責，於是平聲問道：「你們交往多久？所以妳去補習不是因為朋友，是因為男朋友吧？」

「不是！不是這樣……我跟朋友去補習，然後他才來的……」面對擺明質疑態度的方父，方朝雨感到無力，卻也知道，她必須在這時候說清楚。

於是，她將跟唐逸銘從認識到在一起甚至分手的事，全說給了方父聽。語畢，方父的臉色明顯和緩許多，點點頭，「我知道了，老師那邊如果有再打來，我會處理。」頓了下，他又說：「妳就不要去那裡補習了吧。」

方朝雨微愣，神經再次緊繃。那是能見到程南的地方，她不想割捨，甚至原因是出自於唐逸銘。

「還想去補？」方父再次皺起眉，「依我對妳的了解，妳是很怕麻煩的人，不會這樣自找麻煩。」

沒有說出口的，方朝雨明白。

「我……」

在此之前，方朝雨想過，將程南介紹給父親的那日，會是一個陽光明媚的午後，愜意舒適。她會邀請程南到家裡，父親會煮兩杯咖啡，他們三人可以在沙發上促膝長談。

而不是像現在這樣近乎逼供般地要她承認。

「朝雨。」

「我有喜歡的人！」心一橫、眼一閉，方朝雨全盤供出，「我跟那個人正在交往！那個人……是女生。」

第九章

事情猶如打結的麻繩般亂成一團。

方朝雨躺在床上，安靜地流著淚。不知道為什麼，她覺得很難過、很難受，也特別想念母親。如果方母還在，或許事情就不會這樣了。

方父在聽到她的那一席話後，立刻叫她回房，哪裡都不准去。方朝雨拖著沉重的步伐，眼眶含淚地上樓，回到房間。

記憶中的父親很少生氣。

在方母過世之前，她曾好幾次告訴自己，當初就是喜歡上方父的溫厚與好脾氣，決定嫁給他，跟他共組家庭。那時方父笑得靦腆，沒有多說什麼，可看上去很開心，母親也是。

方母過世之後，父親鬱鬱寡歡，終日陰沉，情況一直到搬家之後才有所改善，可這期間內，方父也沒有一次發過脾氣。

方朝雨抹了抹眼眶，拿起手機打開與程南的對話窗。她想打給程南，但怕方父突然上樓，於是改傳訊息。她寫了許多也刪了許多，最後僅有一句話。

「我爸知道了，對不起。」

另一邊的程南則是在廚房，李薰表示晚上會回家吃飯，於是她用昨天剩下的食材煮了一頓簡單的晚餐。剛熄了爐子上的火，就聽到開門聲。

一回頭，程南見到李薰在講電話，神色有異，於是她安靜沒出聲，拿了碗筷放到客廳，再將煮好的菜端到桌上。

「好的，主任，我會去了解的，是是……那先這樣，拜拜。」

李薰掛上電話後，坐到客廳桌上，揉揉眉心，輕嘆口氣。見程南走到客廳，她說道：「妳知道朝雨跟逸銘的事在補習班裡傳開了嗎？」

程南微愣，坐到李薰身旁，「怎麼回事？」

「逸銘的媽媽打給主任，質問主任怎麼可以放任學生在班裡談戀愛，而且逸銘都要考學測了。據說是班裡另個學生的媽媽告訴逸銘媽媽，說逸銘在班裡交女友，鬧得不太愉快。」

程南立刻想到那天的事，默了會，便將那天與唐逸銘發生的爭執全數告訴李薰。語畢，李薰皺眉，彈了下程南的額頭，「妳看看妳，這麼沉不住氣，現在鬧開來了怎麼辦？」

程南抿了下唇，她確實沒想到事情會演變成這樣。

「不過，唐逸銘確實滿過分的，我在妳這年紀大概也會忍不住，畢竟，是自己喜歡的人。」李薰眨眨眼，「是不是？我的小妹妹。」

「妳很煩。」程南橫她一眼，倒不否認。李薰偷笑，只是想到後天要進班處理，就覺得有些頭疼。方朝雨是她的學生，再加上部分老師知道她與程南的關係，學生出事了，她難辭其咎。

不過李薰覺得，其實就是小朋友談談戀愛，問題在於，唐逸銘要考學測了，且唐母是屬於緊張兮兮型的母親，會把事情鬧大其實不意外。

現在比較尷尬的地方是，方朝雨有了交往對象，對象還是程南。不明事理的外人很容易指手畫腳，造成更大的輿論壓力……想到這點，李薰便覺得頭疼。

她不喜歡三個孩子之中有人受傷，但似乎沒有一個兩全其美的辦法。

「唉……」李薰搔搔頭，改問程南：「朝雨知道這件事情了嗎？」程南才想到應該先跟方朝雨確認情形，於是走進房間拿出手機，一滑開螢幕便看到方朝雨的訊息。

點開一看，程南微怔。

程南坐回沙發上，趕緊回傳訊息給方朝雨，李薰好奇地湊了過來，見到方朝雨的訊息也是一愣。看來事情，真的是不太樂觀。

「朝雨的爸爸……反同嗎？」

程南頓了下，這個問題太過實際而尖銳，如今，還是得面對，「我不知道，不過我想……是的。」她一邊回李薰一邊傳訊息問道：「怎麼了嗎？」

不過一會，訊息已讀，可接下來的訊息卻讓程南有些緊繃。

「我是朝雨的爸爸。」

「她的手機現在在我這。」

「我想跟妳談談，能給我妳的手機號碼嗎？」

程南與李薰面面相覷，見到程南眼裡的惶恐，李薰微微一笑，給她一個安心的笑容，「沒事，妳就給他，他打來時妳開擴音，我會在旁邊聽。」雖然不能出聲幫忙，但是陪在身邊還是可以的。

程南點點頭，將自己的手機號碼給了方父。

「謝謝，現在應該是吃晚餐時間，九點打給妳好嗎？」

程南沒有說不的權利，於是回了個「好」字。現在七點半，距離九點還有一個半小時。比起等會的談話，其實她更擔心方朝雨，只是在這之前，她得先跟方父好好談談。

「如果……如果最糟的情況，是朝雨爸爸要妳跟方朝雨分手呢？」

程南不假思索地說：「那我會跟方朝雨分手。」

李薰一怔。

「我知道妳在想什麼，想我不負責任、沒擔當吧……」程南苦笑，「可是，方朝雨是獨生女，她媽媽過世了，這世上她能依靠的就只有爸爸，同樣的，她爸爸也只剩下她這個女兒了……我覺得，沒有必要為了愛情放棄家人，日子還長，以後她能碰到別人，我也是。」

「真的嗎？」李薰看進程南眼裡，「如果妳們彼此的快樂都是因為對方呢？妳要知道，一輩子沒能碰到幾個能讓自己感到真正快樂的人。」

程南默了會，輕道：「……來日方長。」

來日方長。

❄

深夜，躺在床上背對門口的方朝雨聽到了輕輕的開門聲。她緊緊地閉著眼，夜裡一切的聲響無論多麼細微都能聽得一清二楚。

方朝雨聽到父親走近書桌，似乎將什麼東西輕輕放到桌上後，再走近她的床。儘管沒有回頭，方朝雨也能感覺到方父正在看著自己。

半晌，她聽到細微的嘆息聲。

方父走出房門輕輕帶上門，這時，方朝雨才轉過身看向書桌，見到自己的手機。聽到外邊方父進門的關門聲後，方朝雨才起身走向書桌，拿起手機在黑夜中滑開螢幕。

點開程南的視窗，並無異樣，但方朝雨隱隱覺得是父親傳了什麼又再刪除，所以看不到。她再點開姚媛的，方朝雨的心涼了半截——她忘記收回訊息了，而方父肯定也看到了。

方朝雨坐回床上，感覺到深深的無力與恐懼。晚上，她是聽到樓下有談話聲，卻不知道方父究竟是在談公事，還是打給程南或姚媛，甚至是打去補習班。

而恐懼往往是來自未知的人事物。

她很想傳訊息問程南，又怕之後父親會無預警沒收手機，這讓她遲遲不敢傳訊息給任何人，自己的訊息可以刪除，可若突然被拿走，方父還是看得到對方的回覆，那便沒有意義。

方朝雨忽然覺得喘不過氣，莫大的悲傷朝她襲來，幾乎使她喘不過氣。

她只是喜歡一個人，那個人是女生而已。

方朝雨窩回床上鑽進棉被裡，她抱著抱枕心裡沒個底。她不斷想起前兩天的快樂，那時有多美好，現在就有多痛苦。她很想程南，也想跟程南說說話，程南的聲音總能讓她感到平靜。

無論父親做了什麼、或是說了什麼，她都不願意放棄與將就。

那個吻，那個摻些涼意卻讓人覺得溫暖的吻，對方朝雨而言，足夠撐下去這段昏暗無光的日子。

方朝雨閉上眼，墜入無邊無盡的夢裡。

週一一早，新的一年之初，每個人都在興奮談論跨年趣事。在這樣的氛圍下，方朝雨的心情更為沉重。

早自習鈴聲響起，方朝雨拿出數學講義，準備下午的課堂小考，可就在這時，忽然有人輕拍她的肩膀。

方朝雨抬頭一看，竟是平日沒什麼互動的班導。班導師指了指外邊，示意方朝雨跟她到外面，於是她懷著忐忑不安的心情走出教室。

一出教室，班導劈頭問道：「妳現在在跟程南交往嗎？」

方朝雨並不訝異，只覺得難堪。她不覺得自己的私人感情需要被人這般質問，但她也知道現在有不得不面對的問題，所以，她只好服從地點點頭，「是。」

班導師面色凝重，那眼神讓方朝雨渾身不自在，她繼續幽幽說道：「程南不是什麼好學生，妳被她騙了。那我問妳，現在跟唐逸銘學長還有聯絡嗎？」

「我沒有被程南騙。」方朝雨目光堅定，直勾勾地看著班導反駁，「我喜歡她，我不覺得這是錯的。」

面對這樣的方朝雨，班導師只覺得棘手與無可奈何，她壓根不想處理這種感情事。方朝雨轉學過來後表現一直相當良好，她沒想到有天得這樣單獨叫方朝雨出來。

「好，我們就先不提程南。妳知道唐逸銘因為妳的關係精神崩潰，情緒很不穩定。他媽媽鬧到補習班跟學校，要求大家給她一個交代。對此，妳有什麼想法？」

方朝雨皺眉，只覺得厭惡，沒有其餘想法。而她的沉悶只讓班導師更煩躁，不禁大聲了些，「感情還是有對錯之分的，像妳因為程南而離開唐逸銘，這件事情是不對的。」

方朝雨睜大眼，沒想過事情會被大人如此曲解，還是自己的班導師。她感到憤怒，怒氣攻心，眼眶含淚，「我沒有錯，我喜歡程南不喜歡唐逸銘，這不是我的錯。」

然而，班導師冷淡地說道：「妳這就是不負責任。這幾天唐逸銘媽媽會來學校，妳自己好自為之吧。」語末，她便讓方朝雨回教室。

對於八卦，學生敏銳得像嗜血鯊魚，一點風吹草動就能讓班上躁動不已。各種臆測漫天紛飛，本來就有的一些傳聞也被描述得栩栩如生，可很多根本不是那回事。

方朝雨只覺得疲倦，每一個傳言都不是事實，但她不想解釋。

事情也傳到了姚媛那裡，她急得來找方朝雨，深怕她出什麼事。面對好友誠摯的關心，方朝雨感動萬分，眼眶有些熱。

姚媛皺眉關心問道：「還好嗎？」

方朝雨搖搖頭，「我沒事。」比起自己，她更擔心請假一天的程南。為了不落人口實，她並未在學校高調打給程南，就怕隔牆有耳，被傳出去了只會把事情弄得更糟。

方朝雨把這幾天的事全說給了姚媛聽，語畢，姚媛忍不住抱緊方朝雨，聽上去有些哽咽，「妳一定很難過。」或許是擁抱太過溫暖，讓方朝雨不自覺掉下淚。

「我覺得很可怕。」方朝雨一邊揉眼一邊顫顫說道：「無論是家裡還是學校我都不想去……我怕程南也發生什麼事，可我卻幫不上忙。」

「沒事的，我們還可以一起去補習。」姚媛出聲安慰她，「補習班不是學校也不是家裡，我們可以一起玩！」

方朝雨知道姚媛在安慰自己，她感動一笑，點點頭，「好。」是啊，至少現在還有可以逃離學校跟家裡喘口氣的地方，那裡，還有李薰跟程南。

放學鐘聲一響起，方朝雨走出教室，放在口袋中的手機一震。她拿出一看，猶豫了會接起，「爸爸。」

「妳下課就直接回家。」方父平聲說道：「補習班我打去退掉了，我之後也會提早下班。下課後直接回來，不要亂跑。」

不待方朝雨回應，電話便直接掛斷。方朝雨呆呆地站在走廊上，看著天空忽地有些鼻酸。

世界之大，似乎，沒有她的容身之處。

❄

再見到程南，是翌日早自習，她悠悠晃進教室，剛放好書包，就被班導叫出去。

方朝雨有些心焦，頻頻看向後走廊。連著兩天叫人出去的舉動也讓班上議論紛紛，不少人將方朝雨與程南湊一起談論。方朝雨並不在意，甚至是讓全世界都知道也無妨。

兩人談話不久，程南便走回教室，面色平淡，並無波瀾。一直等到下課，方朝雨才主動走到程南位子，「程南。」

程南抬頭，朝她一笑，「嘿。」那笑容並無虛假，可不知怎麼地讓方朝雨覺得有些違和。

方朝雨左顧右盼了一下，拉起程南說道：「陪我去買飲料。」後兩人走出教室，這時，她才問：「老師跟妳說了什麼嗎？」

「沒說什麼啊。」程南答得隨意，「不就是那些老話？好好念書、不要顧著談戀愛啊。」

見程南神色無異，仍如以往那般輕鬆，方朝雨才稍稍安心下來說道：「那就好，昨天老師也有把我叫過去，說了一些讓人很生氣的話。」

程南沉默，後彎彎脣角，摸摸方朝雨的頭，「好好念書是對的。」

方朝雨看向她的側臉，「可我覺得除此之外有更重要的東西。」而程南並未看到她眼裡的企盼，看著前方笑道：「當然，玩樂也很重要，應該說沒什麼是不重要的，只是有先後順序而已。」

先後順序……方朝雨還來不及咀嚼她話中的意思，經過教官室時程南忽然停下道：「我想到我要去教官室一趟，之後再一起去買飲料好了？」

方朝雨愣愣地點頭，沒跟進去，只是從窗外見著程南走到連繡琪的位子，兩人有說有笑。方朝雨抿了下唇，掉頭走回教室。其實，她也不是真的想買飲料，只是想跟程南單獨聊聊天。她還有好多話想問程南，只是時間不夠。下課的短短十分鐘、放學被剝奪的自由，讓她倆能相處的時間不多。

方朝雨還是會不時想起跨年夜晚的一切，猶如夢境。

另一處的程南與連繡琪寒暄幾句後，便切入正題，「唐逸銘他媽是今天中午會過來嗎？」

「是啊。」說到這個連繡琪就不快，「這點小事也要勞師動眾的，搞得好像只有她兒子是考生一樣。」這些話連繡琪只敢在無人的教官室裡單獨對程南說，「非要給她一個交代——要給什麼交代？就是她兒子被甩了不甘願，媽媽不開心。」

連繡琪的白眼太生動，讓程南不禁噗哧一笑，「說得好。」

「妳跟方朝雨談過沒有？」知道一些實情的連繡琪問道：「妳們要有共識一起面對的。」

「談不成的，我們不會有共識。」程南淡淡說道：「我們想法不一樣。況且，我才剛跟她爸聊過，答應了一些事，暫時，沒什麼辦法。」

連繡琪微愣，有些著急，「答應？能答應什麼事？不會是要妳跟方朝雨分手之類的吧？」

「不是，事情沒這麼老套。」程南低笑幾聲，可那眼裡卻毫無笑意，「只是有些事情現階段是無法解決的。」

聽她顧左右而言他，連繡琪便知道程南這是不想說了，於是嘆道：「好好，不管怎樣，妳還是要跟方朝雨說一聲，她有權知道跟參與討論的。」

見到程南有了認真交往的對象，連繡琪自然是支持與欣慰的，只是回到現實層面上，確實有些事情不是那麼容易。

上課鐘聲響起，程南離開教官室回到班上，剛進教室時看向方朝雨，給了她一個燦爛的笑容。程南坐了下來，等待中午時分的到來。

有了程南的微笑，方朝雨頓時覺得，無論接下來發生什麼事，都可以迎刃而解了。

中午，方朝雨本想跟程南一同吃午餐，可鐘聲一響她便一溜煙地離開教室，方朝雨只好自己在座位上吃便當。

當她吃完便當並清洗紙盒後，忽然被同學告知要去辦公室一趟，於是她忐忑不安地離開教室走向辦公室。

方走近辦公室，方朝雨便見到程南從前門走出去，她想叫住她，可程南低垂著頭且走得急快，方朝雨只好先進辦公室。深吸口氣後，她開門進入，「報告。」

裡面有幾個人，除了站在唐逸銘身旁的婦人以外，她全認得。

「朝雨，來這。」班導師叫了她，語氣平和，與前兩日態度大相逕庭，「吃飽了吧？」

「吃飽了……」她戰戰兢兢地走了過去，與自己想像中的場面不同，反倒讓她有些手足無措。站定在婦人面前，方朝雨先開了口：「阿姨。」

婦人和藹一笑，眼神中還帶點同情與悲憫，這讓方朝雨困惑不已。原本，她以為氣氛會劍拔弩張，可是為什麼這麼平和？

「妳辛苦了。阿姨來學校不是為了為難妳，只是想看看逸銘喜歡的女孩子會是什麼樣子。妳長得很清秀、很乖巧，是我也會喜歡的。」

方朝雨尷尬一笑，在長輩面前，她不好說些什麼，也知道唐逸銘直勾勾地看著自己，但她並沒有看他，一眼都沒有。

「妳也知道逸銘要考學測了，阿姨希望他可以考好、快快樂樂的，既然他現在跟妳有一些小誤會，我想也讓你們在這和好。」唐母一邊說一邊握住了方朝雨的手，堆起笑容說道：「妳就陪陪逸銘念書好不好？等他考完了換他陪妳，妳要是到時候真的覺得要以讀書為重，那麼再說，好嗎？」

言下之意是什麼，方朝雨不會聽不出來，可她不敢表現出厭惡，也不敢抽回手，甚至連班導師也這麼說：「是啊，只是陪著念念書，逸銘功課也很好的，這樣對你們兩個都有幫助。」

在三人的目光壓力之下，方朝雨最後澀然點頭，心卻好像被挖走了一大半。

離開辦公室後的程南走到保健室裡，逕自打開冰箱從裡面拿出一個冰袋，她小心翼翼地放到自己被打腫的左臉，坐到了椅子上。

她低垂著頭，疲倦地閉起眼，腦海中卻不斷浮現方才的一切。

「我是程南。我覺得方朝雨不會說實話，所以就由我來說。」

「——是我引誘方朝雨，在她跟唐逸銘交往期間慫恿她提分手後跟我在一起。我覺得這樣很好玩，因為我很討厭唐逸銘。」

「現在，因為我良心不安，所以來自首。這一切，都是我愛玩而已，方朝雨是無辜的。」

程南一邊想，左臉一邊疼，可她感到一絲滿足。

這樣就好了，她想。

方朝雨與唐逸銘重新聯絡上了。

雖感無奈，但方朝雨怕若是無視唐逸銘之後會引來更大的麻煩，所以乾脆有一句沒一句地應著。唐逸銘似乎也有感覺到方朝雨的疏離，雖仍主動開啟話題，但不再熱烈。

就忍到學測結束，方朝雨想。

儘管唐逸銘沒有再踰矩，但信任就像一面鏡子，一摔即碎，儘管後來黏貼回去裂痕仍在。她不再信任唐逸銘了，這點她從未隱瞞過。

方父沒有再隨意沒收她的手機，除了放學必須直接回家、不能再去補習班外，其餘如常，並未有特別的改變，日子雖然稱不上平和，但也不再波折。

「妳有問題還是可以問我的。」李薰在知道方朝雨的情況後親切說道：「不要覺得不好意思，有什麼想問的就問我。」

看著訊息，方朝雨有些感動，也想到了程南。兩人聚少離多，一瞬間被拉開距離的方朝雨覺得有些難受，但也知道無可奈何。

沒關係，她可以等，等到風頭過去，兩人關係總會好些的，方朝雨想。

忽地，方朝雨想到一件事，於是道：「好的，謝謝老師。對了，聽說老師家要辦喜事！恭喜！」

下一秒，一封電子喜帖傳到對話視窗裡，李薰回道：「謝謝妳！妳要來喔！」

方朝雨微笑，回傳一個「OK」與愛心的貼圖，兩人便這麼說好了。她沒有忘記與程南的約定，大喜那日無論如何，她都會去。或許短時間內無法讓方父接受兩人關係，但至少他已經知道了，這是一個好的開始。

至於程南……總是方朝雨主動傳訊息過去，程南會回覆，但都回得簡明扼要。方朝雨不知道問題出在哪裡，但也不敢問。現在的她既要擔心方父哪天又忽然質問，一方面又要擔心唐逸銘這顆未爆彈，確實，現在的她並不適合與程南有更深入的關係。

所以，每天這樣聊一些，方朝雨就很滿足了。

日子飛逝而過，期末到來，接著放寒假，學測轉眼而至。

學測那日，姚媛欲到校陪考，問了方朝雨要不要一起去，方朝雨應了，回家便問方父。方父默了會，道：「七點前要回來吃晚餐。」

方朝雨應聲好，心裡鬆了口氣。

那日過後，父親沒有再質問自己的交往對象與性向，這件事似乎就這麼被掩埋了，方朝雨一面鬆口氣，一面又覺得失落。她覺得，父親不是接受了，只是無視了。

至少，他沒有要求自己要跟程南斷了聯繫，這樣就足夠了。

學測前一晚，唐逸銘詢問方朝雨是否可以通話，好安他的心。方朝雨想了會，輕嘆口氣答應了。待接起時，兩人皆是沉默。

「我……」率先打破沉默的是唐逸銘，「我一直沒有跟妳道歉，在學校也沒有機會碰到，所以……我真的，很抱歉，我太失控了。」

對於已經造成的傷害，方朝雨不認為可以用三言兩語去彌補，但她也不想再多跟唐逸銘說些什麼，只是輕輕「嗯」了聲作回覆。

方朝雨的冷淡讓唐逸銘有些心焦，他忍不住問：「妳真的……完全沒有喜歡我嗎？一點點就好。」

「沒有。」這次，方朝雨可以直接了當地說：「我對你只有感動，沒有心動。而現在，我連『謝謝你』都說不出口。」

對於方朝雨的決絕，唐逸銘有些受傷。沉默好半晌，他才苦笑道：「我想……這是我們最後一次講電話，對嗎？」

「是。」對於唐逸銘軟化的態度，方朝雨是有些心軟，但這一次，她知道自己必須堅決，「不會有下次了。」

電話另端沉默了會後，悠悠傳來一道女嗓，是劉若英的歌。

在劉若英的歌聲中，方朝雨想起許多事。她在笑容之中明白了何謂喜歡，在眼淚中明白愛是什麼。

歌曲唱到最後，唐逸銘掛上了電話，這次，他們沒有說再見。

方朝雨放下手機，閉起眼，再緩緩睜開。她輕吁口氣，再拿起手機傳訊息給程南：**「我明天會去學校和姚媛一起陪考，如果妳沒事也許我們可以見一面。」**

訊息送出後，方朝雨滿懷期待地等著回覆，然而睡意比程南的回覆更早襲來，她就這麼握著手機睡著了。

隔日一早，方朝雨睜開眼的第一件事情，就是查看手機，而程南也回覆了：**「如果我有去我再跟妳說。」**

方朝雨傳了一個「OK」的貼圖，放下手機起床梳洗。

她是有些失落，但她想，也許程南有什麼事，沒有事情的話，她肯定會出現的。

另一邊的程南則是躺在床上發呆，無事可做的她隨意滑滑手機打發時間。

叩叩。

李薰開了她的房門探頭進來，「我要出門陪考了，妳要不要去？」

程南頭也不抬地說：「不要，好冷，我不想出去。」

「最好是啦！明明今天就有出一點太陽。」李薰白她一眼，「懶惰就說懶惰好嗎？不然妳今天要幹麼？」

「當廢物在家裡。」

李薰懶得再跟她說下去，正準備關門時，程南忽然出聲道：「欸，姊，我問妳……爸媽婚禮那天，我……可以不出現嗎？」

李薰一愣。

「當然不行！」李薰直接走進房裡，坐到程南床緣把人揪起，「幹麼不去？難道妳到現在都還沒辦法接受爸媽再——」

「不是！」聽不下去李薰荒謬的猜測，程南趕緊打斷她，「沒有！我早接受了，妳爸對我媽那麼好，要是我媽不願意，我就是把人打暈都要綁到婚禮上！」

李薰的驚愕改為疑惑，「那不然呢？不是都說好了？為什麼這麼突然？」

程南眼神別開，默著不說話，李薰想了想，「難道是因為方朝雨？」

程南沒否認，低下頭說道：「我之前答應了一些事，現在做不到了……不知道怎麼辦。」

「所以妳就想逃避？」李薰質疑問道，繼續說：「前幾天我跟朝雨私聊時，她還很高興地祝福爸媽新婚快樂，我也發了電子喜帖給她，要她一定要來，現在妳說不去是什麼意思？」

程南煩躁地搔搔頭，或許連她也不知道自己在想什麼。

「事情的緣由妳都很清楚，那些都不是方朝雨的錯，但後果全由她承擔，妳不覺得，這樣對她太不公平了嗎？」面對徬徨中的程南，李薰循循善誘地輕道：「我是不知道到底是什麼事情困擾妳，但是，妳正在和人家交往，就該負起責任，好好把話說開，而不是對她這樣忽冷忽熱的。」

程南臉色有些詫異，李薰沒好氣地說道：「明眼人都看得出來妳不太一樣，我想朝雨也知道，她只是體貼妳不想追問妳而已。」

程南輕吁口氣，確實，有著交往關係的她們，程南不該這樣若即若離。

「……我知道了。」程南站起身，「我跟妳一起出門就是了。」

李薰笑咪咪地走出房門，因此錯過了程南眼中閃過的情緒。不一會，姊妹倆出門下樓，散步到附近高中陪考。

一進校園裡，兩人分道揚鑣，一個走往活動中心的休息處，一個則是打給了方朝雨。

程南站在司令臺前，望著臺上，想起許多事。

過去她就是因為學校司儀與春暉社社員雙重身分而被秦依瀾注意到，雖然那時她還不知道是因為自己母親。她不知道秦依瀾會不會去母親的婚禮，但她知道，她很久沒想到秦依瀾了。

這是前所未見，不曾有過的情況。

方朝雨的出現，確實改變了程南，無論是關於秦依瀾的、還是自己的事情，都是。過去，程南承認，她只想到自己，只在乎自己快不快樂，不管對方感受，對方的傷心與難過，程南都不覺得與她有關。

可是，如果涉及到方朝雨的感受，她沒有辦法不管。

或許，就是因為如此，程南此刻才會更加堅決。

「程南！」

聞聲，程南往聲源望去，見到小跑而來的方朝雨，微微一笑。或許是因為小跑步，又或許是因為寒風，方朝雨的臉蛋紅撲撲的，眼眸明亮有神，圓滾滾的，看上去有些可愛。

「妳、妳……」方朝雨站定在程南面前，大口大口地喘氣，「我、我……以為妳不來了。」調整好呼吸後，方朝雨忍不住笑意，直看著程南，眼裡有著驚喜與期待。

相形之下，程南顯得平靜許多。她看了眼手錶，問：「妳趕著回家嗎？」

方朝雨搖頭，「七點前回去就好。」

「那好，我們去妳之前的學校看看，坐計程車去。」

方朝雨微怔，見程南神情認真，才知道她不是在說笑。風忽然颳來，程南的聲音有些隱隱約約，「這大概是我……能做到的事，不願意嗎？」

風停下，方朝雨一邊整理頭髮一邊說：「願意！一起去！」

程南淺哂，兩人便這麼離開學校，在門口招了輛計程車往另間高中駛去。路途稍遠，車程約四十分鐘，但兩人都覺得無所謂。

雖然有些對不起姚媛，但此刻，方朝雨更想與程南待在一塊。她倆坐在後座，方朝雨凝視著程南好看的側臉，手輕輕放到程南的手背上握住。

程南沒有回握。

近兩點，兩人抵達了目的地。程南逕自付了錢後下車，方朝雨想攤錢，被程南塞回去。原以為她會說些什麼作弄自己，然而程南只是默著，凝視著大門。

方朝雨輕輕挽住程南，在無人的校園裡漫步。空氣中有著海水的味道，風裡也摻了點鹹味，是讓方朝雨有些懷念的地方。

「妳說的那隻貓，平常都在哪？」

沉浸在回憶中的方朝雨回過神，指著校舍，「以前常常窩在那裡，現在不知道……」

「那走吧。」程南朝著方朝雨手指的方向大步向前，步伐快得讓方朝雨險些跟不上，她只好改拉著程南的衣角，努力跟上去。看著程南的後腦杓，方朝雨一面開心，一面卻又感到有些違和。

方朝雨甩甩頭，告訴自己不要胡思亂想，程南願意帶她來，便表示是在乎她的，那麼這段日子的忽冷忽熱，對方朝雨而言便可一筆勾銷。

來到校舍後方，兩人在空地分別巡了一遍，可無果。方朝雨有些失落，喃喃道：「可能是天氣太冷，牠躲起來了。」

「那我們去回收站那邊看看，那裡比較多紙箱，或許跑去那裡了。」程南說道。

兩人又走往回收站，希望能在紙箱附近尋獲貓咪，而程南也安慰著方朝雨，沒見著貓大概是被好心人帶回家養了。

方朝雨附和地點點頭，忽然覺得沒有找到貓或許也是一件好事。走到了回收站，兩人分別找去，看看紙箱、角落，任何能藏身的地方都找了一遍。

最後，在最角落也最破爛的紙箱裡，程南獨自找到了貓。

她打開紙箱時，裡面躺了三隻貓，一隻大的、兩隻小的，都是橘貓，可一動也不動。大的那隻橘貓口吐白沫，小的兩隻嘴角有血，似乎誤食毒藥死了。

而這橘貓，跟方朝雨當時描述得一模一樣。

「妳找到了嗎？」方朝雨在不遠處問，程南輕輕闔上箱子，轉頭說道：「沒找到，可能真的被人帶回去養了。」

方朝雨一面失落一面又覺得欣喜，「好吧……我也覺得應該是被人帶回去養了，這是好事！」

程南微笑，伸手摸摸方朝雨的頭，「嗯，是好事。」

兩人又在校園裡兜轉了一圈才離開，在附近餐館吃飽飯後，便又招了計程車回去。晚上六點，程南送方朝雨到家裡附近的巷口下車。

「妳怎麼回去？」方朝雨有些擔心地問。

「我會叫我姊來載我，別擔心。」程南笑道。

意識到分離，方朝雨有些不捨，眼裡有著眷戀，「今天很好玩，謝謝妳。」

程南笑而不語，在方朝雨轉身走回家裡前，她上前擁抱她，從後抱住，輕輕的。方朝雨臉一紅，心臟怦通怦通地跳著，沒見到程南的表情，兀自笑了。

那個笑容，很幸福。

最後，程南鬆開手，方朝雨回頭，卻見到程南轉身就走，一邊揮手一邊走遠。方朝雨在原地看了好一會，才轉身走回家。

後來，深夜時分，程南傳來訊息。

「朝雨，對不起，沒能在當下告訴妳，貓咪跟牠的孩子都死了。」

「離開妳家後，我跟我姊回到學校將貓埋到附近空地。」

「還有一件事，我也沒能在當下告訴妳——」

「我們分手吧。」

第十章

寒冬過去，初春來臨。

一個寒假過去，方朝雨來到高二下學期，新學期就在一串鞭炮聲中開始。開學意味著學測放榜，對於社區高中而言，出滿級分的學生跟登天一樣難，放鞭炮是應當的。

聽說，唐逸銘考得不錯，不打算拚指考，會開始準備申請入學與面試。高三放榜，意味著高二學生成為學測戰士，開學當週每科老師都這麼叮囑，深怕高二生的他們沒有自覺似的。

每逢下學期，校園裡總瀰漫著畢業離別的感傷，這對方朝雨而言本是毫無關係的事，可當連繡琪找她過去時就不一樣了。

「妳願意當畢業典禮上的司儀嗎？」

方朝雨微愣，沒想過在運動會之後連繡琪還願意找她，這讓她驚喜萬分，可一想到搭檔時，表情便有些複雜，「那搭檔是……」

「不是唐逸銘。」連繡琪很快地接道：「是高二另外一個男生，而且，對方是有男友的。」連繡琪眨眨眼，惹得方朝雨會心一笑。

「那麼，妳願意嗎？」

方朝雨不加思索地點點頭，一來她本來就喜歡做司儀，二來連繡琪如此體己，她沒有不答應的理由。

連繡琪笑道：「很好，那五月開始過來練習，時間我再通知妳。先把妳訂下來啦，別反悔喔。」

方朝雨失笑，點點頭，「不會的。」

走出教官室，經過穿堂時，方朝雨發現聖誕樹已經收起來了，當時的一切歷歷在目。她不禁感到慶幸，當初不是將小卡掛到樹上，而是直接給程南。

當時的那份心意有好好地傳遞給程南，真是太好了，她想。

經過當初面試司儀的彈性教室時，她想到那時的程南自信耀眼、溫柔迷人，或許從那一刻起，她的視線就無法從程南身上移開。

不過，這都是那時候的事了。

「朝雨！」

大老遠的，方朝雨就聽到姚媛的聲音。她停下，回頭朝姚媛一笑，「好久不見。」

「真的好久不見！」姚媛跟上了方朝雨，走到她身旁嘰嘰喳喳地聊著寒假趣事，抱怨過年時哪個親戚八卦，又碎嘴紅包不夠厚，逗得方朝雨哈哈大笑。

「那妳寒假在做什麼？」

「跟我爸一起回老家，整理我媽的遺物。」

姚媛愣了好一會，才會意過來方朝雨話中的意思。她怔怔地看著方朝雨，「妳媽媽……」

「嗯。」方朝雨點頭，「因為她過世了，我才轉學過來的。」

姚媛看著她，眼眶紅了圈，真摯的反應讓方朝雨感動萬分，鼻頭有些酸，「已經沒事了，妳看，我不是可以說出口了嗎？」

真正的放下，不是絕口不提，而是能自然提起。對於母親的驟逝，去年她除了程南以外，誰也開不了口，包括姚媛。一年過去，她心態改變許多，對於許多事都能釋懷了。

只是，有個人，她現在還沒辦法提起。

「……對不起！我當初還那麼八卦，想知道妳轉學的原因！我、我……」意識到自己行為有多差勁的姚媛有些急了，「對不起！」

「沒事沒事，」方朝雨趕忙出聲安慰，「妳是關心我，況且，好奇是正常的。」只是當時她沒辦法說出口而已。

姚媛緊緊擁抱了她，「以後妳有難過的事，要主動告訴我！別悶在心裡。」

方朝雨一笑，輕輕回抱她，「好，謝謝。」

高中的友誼純粹簡單，僅僅因為這個人那麼好，所以是朋友，僅此而已。

寒假時，方父帶著方朝雨回到老家，整理母親的遺物。

過程中，一幕幕回憶隨即湧上，父女二人藉此聊上許多過去的事，這也是在程南事情之後，第一次有密切互動。

整理到一段落後，方父遲疑地開口道：「妳……跟她……」

話未完，但話中意思方朝雨知道。那時的她仍沉浸在分手的悲傷裡，一想到程南，她眼眶紅了圈，但不願在父親面前掉淚，忍著情緒道：「我是真的喜歡她，但……我們不適合，我們沒有在一起了。」

方父沉默，沒有說任何一句話。

方朝雨不斷告訴自己，她不會永遠那麼喜歡程南，日子還長，她總會喜歡別人，只是不是現在。對她而言，無論是程南還是父親，她都無法割捨，可程南先放棄了。

方朝雨不想強迫程南，她怕自己成為第二個唐逸銘。

正是因為喜歡一個人，所以，不願意逼迫對方做不想做的事情。她相信程南，所以也相信她的決定。分手之前，她履行了自己的承諾，方朝雨已經很感激了。

其他的，方朝雨不敢奢求。

儘管心痛得彷彿心臟被撕裂一般，但方朝雨知道，日子還是得過下去，至少，不能哭哭啼啼地過。

若說有什麼遺憾，方朝雨唯一能想到的，就是沒有兩人的合照，但方朝雨知道，她不會再有機會與程南合影了。

因為，程南轉組了。

❄

高二上、下學期，皆有一次機會可以申請轉組。若是高二上學期申請轉組，下學期即到另個班級就讀；若是下學期申請，則是高三上學期到別班上課。

程南是在高二上學期的期末前遞交申請的，這學期便不在班上了。

班上除了方朝雨外，其餘的人都無太大反應，頂多當幾天茶餘飯後的話題後便不了了之，可方朝雨不一樣。開學當日聽聞這消息時，方朝雨滿是錯愕與不可置信，隨即湧上莫大的悲傷。

程南從文組轉到了理組，從四樓改到三樓上課。

得知當日，方朝雨刻意到了三樓走一圈，在經過程南班級時，從窗戶往內看，確實見到了程南，也見到她與班上幾個男生正在教室玩丟拋球，看上去很快樂。

方朝雨喉頭一澀，快步離開，沒讓程南知道自己特意來了一趟。

再後來全校性的集會上，沒有輪到自己當司儀的那天，她往程南班級一瞧，見到她與四周幾個女同學聊得歡快，適應良好的她還被教官制止與訓斥，面上仍是那樣無謂。

這就是程南啊，瀟灑而無拘無束，是自己喜歡的那樣。

程南沒有改變，改變的人是自己。意識到這點的方朝雨，只覺得難過與惆悵。半年過去，她不再是當初那個方朝雨，可程南還是當初的那個程南。

她沒有改變程南，也是沒能改變。但是，只要程南現在是快樂的，對方朝雨而言就足夠了。

下學期的校園大事，便是三月的八公里健走活動、四月的班際籃球賽、五月的畢業舞會與六月的畢業典禮。

在逐漸溫暖的校園裡，萬物復甦，生機日漸蓬勃。在春暖花開的時節，每年三月中至三月底校方都會舉辦健走活動，以促進學生身體健康，今年也不例外。

其中除身體狀況不允許外，全校學生都得參加，通常師長也會參與，是全校性的大型活動。在此行之前，方朝雨覺得自己球鞋有些舊了，鞋底也被磨得有些平，方父便帶她到店面挑選新鞋。

「穿新鞋沒問題嗎？」在健行前幾日見到穿上新鞋的方朝雨時，姚媛問道：「不會磨腳嗎？」

「這是運動鞋，還可以的，這幾天我會穿久一點。我爸就怕要是走山路不小心滑了會更危險。」方朝雨應道。

姚媛點頭應和道：「這倒也是，而且運動鞋應該比較好穿。」

運動鞋確實適合走路，但八公里對於平日不怎麼健行爬山的方朝雨來說，還是有些吃力。

健走那日全校分年級出發，在此之前方朝雨與姚媛便約定好全程慢慢散步，不爭名次，兩人以安全為上。雖然是分流出發，但不一會兩人便走在一起，在隊伍之後緩緩前行。

午後陽光明媚，天氣溫暖，雖然風有些大，但還稱得上舒適。路線範圍是從校門口出發，一路走到不遠的山上再折返走回學校，有些人用跑的，也有些人像方朝雨這樣散步，並無強行規定。

走在平地上，方朝雨不覺得有什麼問題，可當走到半山腰時，爬斜坡的路途她開始覺得腳有些疼，小腳趾跟後腳跟隱隱覺得痛，但她怕姚媛擔心，於是沒說，等兩人隨著隊伍走到近山頂準備下山回學校時，她忍不住停下。

「朝雨？」見方朝雨停下，姚媛有些著急，「妳還好嗎？」

「我沒事。」方朝雨撐起笑容，「我也不累，就是腳有些痛，好像是磨破皮了……」將鞋子稍稍拉開，那泛著血絲的後腳跟顯而易見，姚媛驚呼一聲，「妳流血了！」

姚媛的聲音也引來隨行老師的注意，她走到兩人身旁問道：「怎麼回事？」

「老師，她的腳後跟磨破皮，在流血。」姚媛緊皺著眉，「老師有沒有OK繃？」正當隨行老師左顧右盼找其他老師求助時，隊伍中，有人拔開長腿走來。

「怎麼了？」

蹲在地上的方朝雨身子一僵，在聽到熟悉的嗓音時。

「程南，妳有沒有OK繃？」隨行老師問道。

程南不假思索地說道：「有。」一邊從口袋中掏出數個OK繃，看了背對自己蹲在地上的方朝雨一眼，跟著一蹲。

「妳的腳破皮嗎？」

好近。

這是兩人分手後的第一次接觸，方朝雨心底有些慌，明明是想多看點程南，卻又怕著她。心裡想接近，卻又莫名抗拒，這種複雜的心情讓她有點難受，只得輕輕點頭，「嗯。」

那溫暖而熟悉的手掌伸到方朝雨眼前，方朝雨顫顫地伸出手，從她手中拿走OK繃時，指尖碰到了程南的手，彷彿有股電流竄過，讓她的心跳紊亂不已。

「謝謝。」

程南站起身，邁開長腿往前走，並未多作停留。低垂的視線中，方朝雨見到程南腳上的那雙球鞋愈走愈遠，最後看不見了。

「同學，妳還好嗎？」隨行老師擔憂的聲音在頭上響起，方朝雨回過神，趕緊撕開OK繃貼到自己的後腳跟，再走到一旁脫下鞋子，將同樣磨破皮的小腳趾纏了一圈。

「下次別穿新鞋來。」隨行老師離開前這麼叮囑。

方朝雨苦笑，點點頭，她也不敢有下次了。她的手上還多了一個OK繃，收進口袋前她看了一眼，有些愣住。

這是……貓掌造型的OK繃。看上去極新，不像是屯放許久的醫療用品。方朝雨又多看一眼，才小心翼翼地收進口袋裡。

方朝雨望向程南的背影，在人群中清晰可見。她微微一笑，不禁想，這是不是代表，或許程南還有點在乎自己呢？

❄

微小的喜悅，並未化作前進的動力，反倒讓方朝雨更戰戰兢兢。

方朝雨把這事當作破冰的契機，因此格外珍惜與謹慎，甚至將那個沒用上的OK繃放在桌墊下，日日夜夜地看著。

輾轉反側的夜裡，她忍不住傳訊息給程南道謝，一日過後她才收到程南不清不淡的回覆，僅僅三個字：「**不客氣。**」

方朝雨看著手機感到有些失落，也不敢再傳訊息過去。她不曾為誰這般患得患失，也曾在乎過訊息回覆的快與慢，她一面覺得這不像自己，另一面又覺得，是程南一切都合理。

日子眨眼即逝，健走與段考過後，迎來班際籃球賽。

在這所高中裡，班際籃球賽又叫作西瓜盃，聽上去親切又可愛。名稱源於籃球賽後每班都有顆大西瓜，惟每年級的前三名會多贈幾顆西瓜，讓學生吃得快樂又滿足。

一向不是班上中心人物的方朝雨自然沒有選上班級代表，可姚媛就不同了。她是班上的中心人物，運動細胞又發達，被選為正式選手方朝雨是一點也不意外。

「那妳會來看我比賽嗎？」

瞧姚媛眼睛亮晶晶的，方朝雨失笑，「會，一定去。」

不出兩日，全年每班便派出體育股長到教官室統一抽籤，自己抽出對戰班級與種子班級。結果出爐後，方朝雨的心情百感交集。

一開始，她慶幸自己班上沒有對上姚媛那班，但姚媛班級很有可能迎戰程南班級，而她早已聽說，程南會上場。

程南與姚媛一般，兩人的運動細胞都相當好，被選擇為各自班級代表可想而知。而程南班級是種子班級，若是姚媛班上在第一輪勝出，代表第二輪就會碰上程南。

在此之前，她已經答應姚媛會去觀賽，每一場都會。

賽事第一週，姚媛班級以懸殊的差距進入第二輪賽事。當勝負揭曉時，奪得許多分的姚媛被班上捧著供著，方朝雨彷彿也跟著感染喜悅，不禁微笑。不知道是誰在旁說了，下一場賽事是與程南班級，方朝雨的笑容便有些滑落。

賽後，姚媛跑來找方朝雨，興奮地複述方才比賽的各種精彩片段，方朝雨微笑傾聽，姚媛的朝氣總能輕易使她露出微笑。

可很快地，姚媛便想到下場賽事對手是程南，她收起幾分歡喜，想了想，故作不在乎地說：「下場妳要是在心裡偷偷幫程南加油，我也不會怎麼樣的！」可那表情可不是這樣說的。

方朝雨失笑，平淡道：「不會的，畢竟我們都分手了。」

姚媛一怔，沒想到兩人竟然分手了！她見到方朝雨眼裡的悲傷，皺眉說道：「難道，她又……」

「或許妳不相信，但是，並不是妳想的那個原因。」方朝雨明白別人對程南的誤解，正在想該怎麼說才好時，她聽到姚媛說道：「那就好！」

這下換方朝雨愣住。

「妳說不是就不是啊。」姚媛認真地說道：「我相信妳，所以也相信妳所說的話。當然，我不是開心妳跟程南分手，我是覺得鬆口氣，還好不是因為有第三者之類的……那樣太傷人了，至於其餘原因，我覺得勉強不來。」

聞言，方朝雨感動一笑，啞著聲音輕道：「只是……時間不對而已。」

或許該更晚一些碰到彼此，結果也許就大不相同了。

在兩班比賽的那天，方朝雨放學後留了下來，混在加油聲援的人群裡。三三兩兩的學生走向球場中心，各自拿過不同顏色的背心套上，而方朝雨也在這時見到了程南。

程南果真有參賽。

籃球賽分男女混合制，共四場。第一場由女生上陣，第二場換男生，第三場再換女生，最後一場則由男生上陣。待雙方列隊完畢，比賽在評審發球後正式開始。

一如姚媛所說的，兩人同時在場上時，縱然方朝雨不願意，視線還是不自覺隨著程南，心裡徹底傾向程南。雖然有些對不起姚媛，但方朝雨私心希望程南班級能晉級，這樣她就能多看幾場程南打球。

姚媛平日歡脫，惟場上嚴肅認真，可程南不一樣，拿著籃球的她如魚得水，臉上都是笑容。在王牌見王牌的局面下，兩人雖有僵持，可最後還是被程南突圍攻進一分。

回防時，方朝雨見到姚媛臉上有著敬佩的笑容，或許她自己也知道，論球技程南略勝一籌。姚媛知道不能單挑程南，便改成傳球、投球的團隊合作，同樣攻下不少分，但程南也不遑多讓，知道姚媛隊上的企圖，好幾次都被程南先截斷球路。

由於雙方誰也不讓，使得場邊氣氛愈是沸騰，不少人討論著幾乎是一枝獨秀的程南如何突防與得分，耀眼得讓人移不開視線。

在球場上的程南，看起來很快樂。

十分鐘一到，程南投了這場最後一個三分球，進球時場邊尖叫聲不斷。五分鐘的休息時間換男生上場熱身，可場邊注意力全在程南身上。

方朝雨看著，心裡感到有些驕傲。這是她喜歡的人啊，那樣自信、那樣厲害。

男生場結束，輪到女生再次上場時，令人驚訝的是，程南坐在地上並未上場。方朝雨見著了有些訝異，走到程南不遠處，便聽到有人問道：「妳怎麼沒上場？」

「這是一開始就說好的。」程南悠悠道：「我只上去一場。而且，若是我上去了，比賽就會變成投球或上籃遊戲，那就不好玩了。」程南一邊說一邊指著姚媛，「她們那樣才好玩。」

確實，姚媛畢竟與班上磨了兩年，平日體育課也有一起打球，默契遠勝程南與她的新班級。又因為程南突出，球幾乎都往程南那傳，她雖然擅長突防與投球，但就會變成她個人的得分比賽，那樣便沒有團隊合作的意義了。

「可是這樣會輸啊！」那人說道。

「名次不重要。」程南咧嘴一笑，「以後不會有人記得哪班第一名，只會記得當時大家有多拚命想獲勝。」

這才是真正會被記住的事情。

場上正在廝殺，場邊也有件事引起眾人沸騰。

「程南學姊。」

人群中不知道是誰這麼叫了程南，程南轉頭，便看到有個女生拿著運動飲料走向她，一臉欲言又止，而程南對這場面並不陌生，其他人也是。

有人吹起了口哨，也有人在旁邊說大紅人程南又要騙女生了……各種言論此起彼落，而這些，方朝雨全看在眼裡。

程南站起身，面色平淡，在學妹遞來運動飲料時，她看了一眼，並未立即接過。

「學姊，我是三班的嘉琪。」學妹綁著高高的馬尾，看上去青春洋溢，精緻的小臉與白皙的皮膚，讓她像是個陶瓷娃娃。學妹的小臉紅撲撲的，在眾人面前說道：「學姊剛剛打球好帥！我就想，今天一定要跟學姊講這件事……」

學妹深吸口氣後，說道：「學姊，我喜歡妳，希望妳可以跟我交往看看。」

笑鬧聲此起彼落，程南的劉海有些長，稍稍低頭就會蓋住眼睛。方朝雨的心口一緊，心彷彿被絞著一般疼痛。

待場邊喧囂稍停後，程南抬起頭，彎起脣角。

「抱歉。」

眾人皆是一愣。

「我現在不想談戀愛。」

語末，程南脫下背心、拔開長腿，慢慢地走離球場，留下場邊眾人面面相覷，大呼不敢置信，其中，包括方朝雨。

不想……談戀愛？

❄

西瓜盃賽事之後，姚媛這麼說：「程南就是一個心機鬼！」她氣呼呼的樣子使方朝雨忍俊不禁。

姚媛繼續不滿地說道：「妳看她！沒上場也可以搞事！我們贏了反而沒人討論！」

姚媛的率真言論還是讓方朝雨不禁笑出聲。

比賽後來，姚媛班上氣勢後來居上，一舉獲勝，直接晉級到下一輪賽事，然而被人津津樂道的，卻是程南頭一次拒絕人家的告白。

她的理由，竟是「不想談戀愛」。

這句話各自解讀，有人覺得她是對象太多挑起來很累，索性不挑了，也有人覺得，她是有正牌女友所以「收山」，但方朝雨覺得，是自己的問題。

不想談戀愛，不就意味著戀愛讓她感到疲憊，所以不想談嗎？方朝雨想到自己父親那強勢的態度，感到有些難過。想跟程南道歉，卻又覺得突兀。

或許最好的方式，就是不打擾。

吃了西瓜便有了夏天的味道。所有賽事結束後，每班搬著西瓜回到班上，無論是辦公室抑或是班級都有滿滿的西瓜，師生同樂，好不歡快。

只是有件事，卡在方朝雨心裡不上不下。

在五月之前，先迎來程家與李家的喜事。

說來當初方朝雨會答應去參加，也是因為程南的邀約。那時想來是如此美好，誰也沒想到幾個月後情況劇變，她們形同陌路。隨著婚期一天天地接近，內心忐忑的方朝雨拿不定主意，最後忍不住向李薰求救。

她怕去了只會讓人尷尬，卻又覺得自己答應在先，若是沒有前去會失禮。但今日情況早已不可同日而語，她認為，與其自己猜想，不如向李薰討教辦法。

收到方朝雨訊息的李薰，正巧在家裡與程南坐在沙發上享用晚餐。李薰想了下，改向程南問道：「妳希不希望朝雨出現在婚禮上？」

程南面色不改地說道：「隨妳吧。」

「隨我是一個很不負責任的說詞。」李薰翻個白眼，「妳問我意見，我當然想要她來啊！也想看妳們重修舊好，但是，妳呢？」當事人不是李薰，所以無論她再怎麼盼望也是無用，重點還是在程南身上。

程南搔搔後腦杓，「她來了，妳會照顧她嗎？我是不打算管的。」話說出口後，程南像是想到了什麼，臉色微變，輕嘆口氣。她站起身欲將碗筷放到廚房時，被李薰喊住。

「程南，我不懂，妳到底在想什麼？」

程南默著，沒答話，李薰繼續問道：「妳是不是有什麼事瞞著我？有什麼事情是不能一起解決的——」

「有些事情，」程南冷硬回道：「就是沒辦法現在解決的。」瞧她一副不願意談的樣子，李薰有些無奈，想了想，低頭傳訊息給方朝雨。

「我怕妳來妳會不自在，我下次再請妳吃飯，好嗎？」

李薰真的不希望方朝雨再受傷了，她能想到的，就是讓兩人暫時不接觸。不接觸，便還能對彼此抱有一絲期待，還能有些希望。

「我知道了，謝謝老師。」

李薰縱然不捨，但也知道，感情的事情勉強不來。她不知道程南想些什麼，一如至今她仍不知道程南私底下跟方朝雨的爸爸說了些什麼。

那晚，在方父打來時，程南獨自上樓回到房間，並未讓李薰參與。程南在樓上待了許久，約半小時後，她才走下樓。那時的程南面色平靜，可李薰不知道，究竟是真的無事，還是假裝沒事。

「沒事。」程南淡淡地道：「他只是問我跟方朝雨的一些事，我就把事情大概交代了一遍。」

李薰有些著急地問：「沒有逼妳們分手？」

程南彎彎唇角，「沒有，他只是心疼方朝雨，怕她辛苦，這是可以理解的吧？」

那眼神明顯要自己附和，李薰想了下，點點頭，「是可以理解……」

「那就對了。」程南回道。

話是這麼說沒錯，可李薰就是覺得奇怪，偏偏程南像是一團柔軟的棉花，軟硬兼施都無用，無論問什麼，程南都答得不鹹不淡，像是真沒什麼事似的。

李薰不覺得是真的沒事，但是，既然程南都這麼說了，她不好任意揣測，那對方父太失禮了。日子就這麼過去，一切看似平靜，可程南與方朝雨兩人至今仍未重修舊好，而李薰一直都覺得是程南的問題，此刻更加確定。

可是，那又能怎麼樣呢？

感情不是靠方朝雨單方面的努力就可以的，日子一長，程南仍是那樣無動於衷，久了，李薰反倒有些希望方朝雨能放棄，至少，就不會那麼難過了。

沒有盡頭的等待，漫長磨人。

❄

春末夏初的五月，有著令人期待的畢業舞會。

六月初畢業典禮，畢業舞會往往辦在五月中旬後。這學期仍是春暉社的方朝雨與姚媛被找去開會，說要協助畢業舞會的場布。

無事的二人答應得爽快，而春暉社往年都是負責攝影器材與音控，今年也不例外。其餘的場布由康輔社主導、春暉社協助，藝人聯繫與活動安排則是畢聯會的項目，已忙了好陣子。不認識的彼此各司其職，就為使畢業舞會順利進行。

「不過，妳不是要當畢典的司儀，這樣忙得過來嗎？」姚媛問。

「可以。」方朝雨自然也有想到這點，主動找了連繡琪問了畢業典禮的司儀稿，看過一遍後，她認為能夠勝任才來協助畢業舞會的。

姚媛放心地點點頭，「那就好。」

一天天飛快而過，忙碌沖淡了方朝雨對程南的思念。司儀練習與畢業舞會同步進行，方朝雨忙得不可開交。

日子過得充實，心裡自然也踏實了些。

很快地，令人期待的畢業舞會到來。持票的全校師生與外校生皆可參加，唯一規定就是必須上身穿著白襯衫，下身需著黑色長褲，男女皆同。

這次畢聯會邀請到幾位線上知名歌手與團體，吸引不少學生、老師與外校生到場，教官室則是全數出勤，守護師生安全。待在音控室的姚媛與方朝雨兩人有說有笑，見著臺上的歌手，姚媛說道：「這裡也算是搖滾區了，可惜不能吃東西。外邊有好多食物的！」

「那我在這，妳出去吃一點再回來？」方朝雨道。

聞言，姚媛眼睛一亮，「真的嗎？」

「當然。」

「太好了！」喜歡吃美食的姚媛歡呼，「我真的太愛妳了！我去吃一點很快就回來。」她三步併作兩步地溜出音控室，跑去吃點心了。

不一會，姚媛便心滿意足地回到音控室，對著方朝雨說道：「接下來我來顧就好，妳就不用回來了。」

方朝雨微愣，不明白這是什麼意思。姚媛眼神放柔，看了眼外邊說道：「我剛剛在外面看到程南。」方朝雨心口一緊，以為沖淡的思念在此時湧上，幾乎要讓自己喘不過氣。

想見她的心情無可遏止，方朝雨抿了下唇，顫顫道：「我真的……可以去嗎？」

「妳還喜歡她。」姚媛說得斬釘截鐵，「所以，去找她。這裡還有我，妳儘管去，別擔心。」

方朝雨鼻頭有些酸，點點頭，立刻起身走出音控室。姚媛看著方朝雨的背影，微微一笑。不知不覺間，她早已接受程南了，現在，她只希望好友快樂。

其餘的，都不重要了。

走出音控室的方朝雨左顧右盼，在人群中尋找程南的身影。她穿梭在觀賞表演的群眾中，無心臺上知名歌手有多熱門，現在，她唯一想見的人，就是程南。

這或許是最後一次了。

方朝雨不自覺這麼覺得，也因為意識到這件事，她找得更加急迫，像是無頭蒼蠅般四處找人。全場繞了圈後，方朝雨便確定程南不在室內，而是在室外。

但是，在室外哪裡呢？

方朝雨想到的，在校園中偏僻無人且又能待會的，就是涼亭。學校有兩處涼亭，一處在教官室後方，另一處則是在活動中心後方。

方朝雨下樓離開活動中心，走到後邊亭子，沒見到人便折返回操場，走向教官室。她想過是否要打給程南，但遲遲按不下通話鍵。她想，若是有緣，那麼她總會找到，如果無果，也是緣分不夠。

想見一個人的心情愈是強烈，行動便愈是堅定。

走近教官室時，她見到遠處有兩個人坐在通往後方空地的階梯上，看著背影方朝雨認得出那是程南，另一個，她也不陌生。

是秦依瀾。

兩人說些什麼，方朝雨沒能聽見。她知道自己不該在這逗留，不該打擾她們，可她動不了，站在那呆望著。

「好像很久沒見了，對嗎？」秦依瀾頭靠膝蓋，側頭笑吟吟地看著程南，「沒想到我會來吧？」

「沈維顥在這，妳會來就不稀奇了。」程南淡淡地說道。

眼珠子轉了圈，含笑的目光拂過程南臉上每一吋，她彎起紅唇，細眉微抬，眼梢風情萬種，「妳似乎不太一樣了。」

程南瞥她一眼，不予置評。

「不再是那個圍著我打轉的帥帥小女生啦。」秦依瀾伸手捏揉程南的臉頰，嘴上這麼說著，臉上倒無半分遺憾，「妳改變了，程南。」

程南神情無奈，並未推開她的手，只是說道：「妳主動找我不也滿稀奇的？」沈維顥來這裡就職後，秦依瀾就不曾在學校主動找過她了。

「自然是有重要的事。」秦依瀾收回手，「有兩件事。」

程南沒出聲催促，等著秦依瀾自己開口，半晌，她問道：「那個男人……對妳媽好嗎？」

程南不假思索地點頭，「全世界就他對我媽最好。」

秦依瀾笑了。

「妳要是好奇，怎麼不自己來看看？」婚禮上，程南沒見到方朝雨，也沒看到秦依瀾。

「我要是去了，妳以為妳媽能順利完婚嗎？」秦依瀾仍是那樣高傲，輕哼了聲，「我不去是怕搶了新娘風采，我要是去了，全場都盯著我瞧怎麼辦？」

程南噗哧一笑，「不要臉。」

秦依瀾微笑，這次的笑容不帶誘惑，單純地笑著，「況且，我自己也要結婚了，去幹麼呢？」

程南的笑容微僵，但很快地，她收起那點情緒點點頭，「挺好的，終於要結了？」

「是啊，年底。結婚後我跟維顥會搬到南部，大概，不會再來了。」

秦依瀾看進程南眼裡，見女孩眼中沒半分悲憤，也無怨懟，平靜無波，彷彿聽著一件消息罷了。她微微一笑，伸出雙手捧起程南的臉，在她頰邊輕輕一吻。

「再見啦，程南。」

這一刻，方朝雨終於願意轉身離開，也明白了一件事——

程南的「不想談戀愛」，不是因為自己，不過是因為心裡還有秦依瀾。

那些猜想……都是自己的一廂情願，僅此而已。

❄

六月，鳳凰花開，驪歌響起之時，一群佩戴胸花的畢業生巡禮校園，最後，回到禮堂。

「畢業生進場——」

方朝雨清亮而不失穩重的嗓音透過麥克風傳遍禮堂，一群又一群畢業生在高二在校生的注目下魚貫進入禮堂入座。

擔任司儀的方朝雨與其搭檔表現沉穩，在底下看著的連繡琪滿意地點點頭。

畢業典禮布置得溫馨明亮，表演活動活力四射，畢業影片歡笑有趣，氣氛感傷卻又不失笑聲。

典禮近尾聲，方朝雨說道：「全體畢業生向後轉——」

高三畢業生齊喊：「珍重再見——」那四個字喊得響亮，彷若衝破雲霄似的，畢業歌再次在禮堂響起，可這次不是為迎接畢業生，而是送離畢業生。

此時，方朝雨也完成重任，輕吁口氣，看向連繡琪時，得到一個肯定的笑容，她跟著一笑。

方朝雨下了講臺，走進休息室拿出事先準備好的花束後，下樓走出活動中心。

一走出活動中心，方朝雨左顧右盼，在不遠處見到了唐逸銘，邁開步伐走向他。似乎感覺到了視線，唐逸銘轉頭一看，見到方朝雨時不禁愣怔，兩人對到了眼，他也走向方朝雨。

兩人碰面，在唐逸銘又驚又喜的視線下，方朝雨將手上的花束遞給了他，「畢業快樂。」

唐逸銘小心翼翼地接過，感動不已的他，一時之間說不出話。方朝雨顯得平靜，她繼續說道：「聽說你順利錄取大學了，恭喜。」

「謝謝妳。」喉頭一哽，他露齒一笑，「真的很謝謝妳。我沒想到能拿到妳的花束……」

「我只是覺得，都過去了。」方朝雨淡然一笑，「給個花束還是可以的。」

再多的，她也給不了。從方朝雨的視線中，唐逸銘讀出了這麼一句。

不過，對唐逸銘而言，這已經足夠了。

「我能知道妳的志願是哪間大學嗎？」唐逸銘小心翼翼地問：「如果妳不願意也不用說的。」

方朝雨聳聳肩，「明年畢業後，我會出國一年，至於到時是讀哪間大學、或是要不要回來念書，就再看看了。」

唐逸銘瞭然地點點頭，「妳沒問題的。」

方朝雨笑道：「我也是這樣想的。」

「那……」雖然心裡仍有些疙瘩，但唐逸銘知道，這或許是兩人最後一次談話，於是拋開了所有，認真道：「祝福妳跟程南能一直在一起。」

方朝雨微愣，她沒想到唐逸銘會祝福她與程南，不過……

「謝謝你，但是，這個祝福我不能接受。」方朝雨一笑，「我沒有跟程南在一起了。」

唐逸銘一怔，神情複雜，欲想說些什麼，方朝雨先道：「不是因為你，是我們自己的問題，你不用感到歉疚。」頓了下，她說：「我很早以前就原諒你了。」

所以，我們不再虧欠對方了。

唐逸銘與方朝雨相視一笑，末了，唐逸銘張開手，「抱一個？」方朝雨不假思索地張手擁抱他，輕輕的。而她聽到他在耳邊呢喃著。

「我很高興我的初戀是妳，妳值得更好的，也值得被愛。」

兩人分開，這次是唐逸銘先揮手離開，轉身抱著花束走向校門口。他並不是自己一個人，三兩朋友湊上，看上去很開心的樣子。

方朝雨微微一笑，心裡輕鬆許多。

她可以繼續對唐逸銘懷恨在心，也可以繼續無視冷淡，可方朝雨覺得，沒必要了。她想放過自己，也想讓唐逸銘釋懷。

那些緊抓著的痛苦，不過是讓自己難受，不如放手，放過自己也原諒別人，也許彼此會更好過。

方朝雨這麼相信著。

「妳還真的買花束送給唐逸銘！」不知從哪冒出的姚媛笑嘻嘻地說道：「不知道為什麼，我在旁邊偷偷看著覺得好感動。」

方朝雨嗔她一眼，「妳太浮誇。」

「我這是感性！」姚媛抗議道。

兩人一同往前走，走過綠茵草地，頭上頂著蔚藍天空，沐浴在舒適的陽光之下，彼此有說有笑。

遠遠地，方朝雨見到熟悉的高眺身影迎面而來，她沒有避開也沒有上前，只是帶著笑容往前走，與姚媛一起。

風忽地大了些。

兩旁樹林枝葉搖曳，沙沙作響。在擦肩而過之時，髮絲凌亂，身上制服的衣襬也隨之晃動。

這一次，方朝雨與程南沒有再回頭，各自往前走，走到那個，沒有彼此的以後。

走了段路，姚媛輕問：「不後悔嗎？」

風停了。

「後悔喜歡她……後悔這時候沒有追上去……」

清亮的眼眸彷若有淚，卻含著一抹笑意。

「不後悔。」

喜歡一個人，是不問值不值得、後不後悔的。

終章

鳳凰花開花落兩次之後，程南回到了這。

在過去就讀的高中校園走了兩圈後，程南看了眼手錶，走向校門口。途經幾間今年新開的小店、去年剛收的店鋪……最後走進一間咖啡廳。

「程南，我以為妳又要遲到了。」吧檯後唯一沒有戴著工作帽的女人調侃道。

在陣陣濃郁的咖啡香裡，程南邊走向休息室邊說道：「拜託！我不過就昨天遲到個一次，店長妳就記到現在。」

這間咖啡廳的店長笑吟吟地接下程南的抱怨，說道：「那妳得先檢討自己遲到在先。」

「是是。」程南套上褐色圍裙，站到連身鏡前，再戴上深咖色工作帽與黑色口罩，一切著裝完畢後，她站到收銀臺前接手點餐。

當年高三考完學測並錄取大學後，程南便開始找打工。那時這間咖啡廳剛開業，她過來應徵，後來上大學後每逢寒暑假就會過來做短期工讀。

「等妳大學畢業要是找不到工作，妳就過來當咖啡師啊。」年紀輕輕的店長總是如此調侃程南，說得好像她找不到工作似的。

而每次，程南總帶些無奈地說：「謝謝妳喔，真是貼心。」

店長一向呵呵地笑過，不過程南知道，這年紀與李薰相仿的店長姊姊，所言不假，她是真的希望自己可以過來當正職，只是目前程南並未多想，只想先完成學業。

忙到一個空檔，程南發現窗邊長桌擺著預定牌，隨口向同事問道：「今天有多人聚餐嗎？」

「是啊，聽說是同學會。」在旁邊洗杯子的同事答道：「好像跟妳是同高中的，搞不好認識？」

程南輕笑幾聲，「怎麼可能？」一雙眼笑得彎彎的，幸好口罩掩去大半的面容，不讓人見著就淪陷。

高中畢業後，或許是開始打工有了點社會經驗，她身上的稚嫩褪去大半，整個人越發地俊美，甚至曾有星探到校想挖掘程南進演藝圈，可惜被程南婉拒。

她的五官在歲月雕琢下愈來愈出色，可雌可雄，氣質難得，只可惜她對星路興致缺缺，只想安安靜靜地過完大學四年。

大學裡，有人偶有談起程南荒誕的高中經歷，程南總是自然大方地坦承，「是啊，我高中時候很壞的。」或許正是因為她這般坦然，反倒讓人覺得她似乎「從良」，再者，這兩年她竟從未與誰傳過「緋聞」。

程南能與異性稱兄道弟，惟與女生保持距離，除非對方有穩定交往的對象，程南才有可能親近對方一些。有人以為她是雙性戀，可程南本人卻又明白表示自己的性向，她就是只喜歡女生，卻又不曾與哪個單身女生交好過。

有人問起，程南只是淡淡地說道：「我以前答應過人的。」至於答應了什麼，程南沒說。

下午兩點，一群人忽然走進咖啡廳。

程南不經意往外一瞧，見到三兩男女都穿著高中制服，忽然感到有些懷念。她走出吧檯迎接，並指引他們到預訂席入座，在掃過每一個人臉上時，程南微微睜大眼。

這是……她高中轉組前的班級，也就是方朝雨班上的人。

一群人坐定後，還有一張椅子仍空著。程南穩住心神，上前替他們一一倒過水，一邊聽著他們說道：「奇怪，她不是說會來嗎？怎麼到現在還沒見到人？」

另一個人接道：「妳別催，她剛回來臺灣，昨天才下飛機的，可能今天在忙些什麼，反正我們先點也無所謂。」

程南的手不自覺顫抖，深呼吸數次，才順利將每個人的水杯都倒滿水。包括，空位前的水杯。

「那我等會過來替各位點餐，你們先看看想吃什麼。」話落，程南便走回吧檯，心跳快得彷彿要跳出胸口似的。

程南告訴自己，冷靜下來，或許不是她所想的那個人，是別人……

叮鈴。

那是推開玻璃門，風鈴撞擊玻璃面時發出的清脆聲響。

「對不起！我剛剛走錯間！」

程南望向門口，呼吸一凝，怔怔地看著剛進門穿著制服的美麗女子，臉上有著大方燦爛的笑容。那眼睛、那笑容、那神韻……都是記憶中的模樣。

是方朝雨。

「太誇張嘍！」

「去一趟國外就變路痴了嗎？」

「就說不要跟姚媛走太近。」

調侃聲此起彼落，方朝雨忙不迭地笑著道歉，「抱歉抱歉，現在要是在酒吧我就自罰三杯了，但這不是，我就喝杯水可以吧？」她一邊說一邊飲盡杯中檸檬水，引來眾人低呼聲，直言去一趟國外，真的會讓人不一樣。

方朝雨坐到位子上，一一回應完眾人的調侃後，唇角掛上安靜的笑容。

忽然之間，程南見著那群不再是高中生的同窗，穿著制服坐在這，她竟有種走入時光長廊，回到高中日子的錯覺。

她不是在咖啡廳打工的程南，她也不是去國外一趟的方朝雨，是坐在同間教室一同讀書寫字的同學。

「服務生。」

聞聲，程南回神，趕緊拿著點餐平板走向他們，走到方朝雨身側開始一一點餐。她一面慶幸自己戴著帽子與口罩，沒有人認出自己，一面又覺得，要是方朝雨認出自己，會有什麼反應呢？

「我重複一次餐點，飲品部分是三杯冰拿鐵、兩杯熱美式、兩杯冰伯爵奶茶與兩杯水果茶。餐點部分則是四份今日主廚特餐、兩份午後特餐與兩份水果鬆餅——」

程南望向方朝雨，直視她的眼睛，低問：「妳呢？」

方朝雨一頓，帶些歉意地笑道：「我還不餓，不好意思。」

程南瞇了下眼，便挺直腰桿收回身子，轉身走向吧檯，開始做出餐準備。

方朝雨轉頭看向服務生，有些若有所思，但很快地注意力被昔日同學拉回，歡談在國外的各種經歷與趣事。

高三畢業典禮的當晚，方朝雨便飛到紐西蘭打工度假了一年，存到學費後又申請日本的語言學校，而她在臺灣就讀的大學則是每學年都得回去一趟跑流程，以保留學籍。

「所以簡單說，當我們大三時，妳回來念大一嗎？」

方朝雨點點頭，「對。你們大一的時候我在紐西蘭，大二我去日本念書，大三念完書後會回來臺灣，從大一開始念。」

眾人頻頻點頭，對於方朝雨的經歷一面羨慕一面敬佩，也沒想到那個安靜的方朝雨竟如此膽大與愛好自由，喜歡四處跑。

「也要我爸支持。」方朝雨微微一笑，「他覺得出國不是壞事，而我會在第一年選打工度假，是我自己想存學費，不想麻煩他太多。」

問完一輪出國經歷，話題理所當然地繞到感情上。有人出聲調侃：「那妳在紐西蘭那麼久，怎麼沒帶個外國人回來？」

方朝雨嗔他一眼，氣氛熱熱鬧鬧的。談起感情，不免想起彼此的高中生活，又有人問道：「那妳跟學長應該沒聯絡了？」

方朝雨聳聳肩，「偶爾會聊一點，不是完全沒聯絡，不過，他也交女朋友了。」

說起唐逸銘，有些人便想到當年與方朝雨傳過「緋聞」的另外一個人，一個，全校都認識的人。彼此似乎心照不宣，但誰也沒敢開口問，方朝雨自然也感覺到了這些視線代表什麼。

方朝雨喝了口水，泰然自若地笑說：「你們消息也太不靈通嘍！你們不知道我那時真正喜歡的，不是學長。」她頓了下，語氣裡藏著細微的歡喜，與一點驕傲，「是程南。」

幾年後的現在，能大聲地說出與程南的關係，對方朝雨而言，無疑是彌補當年的遺憾。當時方朝雨最想做的，就是能大大方方地與程南在一起。雖然結果不盡人意，但至少能在幾年後讓一些人知道，這也足夠美好了。

程南站在吧檯頻頻看向方朝雨，一年不見，她外向許多，可很多時候，還是會流露出高中的模樣。每當別人發言時，她總專注地傾聽，無論是誰都是如此，而這是方朝雨自己都不知道的習慣。

聊到一半，方朝雨發現杯中的水沒有了，正轉頭看向吧檯舉手時，卻與服務生對到眼，她覺得有些奇怪。服務生很快地低下頭別開眼，拿起水瓶走向他們。

「不好意思，加個水。」程南在杯中一一倒滿水，最後走到方朝雨旁邊將水瓶放到桌上，「這個給你們用。」

在程南走後，有人低聲說道：「你們不覺得那個服務生的眼睛很好看嗎？」

「對啊！我也覺得！雖然只有露出眼睛，但我覺得肯定是那種很帥的女生！」

忽地，有人說道：「我倒覺得那個服務生一直在偷看朝雨。」

頓時間氣氛熱熱鬧鬧的，不外乎就是調侃方朝雨幾句，然而方朝雨並未有太大反應，僅是淡淡一笑，說是大家多心了。

程南不知道他們聊些什麼，只知道話題似乎繞到方朝雨身上，還有人頻頻瞄向自己。意識到可能與自己有關，程南將帽沿壓低了些。

看著方朝雨的側臉，程南就想到高三畢業時的事。

高三後，各自忙碌，高三班導皆准許班上同學請溫書假，在請假的人中，方朝雨是一個，高三之後就鮮少在學校看到方朝雨，考完學測後更是，情況直至畢業典禮那天。

在畢業典禮結束後，程南並未去找方朝雨，而是先去找連繡琪給了感恩花束。

「謝謝妳照顧我三年啊。」程南笑道。

「還知道報恩啊？」收到花束的連繡琪很是高興，可嘴上仍不饒人，「我以為妳這人就只會買玫瑰花送給朝雨。」

「我才不做這種事。」程南輕笑。

「怎麼不做？朝雨都要出國了，妳還不送大一點的花束嗎？」

程南笑容僵在嘴角，轉為疑惑，「……出國？」

「是啊，」連繡琪跟著收起笑容，皺眉道：「妳……不知道她高中畢業後就要出國嗎？」

程南不知道。

程南跑出了教官室，漫無目的地四處尋找，在找到方朝雨前，先找了姚媛。姚媛愣愣地看著她說道：「妳說朝雨？她……早就回去啦，她說要回家收行李，午夜就得搭飛機。」

程南愣在那，慢慢彎下腰，雙手撐在膝蓋上，垂著頭，大口大口地喘氣。

第一次見到程南這樣的姚媛，有些心驚膽戰地說：「妳……要不要我幫妳轉告她？妳需要我幫妳聯絡她嗎？」

半晌，程南抬起頭，搖搖頭，啞著聲音說：「不了……請妳不要告訴她，我找過她……」

姚媛一怔，「為什麼？」

「因為，」程南苦澀一笑，「我已經錯過了……」

風徐緩地拂過臉龐，鐘聲迴盪校園，似乎在告訴程南，一切都結束了……

「我要結帳。」

程南回神，見到收銀臺前方的方朝雨微愣，趕緊接過方朝雨手上的單子，指尖輕觸，她的心微微一緊。

「今天的消費金額是一千七百八十元。」

方朝雨直視服務生的眼睛，笑問：「可以刷卡嗎？」

「可以的。」

聞言，方朝雨便低頭從皮夾中掏出信用卡，程南視線下移，停在皮夾裡，很快地移開。她接下信用卡，刷卡付款完成後，連同簽單一併還給方朝雨。

「謝謝。」方朝雨接過信用卡與簽單，低頭整理皮夾邊轉身走出咖啡廳，絲毫沒有察覺到程南駐留在自己身上的目光。

一行人站在咖啡廳門口，有人騎車也有人再續攤，而方朝雨則是在等人。

「是不是男友啊！」有人這麼調侃她，方朝雨只是嗔他一眼並未多作解釋。一會，散的散、走的走，就剩方朝雨與另一位燙著浪漫捲髮的女生仍站在門口。

「朝雨。」

「嗯？」

在人群散去，剩下她與方朝雨獨處時，她才敢問：「妳……當時跟程南在一起過吧？」

這件事直到畢業都未被證實過，如今有機會問，她實在憋不住。不料，方朝雨坦然地點點頭，「是啊，在一起過。」

方朝雨唇角微彎，垂著眸，若有所思地輕道：「我曾經……非常喜歡過她，這是真的，我不會否認。」

只是後來兩人怎麼走散的，連方朝雨自己也不太曉得，只是在某一天忽然回首時，才發現彼此之間的距離，已經遠得再也碰不著了。

兩人又閒聊幾句後才道別，方朝雨揮揮手，注意到了不遠處垃圾車駛近，便往後站。

垃圾車的音樂傳進店裡，程南這才驚覺今天輪到她倒垃圾。她趕緊脫下圍裙，自廚房拎出兩大袋垃圾，從後門走到店門口。

一走到店外，垃圾車甫到，程南將垃圾交給清潔隊後一轉身，便見到低頭滑手機的方朝雨。

程南怔怔地站在那，距方朝雨短短幾呎，彷彿只要她再往前一步，便能伸手觸及——

忽地，有臺摩托車停到了方朝雨旁邊，方朝雨抬起頭，直看向一邊的摩托車，沒有注意到另一側的程南。

「抱歉。」

那是女生的聲音，程南不由得一怔。

三人離得不遠，能聽得見彼此的對話聲。

「妳等我很久了嗎？」那個騎摩托車的女生略帶歉意地問道。

方朝雨搖搖頭，笑容燦爛，「不會！妳能找到這裡已經很棒了！我跟妳說，我剛剛走錯間還被笑！」

女生輕笑幾聲，伸手揉揉方朝雨的臉頰，「妳太可愛了。」

「妳笑我！」方朝雨嗔道，帶著一點撒嬌，「我肚子好餓，妳帶我去吃好吃的！」

「好。」

程南看向摩托車上的女生，她剛好拿下安全帽，順了順那頭清爽俐落的短髮。她有著可愛的笑容，與一雙大大的眼睛，而那雙眼中只有方朝雨，沒有別人。

方朝雨也是。

這個女生，是方朝雨放在皮夾中的那張合照上的女生。

方朝雨戴好安全帽，跨上機車後座。在前方綠燈亮起時，摩托車進入車陣之中，愈騎愈遠，直到再也看不見。

近薄暮，斜陽西曬，程南想起了過去放學時的夕陽，那時的她們，迎著光，揹著書包、穿著制服，手牽著手，走向校門口……

那時的光，也像此刻的陽光一般溫暖。

下一個紅燈前，坐在機車後座的方朝雨看到一旁有間文具店，便說要下車逛一下。

「我買枝筆，妳在外面等我一下。」

話落，方朝雨拿下安全帽走進文具店，走到原子筆區時，發現那裡站了個人。

似乎察覺到一旁的視線，女人抬起頭，一與方朝雨對到眼時，先是疑惑，再來感到驚訝。

「朝雨！」

「李薰老師！」

兩人驚喜地看著對方，開心地又叫又跳。李薰上下看了眼方朝雨，興奮說道：「好高興見到妳！聽說妳去了國外！」

方朝雨點點頭，「是啊，我昨天剛回來。老師呢？還在補習班教書嗎？」

「是啊！」

李薰到底是程南的姊姊，兩人沉默了一下，極有默契地想到程南。李薰小心翼翼地說道：「妳……知道附近新開的『靜時咖啡』嗎？」

方朝雨聽了揚高語調道：「知道，我下午才剛去那參加同學會！」

李薰略激動地說：「那妳應該有看到程南！妳有沒有看到一個高高瘦瘦，戴著帽子跟黑色口罩的女生？」

「那個人……」

方朝雨忽然想到服務生的眼睛，細思之後，忍不住睜大眼。

放在口袋中的手機一震，方朝雨掏出一看，是女友傳的訊息。方朝雨拉回思緒，對著李薰莞爾一笑，「老師，抱歉，我下次再約妳喝咖啡，我女友在外面等我。」

李薰一怔，神情有些複雜，最後跟著一笑，「好，我們保持聯絡，還有……恭喜妳。」

方朝雨走出店外，見到女友臉上大大的笑容，鼻頭一酸。女友問起，方朝雨只是搖搖頭，說著沒什麼，視線卻不自覺看向靜時咖啡的方向。

那個人的眼睛……真的是程南。

下午與服務生對到眼時，方朝雨曾感到違和與熟悉，就這麼想起程南，後面便不自覺地提起與程南有關的往事。

那時的方朝雨想著，她知道服務生不可能是程南，那至少，讓她想想也好。

「朝雨？」

方朝雨回神，伸手抱了抱女友。

「怎麼了？」對方溫柔的嗓音在耳邊響起，方朝雨收緊擁抱，搖搖頭。

「我只是……忽然很想抱抱妳而已。」

真的，該說再見了。

上了女友機車後座的方朝雨，這一次，沒有再回頭。

這一次，是真的要離開了。

走到後門的巷子裡，程南雙手摀著臉，大口大口地深呼吸，試圖讓自己情緒冷靜下來，可她卻想到兩年前的那個晚上，那個男人曾對自己如此說道。

「我知道對妳這麼說很不公平，但我希望妳能理解，作為一個父親，我是絕對不希望自己的女兒走上這條辛苦的路。」

「我支持同志，不代表我希望自己的女兒是同志，這是兩回事，妳可以理解嗎？我知道感情勉強不來，朝雨也說很喜歡妳，而我想，她是認真的，妳也是。」

「但至少，能不能別在高中談戀愛？只要高中最後這兩年，讓朝雨專心讀書、為自己努力一回，之後上大學，要是妳們還喜歡彼此，我也沒法管了，好嗎？」

「在高中畢業之前，妳不要影響她，好不好？算我求妳了……」

程南說好，沒有遲疑的。那時，她總想著，只要等到高中畢業，就什麼都沒問題了。

只要等到高中畢業……

她想起了方朝雨方才臉上的笑容，她知道，方朝雨有喜歡的人了。那個笑容……在兩年前的跨年夜，程南見過。

當時，拿著仙女棒的方朝雨也露出了一模一樣的笑容。

那時的花火映照在方朝雨眼裡，很美，真的很美，讓她記到現在，至今仍無法忘懷。

後來的每年跨年，程南總會拿出兩根仙女棒，在寒風中、近午夜十二點之時，點燃仙女棒。

這是她想念方朝雨的方式。

慢慢地，程南彎下身，蹲在地上泣不成聲……

年少的她們，一個誰都喜歡，一個誰都不喜歡。她們穿著彼此的青春，淚落在純白制服上，滴落胸口綻放一簇簇煙花。

青春是一剎花火，轉瞬即逝。

無怨，無悔。

全文完

番外　青春予妳

「家人與愛情，是不是總得選一邊？」

程南沉默地看著那身高一百八的大男孩蜷曲著身體坐在階梯上，手拿酒罐空瓶，哭啞了聲音，一句又一句顫抖說著。

「我願意嗎？喜歡男生是我願意的嗎？」

程南輕嘆口氣，坐到他身邊，一語不發，望著遠方，在字句的眼淚中，想起許久以前的事。

「沒得選擇啊……喜歡一個人要怎麼選？出生在反同家庭也不是我的選擇、信仰也不是我自願的，我身上的這些矛盾都不是我願意的啊……」

程南看他一眼，伸手拍拍他的背，順了順，忽地想起那隻橘貓冰冷的身體。

程南已經很久沒有想起高中的事了。

趁著酒意湧上，程南身邊的大學同學說了許多，說到最後已如囈語，過了會，他的頭靠著牆瞇起眼，狀似打起盹，程南才將他拉起，打了電話要他室友把人拖回寢室。

折騰好一會，確定人安置好後，程南站在門外，面上涼薄，可無一絲不耐煩，又向室友叮囑幾句後才轉身離開。

在下樓前，程南聽到那人說道：「謝謝妳！謝謝妳聽阿誠說話！」

程南頓了下，沒回頭，只是舉起手揮了揮，邁步離開男生宿舍大樓。

其實，阿誠那些雜亂無章的話語，程南並未全部聽進去，只聽了七七八八，不是一個好聽眾。

那些回憶如海浪無可遏止地湧上，翻覆了程南的記憶，往事一幕幕閃過腦海，揮之不去。

程南並未直接離開學校回到住處，而是漫步在大學校園裡，走到教學大樓後方空地，程南停下，坐到了無人的長椅上……

家人與愛情勢必得選一個嗎？

——是。

若不是阿誠情緒不穩，面對這個問題，程南可以毫不遲疑地回答。她知道阿誠正在情緒上，所以她只得將這已到舌尖的回應吞回肚裡。

經過方朝雨後，程南再不敢輕易喜歡上誰了。

不是沒有遇上有眼緣的，只是在有一點情愫滋生萌芽時，程南便會就此打住，對有點好感的人敬而遠之。

程南總想，到底是自己不夠喜歡對方，還是高中的時光仍梗在心頭，讓她裹足不前。

往褲子口袋摸了摸，掏出一個OK繃，左右看了看，程南想起自己特意繞到藥局的那個晚上。

健走活動的幾天前，程南注意到方朝雨腳上的新鞋，雖然是運動鞋，但終究是新鞋。程南輕嘆口氣，一面數落自己是否太雞婆，一面又怕要是真需要用上呢？

躊躇了會，程南終是走進藥局，站在琳瑯滿目的醫療用品前東挑西揀，在猶豫不決之時，瞥見角落那個貓掌造型的OK繃，便立刻拿去結帳。

晚風微涼，拂進心裡，讓程南想起期末那日的風，也是這般帶有涼意。

但程南不確定，到底是因為徐風微涼，還是因為班導師的話？

「程南，我就直接說了——妳申請轉組吧，別待在班上了。」

程南神情平淡，不因眼前班導師的狠戾而退縮，但她也不打算堅守立場。

「可以喔。」

程南的毫不遲疑，反倒讓班導張老師一時間有些語塞。她不喜歡程南這事實顯而易見，或許應該說，校園裡過半數的老師對程南的評價普遍不好。

程南自己也知道。

張老師默了下，擺擺手，「那就好，這幾天趕緊遞交轉組申請。」

程南低低嗯了聲，轉身走出了辦公室。

她沒有告訴任何人，轉組這事，從不是她的主意，包括方朝雨、包括李薰，程南都沒有說。

她只覺得疲倦。

這或許就是上天給她的懲罰……那晚的程南握緊手中的OK繃，一如現在。

不遠處的歡呼聲喚回程南的思緒，她回過神，輕嘆口氣，站起身將視為護身符的OK繃放進口袋中。經過操場時，場上正有籃球賽事，場邊圍聚許多人。

「程南！」

程南並不意外自己被認出來，她微笑地對著同學揮揮手，自己坐到了一邊，不一會，身邊多了幾個人，全是班上同學。

「化工系跟經管系的正在比賽。」同學拔高音量，依在程南的耳邊說道：「化工系的快贏了。」

程南點點頭，看著一來一往的攻防，同學忽然問道：「妳高中有沒有打過籃球賽？」

程南想起班際籃球賽時，那站在場邊人群中的方朝雨。

「有，不過……我本來沒有想上場比賽。」程南說。

在選班際籃球賽上場選手時，起初，程南是不打算上場的。連繡琪知道後，還虧了她幾句，「妳是不是怕要是碰到姚媛會輸得很慘？」

程南這時才想到，要是自己上場了，是不是有更多機會見到方朝雨呢？於是，程南轉頭就跟班上體育股長報名參加。

大家自然喜聞樂見，但也不免好奇是什麼讓程南改變心意了？程南笑而不答，沒說原因，但自己心裡知道。

不過是為了多看方朝雨一眼而已。

喜歡之初，都是簡單平常的，不過是想多看那個人一眼，可最後，往往漫成愛。

❄

在球場上見到方朝雨時，程南覺得，自己彷彿見到全世界。

程南知道，方朝雨其實是為姚媛而來的，不是為了自己，但程南還是感到歡喜。在比完一場後，程南就坐在場邊，明面上是觀賞球賽，可真正意圖是躲在人群中偷看方朝雨。

別人問起，程南說得冠冕堂皇，實際上，比起球賽，她更在乎方朝雨，想看看她觀賽時是什麼模樣。方朝雨每一個樣子，程南都想知道。

可偏偏，程南不希望發生的事情，還是發生了。

比賽近尾聲，場邊因程南而熱鬧歡騰，許多人圍著程南與另一名女同學，誰都不想錯過這場告白。

每個人都覺得，程南肯定會答應告白，一切如常，可只有程南自己知道，她不會再這樣了，只因為她曾答應過方朝雨。

見著眼前對著自己告白的同學，程南想了許多，每一個說法都與方朝雨有關，可每一個都不能說。

最後，在歡鬧聲稍停時，程南淡淡道：「我現在不想談戀愛。」

話落，程南垂著頭離開，不願也害怕見著方朝雨的表情，她怕方朝雨其實不在乎，可偏偏，她也知道這一切都是自己的錯。

無論是告白被拒的女學生、或是她躲著的方朝雨，抑或是無關之人的那些閒言閒語，都是自己造成的。

所有的後果，程南都悶著承受。

不想談戀愛，只是因為，那個人不是方朝雨，僅此而已。

高中回憶隨著化工系與經管系的賽事一同結束，賽後，程南又與同學小聊了下才離開球場，朝著住處走去。

回到住處，程南簡單梳洗後躺到床上，本有些昏昏欲睡，突如其來的訊息卻驅散了她的睡意。

「明天要不要約吃飯？我剛好有事北上。」

是秦依瀾。

程南拿著手機，點開對方的頭貼，是她與沈維顥的婚紗照，已經許久沒換了，如對方的近況。

程南想了想，答應赴約，時間與地點全讓秦依瀾決定，她只負責出現，其餘一概不管。

這麼想想，也是三年不見了。

翌日下午，程南如約來到秦依瀾挑選的咖啡廳，走到窗邊，一見到秦依瀾時，心中一震。

「呦，小帥哥，好久不見。」秦依瀾眨眨眼睛，彎彎唇角，雖如往常那般笑著，可感覺不一樣了。

程南瞥她一眼，坐了下來，一開口便道：「妳真的當媽媽了。」

秦依瀾臉色微變，怒瞪一眼，「妳這什麼意思？」語氣中滿滿不服，她可是產前產後都煞費苦心維持身材，不許別人這麼說！

程南輕笑幾聲，「我沒說妳變醜，就是風塵味沒了。」

「……」秦依瀾差點沒忍住潑水的衝動，她喝口水，穩了穩脾氣，瞇了瞇眼，「我都沒說妳飄出宅味了。」

程南揚起唇角，含笑道：「彼此彼此。」

打量的目光拂過程南臉上每一吋，秦依瀾不禁暗嘆，歲月雕琢下的五官，更加立體且成熟，越發地好看，想著過去自己果真沒看走眼，程南確實如她所想的愈長愈標緻了，只可惜……

「妳還單身？」

「嗯哼。」程南不假思索地說：「但妳別以為我是因為放不下妳——」

「妳真正喜歡過的，也只有方朝雨了。」

程南語塞，說不出話。

秦依瀾單手支著下頷，美麗如常的她，少了幾分年輕時的戾氣，多了幾分歲月洗刷的韻味。她看著程南，眉目含笑，談著往事清清淡淡的。

「妳對我，也不是真的喜歡，妳自己大概也有自覺吧——是迷戀，妳只是崇拜我而已，而我虛榮心重，又帶著惡意接近妳，才讓妳覺得自己喜歡我。」

事實上，誰都沒有喜歡的，不過是把執著錯以為愛情。年輕時對程母的求而不得，轉嫁到程南身上，痛苦並快樂，最後終得結束。

程南低下眼，服務生適時地送上兩人的飲品。程南注意到秦依瀾的水果茶，隨口道：「年紀到了不喝咖啡了？」

一掃方才的氣氛，秦依瀾美眸瞪她一眼，「孕婦不能喝咖啡！」

程南微愣，這才注意到秦依瀾的腹部微微隆起，秦依瀾喝了口水果茶，再摸摸自己的肚子，不自覺一笑，「三個多月了，這次是個小女生。」

程南一愣，目光柔和了些，她真誠道：「恭喜。」

兩人相視微笑，話題就這麼繞到了高中。

三年不見，有太多的事情可以訴說，也有太多的事情可以懷念。這世上唯一不變的，只有改變。

「……所以，畢業後方朝雨就出國了？」秦依瀾訝異道。

程南一邊攪著杯中咖啡一邊點頭，「是啊……後來再遇到她，是因為她的高中同學會地點恰巧在我打工的咖啡廳。」

「沒繼續保持聯絡？多難得的重逢——」

「她交女朋友了。」

秦依瀾一怔。

「而且，她看上去很幸福、很快樂。」

程南停下動作，抬起頭時，秦依瀾見到一雙清澈的眼睛，眼裡有堅定，神情卻是遺憾。

看著這樣的程南，秦依瀾說不出「那就把人搶過來啊」的玩笑話。她知道，什麼都可以嬉笑，但這件事不行。

說出口的，成了一句問句。

「若有機會重來一遍，妳會想改變什麼？」秦依瀾問。

「什麼都不改。」程南不假思索地這麼說道，「因為我知道，縱使重來一遍，回到那個當下，我還是會做出一模一樣的決定。」

因為後來的方朝雨，看起來是那麼快樂。

那日午後的方朝雨，臉上的笑容耀眼眩目，讓程南惦念著，不時想起。

在那天後，一切如常，什麼事都沒有改變。

有些人，一錯過就是一輩子。

❄

「真的沒有任何一刻，讓妳想拋開所有一切，去找方朝雨嗎？」

——有。

與秦依瀾別過後，程南獨自走在熱鬧的街道上。途經新開的手工藝品店，程南被吸引住而走進店鋪。

新開的店鋪一切新鮮有趣，程南隨意逛著，在某一區停下。

在程南面前的，是無數漂亮精美的花束。

當秦依瀾問自己，有沒有想拋下一切去找方朝雨時，程南想到的，是高二以在校生身分參加高三畢業典禮時，她曾差點，差一點回頭拉住了方朝雨。

方朝雨是連繡琪器重的學生，能在畢業典禮上擔任司儀並不意外，讓程南意外的是，方朝雨竟然有準備花束給唐逸銘。

在經過那麼多事後，程南非常訝異方朝雨會盡釋前嫌，主動與唐逸銘告別。

那時的程南站在不遠處，看著這一切。

她看著唐逸銘接過方朝雨遞上的花束，神情滿是感動，又主動抱了方朝雨，這些，都讓程南看著覺得難受。

那時，她真的想上前拉開二人，將方朝雨帶離唐逸銘身邊，可程南終究沒有這麼做。

後來，姚媛來找方朝雨，程南也邁步離開活動中心，繞去別的地方。

當與方朝雨迎面碰上時，程南低下眼，心思全放在方朝雨身上，可眼睛卻不敢對上。

經過方朝雨時，風大了些，她聽到方朝雨與姚媛的笑語，胸口微扯，走了幾步，程南回了頭。

可方朝雨沒有。

方朝雨永遠都不會知道，倘若那時她亦回頭，那麼，程南真會上前擁抱她……

那是程南唯一一次，想拋開所有一切，遵從內心所想，不顧他人的痛苦與掙扎，只做自己想做的事。

但是，她終究沒有這麼做。

程南想，往後遇上誰，或許都沒法讓自己那麼喜歡，但至少，她可以有條件的去喜歡別人。

那個人，要善良、要獨立、要已經出櫃，不會因為這段戀情而傷害到家人……

「不好意思，借過一下。」

程南回神，驚覺自己杵在這太久，連忙道歉，移動身子不繼續當路障。她又在店裡繞了圈後，離開前買了個花束回家。

走出店外，程南看著紙袋中的花束不禁苦笑，真不知道自己為何買了這個……她搖頭笑嘆，慢慢地往前走。

忽地，放在口袋中的手機一陣震動，程南拿起手機接起，「喂？」

「程南，妳聽我說……」

同學顫抖的聲音從手機另端傳來，程南嗯了聲，聚精會神地聽著，當下句落下時，她睜大眼。

「阿誠……他自殺了。」

當程南趕到醫院時，急診室外都是人。

程南穿過人群，與阿誠室友碰上。室友說，阿誠正在搶救，可情況不樂觀。

程南知道阿誠情緒不好，可沒想到他會自殺。當她知道阿誠是騎車自撞山壁時，她顫顫地問：「或許他是不小心的呢？也許他的精神不濟，所以——」

「他有留遺書。」室友從口袋中掏出對摺的信件，程南拿過並打開一看，心涼了半截。

——下輩子當個異性戀，我會不會比較快樂？

字跡歪斜，可仍能看得出是阿誠的字。而「快樂」二字，像是淚水滴沾而暈染過似的，模糊不清。

程南深吸口氣，摺起信，塞回給室友，腳步虛浮地走出醫院，走到了一旁公園裡，坐到長椅上，閉上眼。

她忽然覺得有些冷。

寒風刺骨，像是阿誠的問句，颳得程南的心隱隱作痛。她給不出答案，腦袋沉甸甸的，什麼都無法想。

程南呆坐在那，直到接到了室友的通知才趕緊離開公園回到醫院。

阿誠被救回來了。

雖然情況很糟，但至少仍維持著生命跡象，需要在加護病房二十四小時照看。深夜，當阿誠的父母趕到醫院時，程南向室友要了阿誠遺書，親自交給阿誠的父母。

阿誠父母讀完後，鐵青著臉，一語不發。

看著這樣的父母親，程南面無表情地落下一句話，便拉著室友一同離開醫院。

「是你們害死阿誠的。」

❄

不過三天，阿誠逝世。

阿誠傷勢嚴重，本就情況不樂觀，這些程南都知道，可接到通知時腦海還是一片空白。

那日下午，陽光溫暖，程南與阿誠室友坐在公園裡，無語相對。莫大的悲傷壓在兩人肩上，兩個年輕的靈魂似乎在一瞬間蒼老許多。

室友垂著頭，好半晌後才輕輕說道：「阿誠有些話，本來想有機會要告訴妳，現在……我代他說。」

聞聲，程南抬起頭，看向室友。

「阿誠說，他一直覺得妳悶悶不樂的。」

程南微愣。

室友一邊回憶，一邊揚起有些難過的笑容繼續說道：「他不知道妳發生過什麼事，但他覺得妳一直都不快樂。他說，不管困擾妳的是什麼事，只要對方還活著，妳有什麼想說的，就去跟那個人說吧。」

程南呆愣在那，與阿誠相識不過短短幾年，沒想到自己細微的心事都被看出來了。如果阿誠還活著，或許兩人會是一輩子的朋友。

室友伸手拍拍程南的肩膀，認真地說道：「妳就當這是阿誠的遺願，去找那個讓妳惦記的人，不要留下遺憾。」

程南點點頭，沒有說好，也沒有說不好，只是在回家躺到床上後，從LINE的好友名單裡翻出了方朝雨。

這幾年，程南換過手機，聊天紀錄沒有備份，與方朝雨寥寥數句的對話記錄自然也消失了。程南甚至不確定，方朝雨還有沒有在用這個帳號。

程南輕吁口氣，想著阿誠，鼓足勇氣按下通話鍵。比起刪刪減減的訊息文字，以及摸不著邊際的貼圖示意，程南更傾向用說的。等了會，在程南準備放棄時，電話接通了。

「喂？」

方朝雨的聲音仍如記憶中那般溫暖，她的嗓音依舊清亮，像是一陣清爽的風，讓程南想起高中時的校園。

想起她們那時身穿的純白制服，以及不夠成熟的自己。

「我是……程南。」

不管遇上誰，程南都能泰然自若、應答如流，可當這個人是方朝雨時，程南發現，自己沒有辦法如常般自在隨意。

「我知道。」相較於程南的緊張，方朝雨聽上去自在許多，「很久不見了。」

程南喉頭一哽，嗯了聲。明明有千言萬語想說，她卻發現自己竟什麼都說不出口。

思念翻湧，程南腦海裡淨是高中那兩年的時光，從初識到相愛最後分開，不過短短數月，在經過這麼些年，她一幕也沒有忘記。

「妳過得好嗎？」等不到程南的下句，方朝雨主動說道：「其實我沒有想到，有一天妳會打給我。」

程南低笑幾聲，說得緩而慢：「我自己也沒有想到……但是我一個朋友，」程南頓了下，道：「他告訴我，如果我有什麼想說的，只要那個人還在，就該去找那個人，把話說清楚。」

方朝雨輕輕嗯了聲，或許有些話已經遲了太多年，但至少，不是遲了一輩子。

當程南下句落下時，她呼吸一滯。

「對不起。」

方朝雨想起穿著制服的她們，走過的校園與見過的風景，恍惚地意識到，自己的青春，就是程南的名字。

在這麼些年之後，從那人的口中聽見了歉語，方朝雨喉頭一哽，眼睛有些熱。

程南垂著頭，看著自己的手，翻開掌心，想起自己牽過的、握過的那隻手，曾在學校司令臺上握著麥克風，完成一次又一次的典禮。

她曾經能牽起的手……

默了會，方朝雨輕鬆的語調從電話另端傳來，「妳是該跟我道歉的，誰叫妳當時分得不清不楚，什麼話都不說！」

程南心裡鬆了口氣，有些慶幸自己突如其來的電話並未打擾方朝雨的情緒。這些年來，她沒有聯絡方朝雨，怕的就是自己的出現帶給對方不好的感受與回憶。

她已經做錯太多事情，至少到最後，選擇不打擾就是她能想到的，最好的方式。

如果沒有阿誠的意外，程南想，自己是絕對不可能撥打這通電話的。

「不過，我不會說我原諒妳了——」

而有些事情，也因為這通電話有了改變。

「畢竟，原諒的前提是恨，而我從來沒有怪過妳。我……很感激妳願意打給我，好好地跟我說話。」

程南身版一顫，眼眶紅了圈，鼻頭有些酸。

「這是我當時最感到遺憾，也最渴望的事情。」

程南抹了下眼眶，手背有些溼。她低低地嗯了一聲，飽含太多的情緒，一時之間，她不知該如何是好。

「我那時候……」方朝雨頓了下，深吸口氣，語氣平靜，「真的很希望妳能好好地告訴我，妳的想法到底是什麼。」

對於程南，方朝雨始終不敢期待，那時是這樣，分開後也是，甚至此刻，她也不奢望程南會主動告訴她自己的想法。

然而，程南這次，願意回應她了。

「對不起。」程南閉起眼，輕輕的，「真的，對不起……我……想對妳說的，有很多、很多，一時間我不知道該從何說起，也不知道哪些該說、哪些不該說，可有件事我很清楚，我一定要讓妳知道——」

畢業之後，方朝雨出了國，認識許多人，也走過不同的風景，可沒想到最讓她眷戀且懷念的，卻還是最初的地方。

「我的初戀是妳，不是秦依瀾，這是我後來明白的事。」

方朝雨笑了。

程南的心跳有些快，沒想過這些話可以親自告訴方朝雨，無論方朝雨的反應為何，冷淡也好、不屑也罷，程南都覺得無所謂。

「謝謝。」

可是程南沒想過，方朝雨會向她道謝。

默了會，方朝雨的輕語透過話筒傳來，簡單三個字，輕易地熱了她的耳根子與眼眶。

「我也是。」

程南抿了下唇，咬著牙，她深呼吸數次，才緩和情緒，揚起笑容，張唇輕道：「謝謝。」

傷害之後的釋懷與道謝，是程南這一輩子最珍貴的寶藏。

於方朝雨也是一樣的。

不言而喻的默契，在沉默之中，同時有了答案。對話近尾聲，程南知道，該道別了。

「我想，我們……不適合繼續做朋友了，對嗎？」

方朝雨低下眼，輕輕彎起唇角，點點頭，對著話筒輕道：「我也是這樣想的。」

對於方朝雨而言，程南是不存於自己世界中的人，早在高中畢業之後，她便將程南抹除在世界之外，放在心底深處。

程南的身影，僅存於她的青春之中。那些遺憾，也不再感到遺憾了。

一直裹足不前、沒能往前走的人，是程南，從不是方朝雨。如今有這機會好好地與方朝雨說再見，程南覺得這樣就足夠了。

她可以往前走了。

「那，再見。」

方朝雨輕輕嗯了聲，閉上眼，先一步掛上了電話。程南拿著手機，良久，才慢慢放下它。

再見。

青春有妳，便是我這一輩子，最幸福的事。

番外完

後記　紙短情長，曾經永恆

《與妳的寂寞花火》是我的第五本商業誌，也是我在學生時期的最後一部作品。

這個故事成形得很早，大概是在大三的時候就有初步構想且完成了大綱，只是一直拖到大四下學期才真正翻出來寫。

這是我第一本校園純愛，或許，也是最後一本了。我心裡其實一直都有些抗拒去寫兩個學生的校園故事，所以過去創作的故事背景多半是都會，即便涉及校園其占比也不多。

這次會寫校園愛情，於我而言是種紀念，紀念自己這二十幾年的學生生活結束了，所以在寫完《花火》的剎那，心裡是感動的，感動之餘，自己也隱隱約約地知道，我可能不會再去寫第二個校園長篇故事了。

在十六、十七歲的年紀，我最想做的事情，是長大。當時很多事情長大後自然能解決，可當時最大的問題，就是還沒長大。

我不確定十年後我的答案是否相同，可我現在很確定，我不想回去當學生，我不想再體會一次那樣的無能為力。當時的很多問題放到現在，都是可以解決的，可當時就是做不到。

很多人會告訴你，學生的本分就是念好書、考高分、上頂大，可是沒有人告訴你，要如何善良、要如何有同理心，要怎麼恰如其分地去愛人、要怎麼好好地被愛。

我們在那個年紀喜歡一個人時，別人會告訴你，現在談的戀愛未來會後悔，考好每一次的考試比你喜歡過誰更重要——可當時的喜歡，是最純粹的。

是會記一輩子的。

在書寫《花火》的過程中，我想起我的高中母校，想起我曾穿過的制服與體育服，記起那從山裡來的風，記起小小的操場與跑道，記起教室與黑板，還有一張張既陌生又熟悉的臉龐。每多敲一個字、多寫了一章，那些回憶便越發地清晰，愈寫愈清楚、愈寫愈深刻。

這大概就是我心裡有點抗拒寫高中校園愛情故事的原因吧。

當我開始寫校園愛情，等同於要直面那些過去，那就好像站在高中的自己面前。每一個人的年少都是不同的樣子，於我而言，是一段可以懷念但絕不想回去的日子。

當時的自己不夠成熟也不夠勇敢，想著總會長大而裹足不前，不願意往前走，不願意承認自己就是不夠努力而已——我愛自己勝過愛別人，那時候。

有些心結不是解開了、釋懷了，而是再也不重要了；不是每一個疑惑都會有解答，也不是每一個坎都能被跨越。

慶幸的是，這次我沒有逃避，終在大四畢業之際的盛夏，邊想著高中畢業時胸口別著的胸花，以及那時說著的「再也不見」，邊寫完了結局。

而這個結局，其實跟我當初想的有些不一樣，但那時想的結局也不重要了。

重要的，是我們都在往前走，程南跟方朝雨也是。方朝雨往前走了，我希望程南也是，所以番外的視角是程南，而不是方朝雨。

未來的兩人，或許會再相遇，又或者此生再也不見，誰也不知道未來是如何，但至少，最後她們都願意往前走，即使腳步緩慢、即使仍感到徬徨，誰都不再裹足不前了。

而身為作者的我，也很高興有這個機會讓你們認識方朝雨跟程南，她們只是很普通、很平凡的人，是我們身邊的每一個人，跟這個故事一樣平淡簡單，沒有峰迴路轉的劇情、沒有賺人熱淚的命運，有的，只是努力了、盡力了，然後願意繼續走下去。

我也希望讀到這的你，無論正處於人生中的哪一個階段，是學生抑或是社會人士都好，不管過去發生了什麼，都能在某一天輕鬆地提起。

謝謝我的高高編輯，總是不辭辛勞地催稿（?）與我討論劇情跟大綱，適時地予以建議，給我相當明確的修稿方向，於我而言一直獲益良多，也從中學到非常多，謝謝她的辛苦與用心。

謝謝出版《花火》的POPO，很高興能在POPO出版第五本書，這是我的榮幸，也是這本書的幸運。

謝謝陪我寫稿的憑虛大大，在我崩潰卡稿跟熬夜趕稿的時候都陪我玩耍！

最後謝謝喜歡我的文字的你們，謝謝你們陪我走過一本又一本書，你們是我寫作旅程，最瑰麗的風景。

若有機會，期待與你們相逢於下本書中。

希澄

國家圖書館出版品預行編目資料

與妳的寂寞花火 / 希澄作. -- 初版. -- 臺北市：
POPO 出版：家庭傳媒城邦分公司發行, 2020.10,
面； 公分. -- (PO 小說；50)
ISBN 978-986-99230-3-3(平裝)

863.57 109014214

PO 小說 50

與妳的寂寞花火

作　　者／希澄
企畫選書／高郁涵
責任編輯／高郁涵、吳思佳
總 編 輯／劉皇佑
行銷業務／林政杰
版　　權／李婷雯

總 經 理／伍文翠
發 行 人／何飛鵬
法律顧問／元禾法律事務所　王子文律師
出　　版／城邦原創 POPO 出版　城邦原創股份有限公司
台北市南港區昆陽街16號4樓
電話：(02) 2509-5506　傳真：(02) 2500-1933
POPO 原創市集網址：www.popo.tw　POPO 出版網址：publish.popo.tw
電子郵件信箱：pod_service@popo.tw
發　　行／英屬蓋曼群島商家庭傳媒股份有限公司城邦分公司
聯絡地址：台北市南港區昆陽街16號8樓
書虫客服服務專線：(02) 25007718・(02) 25007719
24 小時傳眞服務：(02) 25001990・(02) 25001991
服務時間：週一至週五 09:30-12:00・13:30-17:00
郵撥帳號：19863813　戶名：書虫股份有限公司
讀者服務信箱 email：service@readingclub.com.tw
城邦讀書花園網址：www.cite.com.tw
香港發行所／城邦（香港）出版集團有限公司
地址：香港九龍土瓜灣土瓜灣道86號順聯工業大廈6樓A室
email：hkcite@biznetvigator.com
電話：(852) 25086231　傳眞：(852) 25789337
馬新發行所／城邦（馬新）出版集團 Cité(M)Sdn. Bhd.
41, Jalan Radin Anum, Bandar Baru Sri Petaling,
57000 Kuala Lumpur, Malaysia.
電話：(603) 90563833　傳眞：(603) 90576622
email:services@cite.my

封面設計／ Gincy
印　　刷／漾格科技股份有限公司
經 銷 商／聯合發行股份有限公司
電話：(02) 2917-8022　傳眞：(02) 2911-0053

□ 2020 年 10 月初版
□ 2024 年 4 月初版 3.2 刷
Printed in Taiwan.

定價／ 280 元
 ISBN 978-986-99230-3-3